阅读春天

天真 ◎ 著

时代出版传媒股份有限公司
安徽文艺出版社

图书在版编目（ＣＩＰ）数据

阅读春天/苏天真著. —合肥：安徽文艺出版社，2023.8
ISBN 978-7-5396-7732-3

Ⅰ．①阅… Ⅱ．①苏… Ⅲ．①散文集－中国－当代 Ⅳ．①I267

中国国家版本馆 CIP 数据核字(2023)第 042771 号

出 版 人：姚 巍	
责任编辑：张 磊　汪爱武	装帧设计：张诚鑫

出版发行：安徽文艺出版社　　www.awpub.com
地　　址：合肥市翡翠路 1118 号　邮政编码：230071
营 销 部：(0551)63533889
印　　制：合肥创新印务有限公司　(0551)64456946

开本：880×1230　1/32　印张：8.5　字数：200 千字
版次：2023 年 8 月第 1 版
印次：2023 年 8 月第 1 次印刷
定价：59.00 元

（如发现印装质量问题，影响阅读，请与出版社联系调换）

版权所有，侵权必究

目录

序一　徐可 / 001

序二　胡竹峰 / 005

第一辑　阅读春天

阅读春天 / 003

清荷写意 / 008

东篱下 / 011

那片山水是我家 / 014

竹韵悠悠 / 017

桃花潭行 / 020

乌石村记 / 025

第二辑　乡湖之恋

乡湖之恋 / 033

河更新 / 038

老街 / 042

遥望那片山影 / 048

村庄往事 / 054

啊！古瓷片 / 060

历史人文：一个地方的精神基因密码 / 064

记忆中的诗与远方 / 068

草木记 / 072

远去的村庄 / 076

宗祠 / 082

臭萝卜 / 085

看湖 / 088

第三辑　失曹河下

失曹河下 / 093

塘口的故事 / 099

失落的王大 / 105

水码头 / 112

牛叙记 / 118

枯霜冷 / 124

只有秋天 / 130

不能忘记的明亮与忧伤 / 138

世间疏 / 144

外公 / 150

第四辑　是岁枯荣

曹先生 / 155

是岁枯荣 / 160

忆恩师许有为 / 168

雪中情 / 174

尴尬如烟 / 179

永远的诺言 / 182

人生若只如初见 / 185

第五辑　行走边缘

行走边缘 / 195

你从湖里来 / 204

　　走过阡陌 / 215

第六辑　历史之间的对话

　　历史之间的对话 / 221

　　一心向党写华章 / 225

　　在红旗漫卷的地方 / 229

　　旧的与新的 / 233

　　合肥之郢 / 239

　　迎生 / 243

　　禹物志 / 247

后记 / 256

序一

徐　可

苏天真的散文集《阅读春天》出版在即，可喜可贺！

可贺者，一本新书的问世，对一个写作者而言，是一件值得庆贺的大事、喜事。

可喜者，作者执着于散文的写作，而且结出了丰硕的果实。这一点殊为不易。

在当下文学创作的诸门类中，散文的地位比较尴尬。中国是一个散文大国，散文在中国有着数千年的漫长历史。在这数千年中的很长时期，散文（文章）曾经居于中心位置，是一种高贵的文体，涌现出无数的以散文名世、传世的大家。然而，近年来，也就二三十年吧，散文的地位日益边缘化，不太受人们重视。人们常说："散文易写难工。"这话本身对散文就充满了误解，充满了偏见，让人误以为散文的门槛很低，随便写写就行。在这种情况下，能够坚持散文写作，并且努力在散文写作中出新出彩的作家，尤其令人尊敬！

苏天真就是这样一位作家。他对散文情有独钟，在繁忙的新闻工作之余，多年来笔耕不辍，而且收获颇丰。这本散文集就是他近年来创作成果的一次集中展示。

捧读《阅读春天》,仿佛真的在阅读春天,感觉春风拂面,春日温煦,春意盎然,春暖花开。本书的书名、第一辑名、第一篇散文名就是《阅读春天》,可见作者对春天的喜爱。

作品开篇,作者用蘸满诗意的笔墨,给我们描绘了一幅春天的景象。古往今来,描写春天的诗文多矣,可苏天真笔下的春天,依然让我们感到意趣盎然:春风荡漾,小雨如酥,小草萌生,柳丝泛绿,梨白桃红,薄雾蒙蒙,野鸭嬉戏,翠鸟声声。作者笔下的字句仿佛是跳跃着的,一幅春日胜景图跃然于眼前,让人感受到了春天的勃勃生机。

这样的散文在书中比比皆是。从《阅读春天》中,我们能够感受到苏天真对自然、对山水、对世间万物充满着爱。在他的笔下,有对四季风物的描摹,有对山水草木的歌咏,有对万物生灵的吟唱。自然散文或称生态散文,是散文写作的一个大支,近年来呈兴旺之势。自古以来,自然山水向来为文人墨客所钟爱,留下了汗牛充栋的名篇佳构。陶弘景的《答谢中书书》,吴均的《与宋元思书》,柳宗元的《小石潭记》,苏东坡的《前赤壁赋》《后赤壁赋》,欧阳修的《醉翁亭记》等,都是传世千古的经典之作。苏天真继承了中国山水散文的这一传统。这本书里的绝大多数作品都是以山水草木为写作题材。他在作品中深情地写道:"我时常会在村边地头向草木行注目礼。你能想象没有草木的村庄是啥模样?反正我一踏上故乡龙桥镇的土地,呼吸的全是草木的气味。草木装饰村庄和庄稼,农人和草木有着与生俱来的复杂感情。"(《草木记》)

作者对山水草木寄予深情,对生于斯长于斯的故乡村庄、父老乡亲更是如此。当他写到故乡、写到童年、写到亲人时,那种深厚的感情溢于言表。《村庄往事》写的是一位身有残疾、心地善良的乡村医生的故事。外公的故事很平常,但他的乡绅形象却鲜明生动,跃然纸上:"外公面颊清瘦,头发花白,长年穿着家纺蓝卡其衣裳,颇为清爽。外公读私塾时练一手好字,逢年过节,求字的乡亲络绎不绝,贴纸墨不算,经常还要搭上伙食。舅舅们偶尔埋怨几句,他从不生气,只是傻傻地笑着。"(《外公》)

在《阅读春天》一书中,写人的散文篇目不算很多,但每篇都饱含深情。除了上述几篇,其他诸篇也给我留下了深刻印象。尤其是作家对老师的感激与怀念之情,令人感动。"先生是位纯粹的儒者,素来尚质抑淫,不事张扬,不居浮华。我想,一个人使人畏惧、害怕并不难,可是让人敬重却并非易事。无论是为人还是为文,先生都是我的标杆,虽不能至,心向往之。'云山苍苍,江水泱泱,先生之风,山高水长!'在我心中,先生的风范足以配得上这十六个字。"(《忆恩师许有为》)"先生之于我,是永远不变的温柔敦厚,慈祥恺悌;先生一介布衣,心有良知璞玉,言有物,行有格,贫贱不移,宠辱不惊……"(《曹先生》)古人云:"经师易求,人师难得。"从作家的文字中可以看出,一个好的老师对学生的影响是多么深远。作家用文字回忆老师,实际上也是在传承老师的精神。

读苏天真散文,一个突出的感受就是"真":内容真实,感情真挚,态度真诚。这是每一位散文作家都应有的写作态度。只有把心交给读者,才能赢得读者的心。

《阅读春天》是作家苏天真的心血之作,我感动于他对散文的热爱和执着,写下这点粗浅的阅读感受,权代序言。

2023 年 2 月 5 日

(徐可,江苏如皋人,北京师范大学文学硕士、哲学博士,中国作家协会全委会委员,鲁迅文学院常务副院长,作家,评论家,启功研究专家。)

序二

胡竹峰

平心而论,这些作品都是我的真情流淌,凝聚着我的心血,也算是我一个时期生活内容的折射。就我而言,写作纯粹是一种习惯,一种自觉行为,一种情感在指尖上的释放或宣泄,也是一种生活的态度,仅此而已。

一眼就看见这本书后记里的话,读了一遍,好,读了两遍,还是好,再读,依然好,好在说了我心里话,仿佛是我某一天所写,实则是苏天真先生的文字。可见人性常有共通处。

文章心相,古人说境由心生,相由心生,甚至静也由心生。好作家两支笔:写生之笔,写意之笔。一味写生,笔墨容易凝滞;一味写意,少了形象。作文如作画,似与不似之间恰好。好文章之妙,神形皆备,写生时三分写意,风致摇曳;写意时三分写生,要有恭敬心。苏天真这本散文集《阅读春天》,好在恭敬,对文字恭敬,一篇篇读来,能读出恭敬心。好文章不过恭敬的一段风致。孟子说,恭敬之心,人皆有之。但天下太多文章浮皮潦草,面目可憎,恕我不恭敬了。

《阅读春天》实则阅读自然,苏天真文字之好,好在自然。我读《清荷写意》《乌石村记》《看湖》诸篇,篇篇有自然心。自然心是大境界。我不知苏天真其人,不知苏天真其形,也不知苏天真其状,更不知苏天真其性,但读他文章,觉得苏天真和胡竹峰为一路人,一路读书人,一路写作人,其他不论。读书与写作,也无非让内心保留一丝文雅、一点斯文,《阅读春天》,斯文在兹。

读书与写作,其中有道。文章有道,道可道,非常道。文章之道,玄之又玄。

《西厢记》中,张生见了莺莺,魂不守舍,租下塔院侧边西厢房,以为可以亲近芳泽。同住一寺,难晤佳人,在花园墙外唱:"等着我那齐齐整整,袅袅婷婷,姐姐莺莺。"金圣叹读《西厢记》至此,忍不住作批语说:"人爱杀是袅袅婷婷,我爱杀是齐齐整整。"若无袅袅婷婷,齐齐整整到底呆板。若无齐齐整整,袅袅婷婷于是浮浪。人情如此,文章如此。

学道之初,最爱齐齐整整。学道三年,只想袅袅婷婷。欲齐整则齐整,想袅婷则袅婷,一切由心,如此,道门方开。读《阅读春天》,文字之道的大门,闪进苏天真朴素的身影,可喜可贺。朴素则简,大道至简,路漫漫其修远兮,这路是大道之路。

如今再说文章之术——

文法仿佛剑诀,不知道苏天真先生以为然否?

高手用剑,形意轻灵,绵绵不绝,又儒雅又潇洒,翰逸神飞,大有魏晋六朝乌衣子弟风致,或者有唐人剑侠的雍容徘徊,举重若轻。

《剑侠传》中那紫衣老者,发结红带,持长短剑七口,舞于庭中。七剑挥霍奔跃，如电光，或直进或圆转，看得人眼花缭乱。举手抛飞，七剑插在地上呈北斗形。有人于指甲下抽出两口剑，稍加舞动，跳跃凌空而去。还有人从衣袖中取出两剑跃将起来，在人头顶盘旋交击，光闪如电，剑击声铿铿不绝。

好文章穿过古中国大地，洗落风尘，时间之凝光又内敛又自有一家头面。读至佳妙处，其中光亮，令人陡然一新，心里一轮明月，将我笼罩。读完《阅读春天》，感觉苏天真写作时，心中有一轮明月。阴晴圆缺，四时风致，这本散文集分为六辑，又名为《阅读春天》，恰如春天五颜六色。

王维《偶然作》诗之四有云："陶潜任天真，其性颇耽酒。"不知道苏天真是否爱酒。祈愿苏天真不失天真，做人天真，文章天真。说个题外话，做人不妨世故，文章尤好天真，以天真为师。

天真是大境界，心向往之。与苏天真先生共勉，并致文学之礼，祝万事如意。

是为序。

2023 年 3 月 12 日

胡竹峰，安徽省作家协会副主席。出版有五卷本"胡竹峰作品"，《中国文章》《民国的腔调》《空杯集》《墨团花册》《茶饭引》《雪下了一夜》《惜字亭下》《黑老虎集》《南游记》等作品集三十余种。曾获孙犁散文奖双年奖、丁玲文学奖、紫金·人民文学之星散文奖、奎虚图书奖、刘勰散文奖、丰子恺散文奖、林语堂散文奖、滇池文学奖、三毛散文奖、红豆文学奖等多种奖项。部分作品被译介为多种文字。

第一辑　阅读春天

阅读春天

读山水,春是绕不开的一卷。打开册页,远远地,看小雨如酥,草始生,柳丝泛绿。

山崖侧立,蜡梅倒挂,薄雾蒙蒙的涧水中,野鸭嬉戏。

人,总感困顿,原来是辽阔的原野呼应着怡人的暖阳。瞧,那水村山郭梨白桃红,面旋落花风荡漾。

春山如笑。远远近近,云漫山岚,一缕又一缕。偶尔,山涧旁,林深处,鸟鸣声声。河上有舟,淡墨寥寥,无人舟自横。

春水初生,农人去踩田。田野,草木萋萋,人追蛱蝶而上,止于海棠花枝间。那蝶翩翩起舞,在花朵间偃仰向背,羽翼翻卷,醉人的春风灵动清新。

晕绿一层,醉了朝晖。

唐人韦应物不愧为大家,过人的眼力与精湛的文字功力了得。但盛唐壮阔的诗风已不复存在,更少了先秦风雅。而《观田家》诗中,"微雨从卉新,一雷惊蛰始。田家几日闲,耕种从此始"的山水田园静谧清幽之美给人无限的想象。

阳春三月,春雷催醒山水,仿若一张大宣,让我们重新回到那田野广袤、细雨霏霏、春江水暖的镜像中。

"青箬笠,绿蓑衣,斜风细雨不须归"的春耕图徐徐展开。

农夫在细雨中，斗笠、蓑衣、裤脚高卷，右手把犁，左手持鞭悬空飞舞，却不忍落下。远眺，田垄阡陌，一边荒原萋萋，一边黑金闪烁，一边衰草寒烟，一边沃土一片。身后那沃腴、肥饶而又成群列队的土地，呈现一片田园农桑图。

古画里的春天，已穿越千年时空，它的绚烂依然还在流淌着，被定格、被抒写、被凝视，绿意朦胧。

如今，鞭催花发，犁铧声依然绽放，翻过的泥土依然成行、成垄、成浪。农人的脚步依然惊醒了所有越冬而来的枝干和所有缠绵在土地中的草茎、树根、昆虫、种子。一场惊雷以绿色和花朵呈现，这是开春的既定程序，一种生生不息的古老仪式。

根茎开始蛰伏，泥土开始复活，种子开始苏醒，春天的形态在根茎、泥土和种子之间奔跑，仿佛与节气、与雨水有击掌般的契约，它们在阳光雨水的搀扶下，站立了。这时的乡村，不论是田野坡地、山坳沟壑，还是屋顶瓦沟、墙头砖缝，春天的气息渐渐浓郁。在燕鸟啄泥低飞中，一个个墨点，空灵而律动，如一张张写意的素笺，在田字格里竖写一行又一行的诗。春色似画，山水相依，悱恻缠绵，有《富春山居图》的韵味。

在春天的田野里听到耕田人的吆喝声是幸运的。土地处处青枝绿叶，紫云英们从旧年的稻茬间拼命迎合阳光，探出孱弱的蔓儿。耕田人是季节的报时鸟，所以，田野到处都是幸福的笑脸。这哼着小曲的耕田人，鞭在空中炸响，声音在山谷间回荡，犁铧如舌，田野，一抹烟雨。我以敬畏的眼神凝视，像看惯了草木扶疏、明熠灼目，突然遇见这么有范的崇拜者，我承认我被他以土地为纸、犁铧为笔的行云流水一气呵成的动作折服。

农人，我想和你说点什么，但是面对你，我都不知道自己到底在想些什么。村口建于乾隆甲申年的麟凤桥，经过冬季天寒地冻的蹂躏仍安然无恙。一缕阳光，斜斜地从红楠与女贞间透漏，投影洒在桥面，青石板的凹凸更加醒目。光是轻盈的，微风仿佛在影影绰绰中消解了古桥的苍老。有一簇细小而密集的荠菜花从石缝中兀自而出，柔弱的，不会矜持。在桥的一端，一棵树瘦骨嶙峋，像是披着须发的故人，远远地，那饱尝沧桑而依然蓬勃的树冠，笃悠悠，见气度，见风骨。远去的河涯有一片安静的柳林，它以嫩绿的眼神，点化过《诗经》，照拂过唐诗，抚慰过宋词，已被我存放在温暖的波光里。

仔细想想，这世界带给我们的伤痛远甚于温暖。而奇怪的是，就是为了那么短暂和可疑的一点幸福，我们竟然能够忍受漫长的一生。这不可知的宇宙大神，给儿童以天真无忌的游戏，给少年以梦想与憧憬，给男女以肉体和心灵的愉悦，给男人以父权与责任，给女人以母性的慈悲与善良，给老年人以含饴弄孙的慰藉。温暖的力量让人如沐春风，令人敬仰。

而春，在大地上以最亮丽的风景摇曳在新日之风中。

小河清澈如镜，温柔如绸，年复一年、日复一日地流过，淙淙的流水声像母亲轻唤谁的乳名。那飞翔的水鸟在枯萎的苇丛及温暖的河床上嗅到了旷古未闻的味道，那是时光之中除了空气之外最大的留白。河旁一条小径曲折起伏，像细流，在这样的细流里，我常把自己看作一条无所顾忌的鱼，率性地游弋着，身心寄养在天地秩序的哺育中，揣测生命的空旷和精微，并设想那高尚的极处隐匿着无远弗届的生命底色——春。

在一瓣紫红的三角梅里，藏着天空与大地的秘密、流水的方向与时间的刻度，藏着寒冬萧索、芳菲渐尽，藏着清风与鸟鸣、阳光与露水。一夜间,许多村庄已经半空了。背井离乡是个悲悯的词语,离开或许是决绝的、茫然的,甚至是麻木的。也许村庄和人一样在寻觅。树木花草,从来无视村庄的兴衰,以节气为号令,编织生命的密码。泡桐花法则天成,用一种难以言说的粉紫色,开得粲然而轰烈,高到村庄的上空,似乎顶空伴随凤凰于飞。一场春雨落下,一枚枚泡桐花漂在水面上,就像是画在大宣上,花瓣微红透白,透出知足的油绿。

桐花万里丹山路,雏凤清于老凤声。与凤凰相连,使得开满桐花的村庄蓦然有了高古气质。

坐在窗前,白茫茫的水汽在阳光的驱赶下逐渐散淡。风冷飕飕地刮在脸颊,寒气侵人。不远处几株光溜溜纤细的枫树,像是在一幅画里。在雨落的天气里,是谁一笔一笔地画着纤细的枝条。

淫雨在静静的时光里,寒冷让一切很慢。大地几乎是沉寂辽阔的,唯有阳光在奔走。

咚咚咚,父亲熟悉的脚步声我老远就听得出来。"油菜抽薹了。年前追的那趟肥得劲了!"父亲语气中带有明显的欢喜。那一刻,父亲沐浴着霞光如一棵壮实的庄稼,他的布鞋沾染着油菜花粉的浸渍,头发和衣裳残有油菜生长散发的清气。显然,那沿失曹河圩埂伞兵一样散开的铺满山场、平畈和丘陵的油菜花就这么铺天盖地而来。

一棵开满细白色花瓣的乔木,在清朗天色与温煦春阳的背景前,显露出异乎寻常的存在感。我想借此抓住点什么,比如用手机抓拍下树冠、花瓣、叶片或其摇曳的姿态。也许,它之于我,只是"虚无的存在"。而我,在对其仰望和观瞻中,获得了我的精神支点。就在这种悖论中，乔木获得了手机的"恩泽"。山水田园之上，流动着生生不息的气象。

　　黑夜不来不去，时间不疾不徐，但时间里的一切都将过去，唯有你是个常新常活的现在。这几天，正是节气中的惊蛰。岁月远隔，江湖辽阔。在声势浩大、季节永恒的滚动和循环中，牛王庙山坡上的桃花大梦初醒般舒展开粉红色的花蕊，一朵朵将细密的枝杈挤得满满当当。春风轻轻吹起，花瓣一朵一朵地飘落，它深知自己命中注定就是春之子，即使被忽视、被践踏，仍然要完成报春的使命。

　　春，睡在冬雪里，空灵而静美。

　　此刻，我想起南宋翁卷的《乡村四月》："绿遍山原白满川，子规声里雨如烟。乡村四月闲人少，才了蚕桑又插田。"

　　桃花水涨时尤美。春和景明时节，落日暮霭，田野无边，炊烟袅袅升起，我该回乡下吃一道春笋步鱼，方不负春光。

　　是的，风吹花落，落在地上，也落在我身上、心上。我忽然感到一种未曾有过的伤感，仿佛在回应我心中不止的追问。

　　当然，要阅读更为生动的春季，必定要与大地一起呈现生命的过程，让自己跟随节气伴着万物一次次生长，复活自己生命中的春天。

　　看吧！在原野，梨花碎，田园醉，春风又抚群山翠。

　　春情勃发，大地欣欣向荣，四季衔接。而此刻，那些躬耕的农人就成为最鲜亮、最忠诚的朗读者。

清荷写意

前几天从包公园经过,看那浮出水面的清荷,心里漫过一种想为它写点什么的冲动。

包公园的清荷美丽不可方物,如灵魂一样高蹈、洁净。站在荷塘水中的亭上,高隆的苍穹倾泻着静寂的清光,在荷叶上浮动而跳跃,倦怠的身心渐渐舒展开来,摇曳的诗意渐渐上升。朵朵莲花绽放于悄无声息的夜晚。观荷人在幽幽曲曲的长廊一侧,立成一片婷婷荷花,倒映于水面荡漾在清波之上,随风摇摆。远去的环城坡地,"蝉噪林逾静,鸟鸣山更幽",几声蛙鼓,让本就宁静的夜更显清幽。

我自以为是懂荷的。

仲夏的傍晚,沿旧时的小道再次探访那接天莲叶无穷碧的清荷,满眼的青嫩挤挤挨挨,犹如晶莹剔透的绿翡翠。历历新荷,一叶叶婷婷复婷婷,蓬勃在整个水面;幽幽清风裹挟着淡淡馨香,氤氲着整座公园。此刻,揽一丝清凉,诉几多闲话,唐诗宋词滋味于胸,易安秋菊情怀于行。

整个水面掩于墨绿如染的新荷之下,绽开的或没绽开的莲花,绿盖擎天。翩翩荷叶衬托之下,含苞欲放的花蕾,掩藏着几分羞涩、几分清高。轻盈飞来的蜻蜓,戏于花蕊间,动而非动。

此刻，出污泥而不染纤尘。想世间人生百味，面荷而无语，观荷而无声，有些朱自清《荷塘月色》的意趣，把人的心灵洗涤、净化。荷把人一点点还原成稚子，快乐地在风雨中奔跑。

荷是城里人的骄傲，也是城里人生活的一部分。许多日子里，他们总是忘情地在此逗留，借此收获一种淡雅恬静的心境。我发现，游人每到荷边漫步，结伴的轻声细语，偶有穿行其间的也是脚步轻轻，生怕惊扰了这份雅静。看来，一座园林，如能勾勒出乡野风味情趣，营造富于人情味的气氛，便是当下社会的一种呼唤，也是红尘中人们焦虑心灵的一种期盼。

其实，若凝神注视，仿佛一切都是原始的，阳光是原始的，空气是原始的，那悄无声息的清荷也是原始的。它使我想起初生的婴儿，从混沌中来到这个世界，还没有接受母亲的哺乳，通体如水晶，神态仍然带有天堂般的安静，使你不忍伸出曾经沾染过世俗的手去轻碰它，哪怕只一下。我不知道这仅仅是我个人的感觉，还是更接近荷的本相。

包公园里守拙养灵的清荷在狂乱的年代经历的变乱和沧桑，不是我辈能完全体验的，那里有太多的伤痕和辛酸，也有不堪的惊恐和噩梦。那荷历史上曾几度被毁，又枯尽荣发，年复一年地踏波而来。或许是包拯断案的清正廉洁，造就了无丝（私）藕的传奇色彩，包公园终于有了一片清荷。

我以为，中国古代知识分子最可贵的气度表现在文字中对道的承载上。人要有敬畏之心，不可以为所欲为，包括对自然、对他人、对种种社会公德等。包拯有担当，又有家国情怀，而不是自以为聪明地明哲保身。

在包公园，总是一次次与诗人相遇，听他们为各自的诗洗尘、押韵。随便打开一本中国古诗词集,总能听见朴素恬淡的咏荷之声在耳边荡漾。

极目远眺荷塘尽头,每当晨曦微露,甚至可以跟遥远的《诗经》对接,"山有扶苏,隰有荷华"。此刻,在那沼泽水边,蒲草荷花并茂。虽是借景,亦为历代荷花诗词滥觞。宋代大儒濂溪先生在《爱莲说》中呈现出真如自我或佛性清净。我想人在忘我无杂念的状态下,才会纯粹,一纯粹,便有了高度。"出淤泥而不染,濯清涟而不妖",写出了禅韵。自此,荷成了中国人精神高洁的象征。这就是为什么古诗文如此深邃、如此耐读的原因。

面对满眼的荷,我选择了沉默。

荷是宁静的、优雅的。远处灯火撑起夏夜里的冥想,一缕轻盈的风吹过,激荡起清荷战栗与晃动,是坚毅,还是脆弱?我的双眼有些发烫,继而有些昏花,还有些湿润,就像某种纯洁的物质掺进了杂质。

我所有的思考,此刻变得干净而纯真,仿佛自己也是清荷一枝。我思忖,一个人,多么希望能保持内心的平衡,认真剔除所有的脆弱,擦拭涂抹在自己羽毛上的尘埃。见过刚出泥的藕,你才知道"出淤泥而不染"是多么不易!

刹那间,我的脑海中冒出"出淤泥而不染",似乎只有这句不曾被污染的诗句才能配得上这傲立高洁的荷。

东篱下

东篱下的田园是美的。

慢步东篱,近距离凝视,我倾听过它们热烈的交谈。

在陶潜桃花源的田园画里,不是初见,我常常一遍一遍地重逢那些自桃花源一路而来的意象。

合肥大圩,这是城市的一隅。一路田舍乡村,城乡混杂了早春冷峻、枯寂的皖中风味。清风中混杂着甘草味,细若游丝,一种微醉的感觉在体内升腾。天空碧蓝如洗,一座小石桥就在脚下,不出几步便见竹篱木栅,吸人眼球的是伟丽家菜园、徐诺的园子、一米庄园等孤傲地插立在一畦畦菜地旁的木牌。菜园是个宁静的城堡,宛若桃花源,丰富了城市的内涵,并使城市的外延不断扩展。它是城市与村庄的纽带,经过这片菜地的人们和土地有了必然的联系。

四周溪水悠悠,草木秀茂,杂花纷呈,几只燕雀翩飞着,忽然惊喜地降落。眼前是一排刚翻修的茅屋,不见人影。一路慢行,翠柏青苍直入晴空,路边几块收割过后的稻田,一簇簇稻茬枯白,其间却有新稻叶生出,细弱青嫩。萝卜似乎一年四季都在生长,绿缨子前翻后卷,生机盎然。此刻,使劲吸一大口气,五脏六腑仿佛都被洗过。

在溪之北,菜地之南,你看见了菜园,会同时看见娇艳泼泼的桃花。桃花有孤性,适合在乡间。尽管春寒料峭,这花依然灼灼妖娆,更是让人自以为置身世外。

借这桃花清扬气质的是诗人吧?荷锄路过的人,能生出这爱的情愫吗?

我思忖,这是当下人们怀古思今的一种觉醒。可是时间不能倒流,历史不可重复。他们想用诗来还原、凝固或重塑,还是借诗来获取功利?我不得而知。谁都明白,这个时代就像一列奔驰的高铁,太匆匆,一天天忙于输送新的人与事,有多少速朽,有多少长存,是我们无法挽留的。

诗人的桃花源,离天很近,离世俗很远。在他们面前,崇高者更加崇高,谦卑者更加谦卑,虔诚者更加虔诚。

诗人的归园田居,用凄美描述过于苍白。茅屋里有人便有生机,那是生命的鲜活。那凄美,是古老的凄美。那沧桑,是经久不衰的沧桑。

我时不时地翻一翻《陶潜诗文选》,只一两句,对着字往往不能发一言,像是两个缄默的人坐在一起对饮,并不寒暄相劝,只是一个薄愁的眼神,就已心意了然。我多想回到诗人的意象里,再约一约那些又旧又久的风物,把人间一切无用的美好再重温一遍。

他是"农夫",是"田园诗"的拓荒者。

一颗归隐的心昭然若揭,这才是他的心声,如同久在沙场的战马,已疲惫不堪,翘首以盼鸣金收兵的信号。他哪会想到,千年之后,有一个人站在他的东篱下纠结着,是否为自己寻觅一处桃花源?他更不会想到,有多少被速度、压力裹挟着睡眼惺忪的孩子、大人也期盼着也许永远寻觅不到的桃花源。

  此刻,我的脚步早已在冥冥之中沾染上了他千年前的古迹,它暗示着我,可以像他五十二岁时心存倦意,为隐居守志的一切,不怨、不悔。

  我以为,桃花源是诗人的独爱。我也相信,桃花开在笔墨之外。时过境迁,我无法看清诗人的眼神和表情,但我能想象他的忧郁、寂寞和怅然。对我而言,那狭小的、有些昏暗的茅屋,却盛开着一朵朵思想与文字之花。那一刻,我仿佛明白,空间的制约反而能让精神世界得到更有效的延伸和拓展。

那片山水是我家

我以为,人都是喜爱山水的,且每个人的心中都有自己向往的一方山水。要不然,为什么我们总是要不停地旅行,舍近求远地寻觅那些似曾相识的山水呢?

当你静下心来欣赏水墨丹青,便会沉浸于心灵顿悟、至纯至美的境界之中。一幅远古的《村落图》竟然镶嵌在云南沧源的崖壁间,记录着人类对农耕文明中家的最初意象,展示着最温馨和谐的场景,蕴藏着对家园的眷恋以及亲情的和美。当我们再转眼定格在山东曲阜石刻《庭院记》,便能触摸先人的心灵和对生活的热情。也许是中华民族太爱山水的缘故,你会发现上下五千年也是一幅气韵生动、悠然绵长、饱蘸墨水的写意丹青。

生命是行走在山水间不灭的精灵。大自然赐予我们生命和生活中互为支撑的力量。即使在森林旁,只要有一只鸟儿在歌唱,也会让你不忍心熟视无睹。

我们一直在追逐对山水的向往,对田园的思念。但武陵虽好,终为他乡,难留旅者匆匆脚步。只因那些泪水打湿的行囊无不带着"根"的体温,那是一种心灵的体验。尽管远行时义无反顾,或满怀信心,或无可奈何,但心离不开胞衣之地,唯有那熟悉的溪流、鸟鸣、竹海、清风乃至一片树叶的飘动,可以撩拨人的情思。每个人心中都珍藏着一些美好的灯火,而家乡是亮在记忆中一粒最温暖的火种。

什么是家乡?我以为,父母在的地方叫家,童年生活的地方叫乡。只要有亲人、有亲情存在的地方,就是一个人生命中最美好的情结,就是中国人真正文化意义上的家乡。

回想这些年我发自内心的自豪,大多与家乡有关。享誉大江南北的庐南大铁矿群,山虽不高,但矿富品多,素有"地下聚宝盆"之称,已探明的矿藏有铁、铜、硫、锌、萤石和高岭土等三十多种。其中,铁、硫和铜储量丰富,矿产资源潜在价值一千五百多亿元,名载中学教科书。磁铁、硫铁开采等重大项目纳入国家中长期发展规划,配合矿区开发的庐铜铁路已开通运行。家乡就是这样不断展示着绚丽和富饶的景观。

站在家乡的山梁眺望山野,不仅惊叹于上古地质时代的构造,更惊叹于一个全新时代的创造。山岚里,仿佛感到昔日贫瘠的家乡正在熔铸着辉煌,一天天变得灿烂起来。

对家的眷顾,使我对家乡有了更深一层的认识。这么多年来,无论我走到哪,家乡的山水都在我的心头,始终与我为伴。可以说,我是背着那片山水走上人生旅途的,这使我的心间永远浸润着一层湿意,永远凝结着几许缱绻。人对乡村的态度不同,看的方式也就不同。过去传统的自然景观,在现代文明的引导下,通过经济运作,与大众亲近。湿地黄陂湖,有人泛舟荡桨,大片芦苇和一只只水鸟交相辉映,素雅飘逸。黄山寨无垠的竹海林涛,让人似乎聆听到一种生命的清音,以至流连忘返。汤池呢,这几年旅游做得风生水起,又加上"金孔雀"开屏,不用细说,环顾省会近邻,现代山野风情也仅此一家。

山静水动,墨韵天成。一方田园的再塑,湖光山色的熔铸,使山水成为人们倾诉衷肠的对象。这种人为的"都市山水"较之自然之美,孰为自然,孰为意境,徜徉其间者不言自明。其实,自然景观的重组,就是现代文化的再现。

我固执地坚信,家乡的山水是从古镇里叩响的,是从拱桥下流出的,是从石板道履痕处走出来的,是柳绿桃红长出来的……无论岁月怎么打磨,天地如何荒老,家乡的山水都是至真至纯至美的,从不需要人为雕琢。

我的家乡是美丽的。如果你有意来此,我愿意做你的导游,只要有心,便能抵达那片如家的山水。

竹韵悠悠

我爱闻三月里竹笋破土时浓郁的清香。我相信每一片竹林深处都有不同的伦理和秩序。

我毫不讳言对竹的亲近和崇敬。我承认我有些恋竹癖,看到每一棵竹都会忍不住凑上前来仔细端详它、触摸它。

我认为,每一棵竹都有自己的秉性、自己的美学和自己的意志。

竹木草石、江河湖海,构成了中国山水的容颜、气质。有人说,中国竹花开两朵,一是生于土长于地的碧绿多姿的翠竹,一是文人墨客笔下那灵动而又充满神韵的墨竹。

每一棵竹都是我们不说话的乡亲。竹走四季,映入眼帘的都是绿色和一柱冲天的身姿。它们经历了无数风霜的挑战,对生命做了一次又一次的自我完善,总是一丝不苟地保持着坚强和挺拔,生机盎然,怒放着生命。它们忠实地守护着我们对故乡的记忆。

对于竹,我虽了然于胸,但还是欣喜于惊鸿一瞥。

竹成了乡村树林里最亮丽的一道风景,感染了所有的生灵。

每一次回乡,我总是喜欢和竹待在一起。我会情不自禁地走到屋后那片葱郁的竹林下,倾听微风吹拂竹叶的哗哗声。它枝繁叶茂,数量惊人,这多像我们远在天国的先人,是千万子孙的血脉源头。我不知道在这竹脉连通的世界里,先人们过得是否好。老宅旁的厢房已经颓圮,前几月我去看它,竟然从瓦砾中长出几株碗口粗的竹来,竹竿挺拔,枝叶茂密,在残垣断壁下显得更加生机勃勃。

如果中国古诗文中缺少竹,会是怎样的情形?如果没有"绿竹半含箨,新梢才出墙。色侵书帙晚,阴过酒樽凉。雨洗娟娟净,风吹细细香。但令无翦伐,会见拂云长"细腻地描绘对竹的喜爱,怎能让杜甫生出怜爱之心?如果没有"不用裁为鸣凤管,不须截作钓鱼竿。千花百草凋零后,留向纷纷雪里看",怎能衬托竹的迎风傲雪、卓然不群的品行?如果没有"萧萧凌雪霜,浓翠异三湘。疏影月移壁,寒声风满堂。卷帘秋更早,高枕夜偏长。忽忆秦溪路,万竿今正凉"借竹抒怀,怎能彰显竹的青翠傲雪的品格?竹构成了中国古诗文的底色,让中国诗文获得自然的滋养。诗文中的情感穿越千年,依然鲜活如初。

在皖中,望不断一片片绿竹青青,看不完一幅幅泼墨丹青。修竹千竿,情牵历代诗人;丹管一支,写尽人间春色。

与历史结缘的竹,从时间的剿杀中成功突围,成为时代的幸存者和阐释者。它们每一片叶脉都通向历史的深处,风过时它们发出的每一声喧响,都是历史的回声。我们把竹当作自己灵魂的避难所,生活中强加给灵魂的枷锁,会在竹的世界中得到彻底解除。在竹中,我们的精神疆域变成辽阔的牧场,文人墨客在竹海中行走,革命者在竹林中啸聚。一个民族的文明在竹中蕴蓄,整个世界因为竹而变得刚柔相济。

我向往陶潜以山水为家,与松竹为邻的自修生活——在山水间有栖身之地,在周边有一块菜园和茶林,在山顶放牧白云和月亮。

那么,那个被自修、被拥有的生活到底是什么?犹如晨跑,我独自穿行在乡间竹林里,胸腔被整个春天的气息填满,让灵魂有了片刻的欢欣。在生命的每一刻,不是仅有悲伤,依然会遇到很多快乐。风,在竹林间穿梭,弹奏着欢乐的乐曲,诉说对季节的感激。只要心中有几竿亭亭玉立的新篁,无论是古人还是今人,都可以看到那种恬淡宁静之美。

"写取一枝清瘦竹,秋风江上作鱼竿",写意出山水间平淡幽远的氛围。人生也不妨学学竹吧,收一怀清风明月,再收一片竹之苍翠郁葱。

桃花潭行

时过三月,空气中依然散发着残冬的寒冷,时而有不知从何处飘来的花香,和着新翻的泥土味,沁人心脾。

冬末初春、乍暖还寒的日子里,我因采访来到泾县桃花潭。一下车,我便醉在绿意空蒙的意境里。那曾经布满太白先生脚印的山阴道,那浩浩烟波、青黛远山、田畴碧水,那桥亭村落、十里桃花、万家灯火的世界,让我永怀久织的敬仰。

站在怀仙阁,时近黄昏。日头的潮红渐次退落,在远处的群山间慢腾腾被峰峦吞噬。

脚下,山脉逶迤磅礴北延,青弋江穿山破雾而至,在桃花潭镇拐了九十度的弯。桃花潭便静卧此处,像婴儿沉睡在群山的深情怀抱中,怀仙阁护其幽静。潭中水雾迷蒙,除了水鸟偶尔在灌木丛中发出清亮细密的声响,四野阒寂。在山峰与树丛之间,石板道像一条细流,曲折起伏。此刻,我把自己看作一条无忌的鱼,率性地游弋着。山路小径被一行行细密的水竹林环绕,透过油绿的竹条,极目远眺,踏歌岸阁、翟村老街的粉墙黛瓦,泼墨而来。远处旷野大片的油菜花正在争相吐蕊。一农人,肩扛铧犁,吆喝一头牛向村庄走去。倏忽,几只水鸟从头顶掠过,让原本沉闷的潭江生动起来。行走在江岸,如同走进一首古朴的童谣:

"一望二三里,烟村四五家;门前六七树,八九十枝花。"

从怀仙阁向北拾级而下两百米,中间要经过一座老旧的提水泵站。去东园古渡、万村古街,我要亲见汪伦踏歌送别李白的地方。这条沟壑留下游人的足迹并不多,靠近渡口有一段石子路,上面布满了鹅卵石和茅草。小径更深处,一棵藤蔓间绽开了一行粉色的小花,喇叭口次第朝天,如同姐妹,情深义重,互相扶持。这景致,让人百感交集。暮霭渐行渐沉,远远地,蟋蟀们开始在草丛深处鸣叫,曜曜的声调抚慰了多少旅人焦虑疲惫的内心。

一诗一潭,诗潭生辉。潭江之美让一切文字都失去了神采,亦如王勃的"落霞与孤鹜齐飞,秋水共长天一色"。这是皖南的氤氲漫漶的静美,有着音乐般的旋律和节奏。一个清静本然,自有"枯藤,老树,昏鸦",也有"小桥,流水,人家"。诗仙太白映照的桃花潭,烟云四合,石壁耸峙,青山如黛,幽溪细路,茂林修竹,平沙落雁,渔歌唱晚,仿如黄公望笔下的《富春山居图》。

《泾县志》记载桃花潭"层岩衍曲,回湍清深","清冷皎洁,烟波无际"。峭壁古藤缀拂,烟雾缭绕,朝阳夕辉,山峰倒影,渔舟唱晚,尤显旖旎。驾一叶扁舟泛游其上,一篙新绿,微波涟漪,足见"千尺潭光九里烟,桃花如雨柳如绵"……晨雾是水墨皖南、诗画徽州的序曲,那一场风花雪月的邂逅,一眼千年。

历史跟着拐了一个弯,借助青弋江定格在桃花潭。唐天宝年间,桃花潭豪士汪伦听说李白在秋浦,便修书邀约诗人来此畅叙,曰:"先生好游乎,此处有十里桃花;先生好饮乎,此处有万家酒店。"也许是被汪伦的真挚所感动,也许是一时沉浸于莽撞和懵懂之中,诗人避乱游历,与桃花潭赫然相遇,便有了"桃花潭水深千尺,不及汪伦送我情"的千古绝唱。从此,怀仙阁、彩虹岗、东园古渡、万村古街、义门、万象阁、江上草堂承载岁月的包浆,显露出温存的幽光,含蓄温润,如谦谦君子。

晚灯次第亮起,我一脚踏进大唐,桃花潭静卧在群山的怀里,谛听千年的风声。而我的另一只脚,遗失在桃花潭畔,和诗仙踏进同一条河流。

履至终点,蛩无俗声。怀揣怃惶,在几株古老的枫树下,叉河被大坝拦腰截断,形成飞流直下的瀑布,轰然跌落在十几米深的山谷中,咆哮如雷,浩浩荡荡汇入桃花潭。有风沿着沟谷在我脸上搜刮,似乎是从久远的大唐而来。我淡忘了自己,脚步随风摇曳,伴着湍急的溪水,不由自主地向下游挪了百米,目光被渡口那阔大、空旷、死寂所困,唯有一只乌篷船孤零零地、静默地坚守着。只不过时间穿越千年,因为这船,东园古渡、踏歌岸阁、怀仙阁、万村、翟村,更有这桃花潭始于《赠汪伦》而名扬天下,让人念念不忘。

我为眼前这大自然的造就所痴迷,寂寞而肃穆的美在潭江中流动,在草木中移动,我隐约感受到一种洗涤尘垢的轻松。潭边一排杨柳不知何时鼓起成串的苞蕾,末梢的枝条已绽开细小的蕊芽。灰暗的天光里,那些妙曼的柳条闪烁出老瓷般的光晕。看情形,这是沉默已久的绿意喷发,让我多了一份新奇,也感觉特别舒服。绿,总让人温暖澎湃。一汪清潭水,透出坚毅与从容,那一刻我的心蓦地变得明亮起来。

在桃花潭,甚至在整个皖南,河流溪壑纵横捭阖,就像永远拉不完的大幕。河流如同诗人,一有机会就会诗兴大发,滔滔不绝。溪涧就如一个个父亲,那一座座山峰就像母亲舒缓的乳房,孕育着这片山水田园。在桃花潭东北六公里处的琴高山，本地人称狮子山，独峰突兀，豪气苍茫，恰似雄狮横卧。山腰间的"饮歌台"曾是李白与汪伦饮酒放歌的憩园。李白风流倜傥，才情滔滔；汪伦侠肝义胆，豪情万丈。青山葱绿，碧水无涯，像是一场欢乐嘉年华在内心狂舞，亦如诗仙巨笔在，词辟潭江又一章。

李白从庙堂走向山水田园。皖南，天辽地阔，山高水远，云雾缥缈，高崖深壑，飞瀑鸣泉，白墙黛瓦，云里花开，层峦叠翠，流水潺潺，湿地沙草，柳浪渔家，随处可见缥缥缈缈的"仙气"，随处可见青翠碧绿，随处可见雾霭葱郁，随处可见溪流河水，随处可见古桥古塔，随处可见亭台楼阁。特别是琴高山云蒸霞蔚，青弋江山环水峙，我以为，诗人已把潭江当作灵魂的避难所，放飞心灵的"桃花源"。皖南山水的灵动、隽秀、超脱、朦胧、轻妙、诱人……无怪乎，诗人的精神疆域从逼仄到深远宽阔，整个世界因为山水而变得刚柔并济。

其实，若凝神注视，我好像在翻阅皖南山水册页——不掩饰、不修剪，因而不做作。这是一种内在的精神，更多深入骨髓的气质，举手投足的精神和风度，回眸一笑的妩媚和风致。它是历史这棵大树身上旁逸斜出，开出斑斓的花朵，人性的色彩与趣味尽在其中。

在桃花潭万象阁旁，一座粉墙黛瓦的老宅经历过的岁月沧桑，不是我辈完全能体味的。三叠阙式鳌鱼吻门楼展翅高耸，门楣金黄色的"四君子馆"（注：宋雨桂、韩美林、何家英、冯骥才）在灯光下熠熠生辉。第二进与大门间以天井连接，天井不是很大，正正方方的。此刻它正代替着书馆凝视上方那寸蔚蓝的天空，阳光从四方形的格子里倾泻而下，播撒一地的温柔与希冀。

书馆的前贤不吝惜钱财，把这里修建得十分宽敞。粗柱硕梁，辅以简单雅致的木雕，古朴庄重。这里的梁柱用料考究，皆是用上好的银杏树、香樟树制成。如此这般，才有了非同一般的气韵和高雅。这里藏着一个家族最殷切最深刻的期盼，期盼族中子弟同这栋梁一般，撑起家园社稷，撑起江山黎民。好在此书院未来可期，对文化的追求，不管过去几个百年、几个千年，都永不泯灭，而皖南人对文化的追求是从总角之年便开始。

浮云悠悠，绿水潺潺。书馆里学子们轻盈的身影和琅琅的读书声已经淡去，他们已经脱离了红尘，我们却仍然在这里流连忘返。

身处红尘之中，注定与大千世界中的人和事相遇。站在书院二楼六十六米长的《新富春山居图》前，两眼有金字在泛光——开卷描绘从千岛湖到钱塘江百里富春江两岸景色，远山隐约在连绵起伏中，群峰竞秀。那茫茫江水，天水一色，一桥飞架；那高峰突起，远岫渺茫，丛林茂密。村舍、现代建筑点缀于山壑间。水坝突兀，水中则游船如织。山和水疏密得当，层次分明。水旷、山远、林幽、石秀的全息式山水长卷，足可媲美黄公望的《富春山居图》。此刻，置身于这样的情境，衬着人的心悠然自得且暖意融融。

杯酒在手快意吐纳风云，诗境满怀潇洒来去人间。千年的光阴在桃花潭堆积得很厚。那是《菩萨蛮》《浣溪沙》《相见欢》，那里逝者已逝，留者尚留。远远眺望，青山郁郁，潭江汤汤。你看，古诗多滋养人，让你随时生发感念、感叹……人文绚烂，佛光灿灿，无论过去还是现在，一路走来，有多少感慨。

乌石村记

这些年,凡往江南,必徘徊池州。这是一座有意韵的城市,我喜欢升金湖的浩渺烟波,九子莲花的佛音缭绕,秋浦河的蜿蜒毓秀。这是一座浸淫在烟雨中的粉墙黛瓦的皖南城市,特别婉约且神秘。是的,早该承认在暮春的清晨,清楚地听到来自乌石的淅沥雨声,我的心和耳朵就这样离家远行了。

在乌石村史馆,可以看到这样一幅图:乌石在泼墨的缥缥缈缈的仙气中,村旁的水车岭把龙舒河折成九十度的弯,舒缓的"清浅流"从鹅卵石上瞬间跌落碧绿深潭。群山相拱之中,潭水向东漫漶,流进了秋浦河,流进了长江,也流进了乌石村,湿润了乌石。河的两边,田畴交错,高大的洋槐三五成群,金黄色的油菜花恣意张扬。乌石村静卧其间,"青砖小瓦马头墙,回廊挂落花格窗。梦里水乡芳绿街,玉谪伯虎慰苏杭",远远望去,轻灵、隽秀、超脱、朦胧,恰如五柳先生笔下的桃花源。

乌石,这个藏在深闺人未知的千年古村,三国时为虎林城,唐时叫乌石寨。《贵池县志》载:"池州自孙吴时,即为濒江兵马之地,并每以重臣有望者镇石城、督武林。"称乌石是明朝以后的事。反正,这里连绵的、铺陈的山水,因清澈、灵动、妙曼、诱人而灵性十足。这时你要吟诵"缘溪行,忘路之远近。忽逢桃花林,夹岸数百步,中无杂树,芳草鲜美,落英缤纷"的诗句吗?

春雨后的乌石村,犹如一尾灵动的鱼,触碰身体时有一阵又一阵的酥麻,水波荡漾后,继而又是温软如玉。村庄按"鲇鱼虾蟹戏荷花"的形式构建水系。村中多为二层建筑,背山面水,坐北朝南,白墙红瓦,与村东陡峭的乌石壁遥相呼应,如一颗颗宝石镶嵌在青山绿水间。乌石、乌石——"天倾欲堕石",魏颢在《李翰林集序》中称这位伟大的浪漫主义诗人,骨骼严整,巍然如山,额宽,眼、鼻、口皆大,顶骨秀气,"眸子炯然,哆如饿虎",舒展的额头透出坚定的意志。

我于村前的石板路上静坐良久,看光影移动,恍惚中听见气势恢宏的吴家宗祠里传来窸窣之声,还有高低错落五叠墙头的风铃声,更有翠鸟的婉转啼鸣。这些声响在春日迟迟、午后岑寂时分,给我一种故地重游的亲切感。

如今村边龙舒河南岸一片开阔的草滩,又称"黄金坡"。我来此地正是花香氤氲、草木葳蕤、暖风微醺时,乌石宛如"白云深处仙境",亦如"桃花源里人家",花草更绚烂、更忘我、更嚣张地开放着。

不要说这乌石的险要,不要说"黄金坡"的氤氲之姿,对于"薄游成久游"的李白来说,唯有"堕石"与"生枝"来个千年咏叹了。

秋浦千重岭,水车岭最奇。天倾欲堕石,水拂寄生枝。

——《秋浦歌》之八

在那善变的仲春时节,庙堂掀起的政治狂澜逐渐将王朝拖入时代的政治博弈,却给李白近十年的"余荫",他通过一支笔,退避山壑,走向自然。在艰辛的旅途中,诗人以士大夫阶层的范式,傲视群雄,酒蚀魂销,诗锋所向,诗品和格局以自我期许、自我发现和自我救赎的方式得以"淬炼",诗人那颗高傲的心再次满血复活,下笔自然深厚起来。于是,龙舒河雾霭葱茏、秋水盈盈里,一叶扁舟破镜而来,诗人衣袂飘然,仰视水车岭,才有直插云霄、风摇树动和危石欲堕皆若巍峨轩昂、琴瑟和鸣,与世间万象融洽无间,内心光明如日月,意念澄澈如璧玉吧!

　　毫无疑问,水车岭是一座山,乌石壁也是山的一部分。纵使水车岭伸出长长的手臂挽住龙舒河,亦使拐弯的河水坡下生成近千亩半月形坡地,如一块巨大的绿色毛毯,晾在堆满卵石的河滩旁。这恰恰如生命的曲线,似乎他的脚步丈量的不是山高水远,而是某种精神性的距离——完成一个冥冥中设下的生命大圆。我忽然想起,大凡旷世高才似乎都与山水密不可分,仿佛山水就是他们生命的起点与终点,陶渊明是这样,李白是这样,杜甫是这样,王维是这样……

　　或许,潜意识中,我最爱的并非是李白冲天的才华,而是他"仰天大笑出门去,我辈岂是蓬蒿人"的放荡不羁爱自由的人生态度。这种高蹈浮世的人,一生不缺的正是水的灵性、山的磅礴,他的笔下才能流泻出一部部不朽之作,荫泽千年,直至如今,依然散发着诗性的光芒。

　　走出村史馆。其实,这儿算是村街的中轴线,但眼中所见,亦不过是由众多白墙红瓦两层小楼组成的街巷。在街巷深处的老宅故居里,有鸡鸣犬吠、桑竹成荫、炊烟袅袅,还有五百多年前吴氏宗祠那巨大的石鼓,挽留着、牵扯着我的视线。我似乎能想象当年旌旗猎猎、战鼓雷鸣、所向披靡的吴家军,似乎看见那个头戴狮子盔、身披铠甲、腰系金兽面束带、纵马挥刀的将帅,屹立在城楼上,临江纵目,气势非凡,将气象万千的龙舒河尽收眼底。

难怪三国东吴利用此地筑城建堡。

村南古渡口,沿一座窄窄水泥桥直奔对岸,走进当年孙休放马的坡地,微风中依稀听到浩荡的阵列,军靴踏地、兵器相撞以及战马嘶鸣声。

这一刻,我分明看到山峦、草木、溪流、碧水、飞鸟有了重重叠叠的影子,纷纷沓沓地走进历史。我以为那些消失的人与事存在着一条通道,亦如大树的根系,在大地的深处隐秘地相连,弥漫在我们的周围,滋养我们的内心。即使飓风扫过,它依旧以巨大的定力,停留在原处,它们是这世界的一部分……曙色出笼时,我看见了真正的乌石,看清她真正的脸。

这时我与古石鼓留影一帧,沾沾岁月滋养的古气。

我想,许多年前,那虎林城旁的元妙观、文昌阁、灵官庙、太白楼……应该以同样的方式抵达乌石。青山隐隐,碧水幽幽,凡美,无不以毁灭存档。虎林城与它的王朝消失在时光深处,唯留下永恒的文化的结晶。

站在湿漉漉的坊巷里,仿佛那些长衫客轻盈的步履在虎林城影影绰绰。一刹那,风卷大地般,如织的人流与热闹的市声悉数散尽,好似正经历离散与隐匿,不可逆转。

说实在的,我很难将乌石风云际会的过往与这缥缈的暮霭晨岚,这响如天籁的溪声江流,这山野间绚烂的红蓼黄菊……联系起来,即便趴在石鼓上去读风化的文字,也无法捡拾时间的重量。

走过村口草木葱郁的小桥,晌午的天光安静地笼罩着大地,路对面倚山而起的茶厂门敞开着,新茶的清香和着屋顶的炊烟,阵阵沁人心脾。村主任告诉我,茶厂是村里投资四十万刚建的,承包给种茶大户经营。村里的青壮劳动力大部分外出打工,留下的老人妇孺管理茶园,采茶季每天能挣个五六十元,还能照顾到家呢!

"村里的路和房子建得都漂亮,但住的人很少,也不叫美丽乡村。我们'十四五'规划中,把民宿和乡村特色农家乐作为乡村振兴的重点目标,把乌石与李白这张历史名片擦亮,充分利用乌石天然氧吧的优势,做大做强'候鸟式'度假休闲旅游产业,把龙舒河、水车岭、乌石壁、黄金坡等资源利用好,让村民足不出户赚大钱。"

一遍又一遍,文字、音视频和网络回顾了历史,让情节在历史的缝隙中鲜活起来。在情感指向的瞬间,我仿佛听到一阵嘹亮的声音响起。我终于相信历史和文字有撕裂时空的力量。

文学是文化星空中最耀眼的星星之一,是亿万灵魂根植于骨髓的精神信仰。也唯有文学,让那些跨越千年的风云际会,那些似水流年,变得可堪追忆。

知否,知否?那些乌石往事,它们并未如烟缕缕,乌石人正在谋划更有意义的未来。

第二辑　乡湖之恋

乡湖之恋

想必每个人的故乡都是有河流湖泊的。乡湖是故乡的血脉,它滋润着古老的乡土,流淌着千年的沧桑。

我的故乡河湖纵横,那些来自大别山的清流,浩浩荡荡,千回百转,汇成一条条深深浅浅的河湖。

听着黄陂湖涛声长大的我,耳濡目染的故事多与湖有关,与堤坝内外的贫穷有关。我对以个体生命创造劳动价值的基层人民致以崇高的敬意。他们并没有什么惊天动地的举动,他们甚至是卑微的,却像湖区劲风中的芦苇一样不屈不挠。他们真实的生活,深深地刻在我的脑海里,稍微触及便漾起涟漪。

前日的一个傍晚,我到了临湖小镇缺口,在堂弟家简单用餐后,天已昏黑。街上月光如泻,麻石地面映着疏密相间的树影,间或有摩托喧嚣着高分贝音乐飞驰而过。店铺、酒吧、茶室的灯火或辉煌,或迷幻,或温馨,将客人们的情怀写在脸上。穿过良种场绿油油的稻田,便出了镇子。环望四周,原野万籁俱寂,唯有知了、青蛙在唱和着情歌。微风了然,辽远的苍穹粉黛沉沉。远处,灯火阑珊。此刻,荒僻、寒冷的气息扑面而来,我打了个寒战。

眼前一排红砖灰瓦的房子,被后面浓密的高大树木簇拥着,孤零零地耸立在湖坡。门前挂着两盏红灯笼,暖红的光晕把门前一大片黑黢黢田垄映照,想必这就是看湖人的家了。入夜访湖,我无心打扰入梦之人。站在湖坝静静瞭望那一片湖水,心变得辽远而开阔。我撤身返回客栈,沉沉地睡去。直到晨光从窗口照进,我才醒。推门在廊柱前站定,流云在天边绽开微笑,新的一天带来新的希望。

离开客栈,在缺口老码头的麻石路上走了一截,再折向西北,便是黄陂湖滩涂。透明的水在眼前波光潋滟,碧波无垠的芦苇浩浩荡荡,微风吹过,芦海浮动着轻薄的晨雾。身处其间,我想起三十年前开镰收芦苇的场景,犹如昨天。

每年浓霜似雪的季节,河滩上芦花飘絮,金黄一片。周边的几个村子,以自然组为单位,组成联合收割体,由各村按人口来核定面积,再从河滩由南向北分出一垄垄,用红纸或以砍倒几棵苇草来标明组与组的界线,抓阄决定芦苇收割的地段。

深秋的拂晓,寒风瑟瑟,空气中浮动着一丝丝淡淡的、半透明的雾气。乡亲们全员出动,一支支慢慢挪动的队伍,在隐隐的薄雾中,脚踩着冻土,竹扁担在每个人的肩上磨出嘎吱嘎吱的声响。我手拿镰刀,脚蹬长筒雨靴,站在路边,发呆地看着大人们一个个挑着箩筐从眼前经过。"孩子,你傻站着干吗?还不赶紧赶路!"父亲双手一前一后握紧两只箩筐的绳索,脚蹬草绿色的解放鞋,步伐快而坚定有力。我一路跟着他的步履小跑起来,脸一会儿就涨得通红,开始呼呼喘起粗气。

小船在清澈见底的水面上划过,很快就钻进密密匝匝的芦苇丛中。虽不见小船踪影,但乡亲们的笑声伴着湖边摇桨人的歌声在芦荡上空盘旋,浩浩荡荡的芦苇被他们的激情所感染,全都在风的伴奏下，摇摆起多情的腰肢来了。

广袤的滩涂芦花似雪，鸹鸹鸟在苇丛中穿梭着，几只云雀叽叽喳喳地跳跃着。所有的人在芦苇前站成一条线，太阳在背后大大的，鸭蛋黄的颜色；所有的人弯下腰，左手向后围住一簇芦苇夹带着茅草，镰刀在阳光下闪着耀眼的金光；所有的人屏气凝神，空气中唯有鼓点般咔嗦咔嗦的砍伐声，芦苇一片一片地倒下。宋表爹打着补丁的棉袄上扎着一条白土布腰巾，蹬着一双竹叶编织的草鞋，脚上青筋暴突，带着我和几个后生把苇草拧成绳状，将芦苇捆扎成条形，几十捆合围竖起，一会儿工夫，整个苇场竖起了密密麻麻的"蒙古包"，顶端高扬着雪白的缨穗，像是覆盖了一层厚厚的白雪。

快到午餐点了，庄上的程大叔担着午餐，晃晃悠悠地出现在我们面前。他唠叨着，把饭菜分发给每个人。空气中弥漫着香喷喷的米饭味，饥不择食的我狼吞虎咽，几分钟就结束"战斗"。

苇丛起伏处，各种昆虫从深处飞起，苦恶鸟叫得正欢。我们挥舞镰刀，砍出一条路来，直奔鸟的老巢，任凭苇鸟儿扯着嗓子愤怒地吼叫。它们在我们头顶上空盘旋，似乎想攻击我们。

收割正酣时，不知是谁惊喊一声："蛇！一条大花蛇……""啊，我的妈呀，救命！快跑！"胆小的女人吓得像炸开锅似的，扔下镰刀，撒腿四散，引得带头"挑事"的男人们哄堂大笑。那笑声豪迈而高亢，久久回荡在朝阳满天的晴空。

收割的狂野，少年的懵懂被惊醒。我举起镰刀走向更深处，尽管苇草纠缠着我的双腿，让我举步维艰，但阻挡不了我前行的决心。此刻，我感觉自己就是一株芦苇，在四季风雨中艰难成长，遇到温暖的阳光便狂野起来。

分配芦苇的日子，家家户户像办喜事一样热闹。天刚破晓，勤劳的村妇三三两两手提肩挑，肉品、豆腐、烧酒、香烟，琳琅满目。这一天，整个村庄上空都久久飘荡着酒肉的浓香。这一切，都为邀请亲戚朋友花一天工夫，将湖中的芦苇搬回家。

微风拂面，芦花飘然。挑芦苇的大军由北向南，形成几十路纵队，清一色的扁担，同一种姿势，嘎吱嘎吱的扁担与绳索受重声，伴随着人们沉重的喘息声，在队伍中此起彼伏。芦花贴地拖行，挑担的人行走在埂坝上，两边的土地被芦梢拖出几条像粉饰过的凹痕。

次日，我站在湖坝放眼四望，天空中白云悠悠，云雀从头顶飞向远处。辽阔、寂静的湖滩上只剩下几个拾芦苇的汉子。水面上帆船点点，水划子上的人吐着烟雾，不紧不慢地向水中一点点放着渔网。几十只大鸟在已收割的芦荡中蹦来跳去，不时发出一阵阵狂暴的叫声。

芦苇收回家，父母大清早就催着我起床捋芦苇。先是按长短捋一捋，根据编织芦席的尺寸，铡出经纬不同的用料，整齐地码放在院里，末梢用稻草盖好，再覆一层雨膜。待有人上门订购芦席时，家里俨然成了芦席加工厂，满屋都是芦苇。父亲套上围裙，向布满老茧的双手长长地哈一口热气，上下用劲搓几下。从院里搬来几捆芦苇，打开一捆，左手拿起镂刀对准芦苇切口，右手握住芦苇向前用劲一拽，一根芦苇就顺利地被镂开。一上午，父亲一刻不停镂了十多捆芦苇，到后来连棉袄也脱了，脸上红扑扑的，像刚出锅的红芋。

所有的材料准备充分，就是我和弟弟妹妹大显身手的时候了。一把把苇篾在手中翻飞，在胸前猎猎作响，十几分钟，脚下便铺开一方平展展、白生生的苇席来,纹路周正,边角规整,让人生出几多喜悦来,不卖个好价钱才怪呢。"你买的是哪里的席子?"问的人一脸的羡慕。答的人一脸的自豪:"黄陂湖的。"缺口码头上,一船船芦席被运出去,买的卖的都满面春风。那些年,我们的学费都是靠编芦席才勉强凑够的。

  家乡的芦苇就是我的生命。多少年过去了,我忘不了收割芦苇、编织芦席的生活经历,那是一片亮光,被我珍藏在记忆中,经常映照着我的心灵。

河更新

一

　　故乡的失曹河就是丝绸之路上的一枚古钱币,攥在手里感觉沉甸甸的。我的视线随着钱币慢慢移动,沙泉淙淙,汇聚成小溪或海子,渗入地下的水,多像哺乳期母亲的乳汁,总是溢出。这些苦涩的水逢旱之年,滋养了广袤的土地和村庄。也不知多少年了,岸边的杉树、沙滩和沙砾上的荆棘,生生不息。

　　吃河水长大的我,听到的故事多与河有关,与堤外贫富的人有关。儿时的我懵懂,长大后才明白,河的起点是矾矿。河因矿而生,泥土、沙丘随山洪而来,浩浩荡荡,周而复始,自然就成了河。河对岸有我曾经可爱的邻家小妹,而如今她眼角的鱼尾纹也有了沧桑和韵味。

　　行走在河畔青灰色的村落间,饱满的稻穗亲切地点缀其间,疏密得当,弥漫着几分"青灯黄卷"的古雅之美。时光从河的身体里横穿而过,把大唐的气象藏在血管里,孕育了明矾——净水和造纸的原料。抚摸矿工那粗陋的铁锤、锹、铲、斧、矿灯、柳条帽、木轮车,我仿佛看到一批又一批头裹布巾的汉子,满脸尘土,正步履蹒跚,赤裸的胸肌健硕有力。他们是那么专注,悠长的时光像他们推动的木轮车的车轮,转啊转。

制矾人似铁也如煤,皮肤像滚过桐油的家具。滚烫的矾水倒入沉淀池,炙热令流汗的肌体能凝结出盐粒。而空气中弥漫着浓烈的腥臭,老远就能闻到这股令人五味杂陈的气息。

偌大的坊堂又是另一番情景,风箱咔嚓咔嚓地拉着,炉膛火苗直蹿,水花飞舞,热浪袭人。这里,最能看到生命的顽强和不屈的力量。或许,他们的身上永远不会有惊天动地的大事发生,但他们有如河边劲风中的芦苇一样不屈不挠。或许,矾水、矿渣、泥土对河而言显得那么微不足道,就像一根漂浮的稻草那样脆弱,可就是这些成全了这条河,也成为故乡人的生命意象。

二

隆冬的冷气把天洗了一遍,天蓝得有一种失而复得的贵重。河床的枯草上有层霜,寒光凛冽,踩上去格外清脆。海子中倒伏的草和荆棘,霜意尤深,迎着光,直刺眼。曾经葱茏的芦苇,在远逝的水中摇曳,而在更远的河道转弯处,覆盖着起伏的沙丘,受到某种暗示的一只只水鸟啪啦啦直上云霄。母亲牵着我走过结冰的桥面,上学路上,河堤前后不见人。为壮胆也为驱寒,我长长地哈一口热气搓一搓冻僵的手,鼻孔冒出的热气结出白霜。母亲仍站在桥头注视着我,直至我渐渐地消失在茫茫白雾里。一头牛的身影显现出来,它慢腾腾地走着。老伯挑着粪箕紧随其后头,一点点地出现在河埂上……我在想,或许老伯看我冷得发抖,怜悯我,能牵牛送我一程呢。我站在原处,充满企盼。

有时企盼比亲见更幸福。河的冬季是美的,霜尤为耀目,河床上皑皑一层浅白。冬季的河百变成溪,冰刀锋利地划开河的胸腔,水流似血管中的血液般永不停息,杉木蜷缩身躯僵立在堤的岸头。偶尔,野兔从草丛中忽然蹿出,一只老鹰如箭一般,直勾勾地抓起它飞向远方。这时我才明白,得与失并无两样。失去,让灵魂痛苦;得到,却是狂喜大过。其实,生命只有在一次又一次失去时的煎熬中才会慢慢变得坚不可摧。

　　河堤之上,那洪水滔滔的哀伤从没有离开祖辈们视线。围垦的长堤多像一根草绳,日日年年,总有一天成就它铁壁铜墙,只要坚持不放弃、不抛弃。

　　河两岸的乡亲们是土地的仆人、庄稼的仆人,有谁的身上没留下河水的削痕和鞭策?生命的磨砺,让祖辈们不再惧怕什么。

　　此刻,我满脑子都是与河有关的故乡记忆。站在河的出口,清澈的湖水倒映着蓝天、水禽和野鸟,还有一望无垠的芦苇和红柳。微风吹皱水中我的倒影,伴随几声鸟鸣,河终于找到属于自己的归宿。

三

　　在故乡的河边,我总期望把内心的狂热一点点激发出来,让火焰与激情一道返场。儿时,我喜欢放牛、打猪草,却终究成不了一个地道的农民。少时,低矮的土坯茅屋下,假如妈妈给我一架梯子,我就可以伸手触及月亮。如今,一声悦耳的鸟鸣让我感动好久。此时,楼下的小水池里蛙声此起彼落,我想起故乡,想念那些饱满的稻穗、老屋、茶园和谷场,想念乡亲们晒太阳唠嗑的场景,想念抽水烟的二伯、掏鸟蛋的小伙伴和说唱大鼓书的杨先生。或许正因为我久居城市,才更知道故乡的分量,所以始终对它保持最大的敬畏。

我像一棵小小的茭茭草,随风起伏,或如一朵飘飞的芦花,却飞不出河的怀抱。

前年的一个周末,一行人驾车返乡。到达失曹河,到底还是惊艳一片。河两侧红绿相间的标志旗一字排开,挖掘机正举起臂膀吼叫着,仿佛要把河床碾碎。此刻,我想阻止那些疯狂地、肆无忌惮地作业的机器,我为正在生长分蘖的秧苗、成片的杉树和泡桐忧虑。

在匆匆的行走、阅览以及心事重重之中,再也见不到令我惆怅的古河了,但我能想象出未来的新河,等到新河慢慢复苏,渐渐与水、与自然融为一体,本性就会体现出来。

前些天,我在河边散步,河比记忆中多了一些生机。一座座新桥如飞虹横跨东西,坡上草皮规整有序,堤岸松柏郁郁葱葱,偶有车辆穿行其中。河水依然潺潺流动,进入黄陂湖,寻找那片属于自己的浪花。

此刻,我站在河旁,和煦的阳光拥抱我和整条河。我不知道《庐江县志》是否记载过失曹河最后一次行船是何年何月。无论是否有记载,当你置身其中,身体知道,昔日的繁华已经退却,记忆掩埋了那些生动的细节,它已成为时间的故乡,成为我们隐约的牵挂。

老街

黄屯,这是一个处于山坳深处的地名。在当地方言中,"屯"重音,读"墩",一如山里人的大嗓门。

水是黄屯河,山名马鞭山。千年古镇,三面环山,满眼全是望不见边际的竹海林涛。

溪河顺涧而下,在街南头绕了个大弯缓缓而行,流进百里巢湖,再汇入长江。我思量,长江之水必定有这条小溪的贡献。晨曦,岸边洗衣女棒槌的节奏声在山谷间回荡。抬头眺望,青瓦白墙叠耸,徽派建筑的街面高檐飞阁苍茫而错落,光滑的鹅卵石街道,狭长弯曲的小巷,犹如这老街的历史,悠长深远。故乡的图景宛如一幅水墨山水画,已融入我童年太多的记忆,注定是我生命中难以割舍的温暖记忆。

一

一年四季,雾是老街特有的标志,或许与群山相拥有关。每当日破东方,风火墙群落云蒸霞蔚,我仿佛看见云作衣冠、霞作腰带、横眉怒目、笑傲江湖的士大夫那"相逢意气为君饮,系马高楼垂柳边"的英姿。

雾与老街守望千年,不离不弃。佛曰,物物相伴,即便跨越时空,也会有一种因果,此乃天经地义。我相信。

这就是黄屯,这就是黄屯老街。

这里的雾永远给人一个浅淡灰白的早晨。乡下人习惯于天蒙蒙亮赶集,担上百十斤重的土产,脚踩露水,对于他们,十几公里的山路如同平川。路行一半,乡民们汗流浃背,头顶热气蒸腾,嘴里呼呼喘着粗气,在行走中扁担发出嘎吱嘎吱的节奏。卖出山货的乡民总会结伴去一家店门倾斜很写意的小吃店,早起的女主人如同从画框里走出,长相标致,朦胧的雾气一丝丝从她四周散开,化进温暖的氤氲之中。乡民们的目光随着屋内灯光的倾泻,大嗓门也变得柔情轻和。他们笑嘻嘻地接过女主人递来的几碟卤菜、一壶小烧、几个金黄色的大米饼,坐在河边的雾中饮上几盅,酒精烧红黑黝黝的脸庞,带着阵阵浓烈的烟草味,开始口无遮拦地大声戏说一些荤段子,算是人生中最大的享受。日出雾散,乡民们各自美滋滋地捏着辛苦钱踏上归程。

街边的耕田人是报时鸟,差不多田野烟雾一弥漫就起身。耕田要早,我常被耕田人的嗨哈声和鞭催耕牛声唤醒,然后迅速起床,直奔那条昨夜我走过的街边田埂。耕牛永远前行,犁铧如舌,梢头的水雾淹没了翻过的泥土。几只燕雀叽叽喳喳,在新翻的泥土中寻觅大餐。一只黑狗紧跟其后,一刻不停地搜寻属于自己的猎物,时不时盯住欢蹦乱跳的雀儿,冷不防扑向燕雀,燕雀呼啦啦展翅而去。就这样重复着一轮又一轮的追逐游戏。人和牛一路前行,田野、村庄、鸟儿和街市顿时变得激越起来。

二

老街恰似一枚古铜钱,虽经岁月的打磨,花纹和年号早已模糊,但它的价值毋庸置疑。走在光亮的石板路上,磨蹭着凸于地面的石门槛,蓝天竹影下的老屋阁楼的屋檐下,倚门而望的老人,目光是那么柔和、淡定,还有古老而又熟悉的瓦片和古旧的外墙上,那些尚在生长的花草接力着昨天、今天和明天的故事,给你一点家乡还未远去的错觉和一份失而复得的贵重。竹编篾器就是这方古铜钱方孔中一指间的吉光片羽。

与其说我为老街而来,倒不如说我为竹而来。最近偶读一篇文章,说竹编篾器是老街将要失传的文化精髓,不免心生几多惆怅,联想到洪应明的《菜根谭》,此时正是十月,他那时看到的和我此刻看到的景物应是相差无几的。"风吹疏竹,风过而竹不留声;雁渡寒潭,雁过而潭不留影。"世事如过眼烟云,竹编篾器却有了一丝古镇的沧桑和韵味。

镇上的竹器店有四五家之多,竹耙、竹扁担、竹篮、竹椅、竹床、竹簟子等一应俱全,弥漫着古韵之美。店主人都是老艺人,一根根毛竹在他们的劈刀下,只听竹身哗哗作响,臂力与腕力相互作用的行刀技法如行云流水,如魔术般,竹竿顷刻间成了薄片和竹丝。竹簟子是讲究手艺的,一把竹刀、一支竹尺、几根弯凿,技术全在艺人对竹性的理解上,透过竹片左右交叉成菱形,艺人在变换手法时有规律地添加细长的竹片,再用竹尺像手工织布似的扎紧。一张上好的竹簟子要花一周的时间方能完工,真可谓慢工出细活。

我美美地欣赏老艺人手与竹最神秘的咝咝对话,整套动作干净利落,娴熟自如。老手艺还在,这些老店铺当初一定繁华过。

听祖辈说,街上的住户一向以古徽州移民自居,吴、朱、陶、鲍、何等大户清末由江南迁徙而来,而且都是手艺人。特殊的地理环境,促进了当地商业和传统手工业的发展,由于街市缘竹而生,老街明清几代都是竹器集散地,尤其多的是加工竹器的手艺人。最兴盛时,一条街上有七八十家竹器店,农家所用竹器应有尽有。

繁华不是旧梦,繁华更在新妍。黄屯竹器中那些竹扁担、竹椅、竹凉床、竹簟子都是畅销货,有的竹椅、竹凉床、竹簟子能传承几代人。尤其是夏天的竹簟子,皆用料讲究、做工复杂,对手艺人的技法有很高的要求,没有三五年经验的师傅不敢贸然涉猎。一张上乘的竹簟子就是一幅质色纯正、浑然天成的水墨丹青,且轻薄透气,盛水不漏,折叠自如,数十年不坏,越久越凉爽。

黄屯不能没有竹,竹也不能离开黄屯。没有竹,黄屯将失去灵魂。竹给了黄屯人谋生的路,也耗尽了黄屯人祖辈的生命。父辈们常说"本钱轻,下黄屯"。从明、清直到民国,黄屯的竹器随水路行销武汉及长三角一带,真可谓竹声喧闹,繁华兴隆。黄屯人不怕劳苦,黄屯人富有智慧。他们在保持传统技艺的基础上,在品种花色上进行创新求变,写意出几多灵动的气韵和鲜活的生命力。

三

多少年过去了,我还常常想起老街街头巷尾的米饼。刚出锅的米饼香气诱人,贴锅的一面呈焦黄色,其余部分都是肉肉的米白色。此时的米饼不再是下锅前的那种冷面,而是柔柔的粉白镀上一层光晕,斑斓的光点碎银般跳跃在散热的饼面上。我的嗅觉从极度亢奋到急需占有,大饼的米香是如此汹涌。这种搅动人食欲的香,在撩拨我的味蕾,馋得我垂涎三尺,内心深处有隐约的欲望。

对黄屯米饼,我一直想表达的是我的童年味道。

如今,在城市待久的我,走进家乡人开的餐馆吃早餐,免不了问一句有没有黄屯米饼,如果有,那吃上这样一顿早饭,一天都有好心情。

记得我很小的时候,只有过节才能吃上一顿母亲做的米饼。豆腐青菜是最好的馅了,看不见一丝肉丁。做米饼的料有讲究,必须用上等籼米掺上糯米,淘洗晒干后,用石磨碾成粉。碾磨也是一件卖苦力的活,一人推磨,一人不停地上米。如果是一个人磨米,便将米堆放在磨上,用一根竹竿绑上勺子,推磨时随时向磨孔里添米。推磨人不停地做机械动作,一天下来腰酸背痛。磨出的面越细,做出的饼越爽口细腻。除了磨米,籼米、糯米掺和比例也很关键,糯米少了,吃在嘴里硬邦邦的,难咽。记忆中,母亲做的米饼总是细腻可口,二三两一个的饼子我一顿能吃四五个。现如今,石磨被机器所替代,那些曾经深深搜入我生活乃至生命的东西,从我身边销声匿迹。

我在老街上走着,把渴望而热切的目光贪婪地投向那些热气蒸腾的小吃店,我用心聆听着家乡的俚语,风声里女子的乡音是那般亲切,她正是卖米饼的主人。我向女主人告了早,接过她递来的一碟米饼和一碗稀饭,要了一点咸菜,静静地坐在角落里。来自乡土深处尽情散发的静默曼妙的香味,调动起我身体全部的激情,真可谓美食与相思不可辜负也……但认真的味蕾无论如何也找不到当年米饼的味道,米饼成了老街的一个符号。

怅然间有所顿悟,不是米饼变了,而是人的感觉变了。如今,我们餐桌上有着丰富的时鲜蔬菜、珍馐佳肴,好东西吃多了,人便试图去寻觅过去吃过的味道。城里人口味求变,更会想着乡下的食材,因为乡下的食材是我的记忆,是我的根系所在,我希望看到生命的根。那些见证我成长的物件,无论过去多少年,都能从中找到童年的味道。

遥望那片山影

　　熟悉故乡的山影，就像熟悉我自己的身体。

　　视线总是从逶迤的大别山绵延而去，故乡的山影起笔高峻，泼墨而来。东南重峦叠嶂云冠高耸，经中部丘陵波涌身姿丰满，至东北原野如巨翅平展的黄陂湖湿地，经巢湖注入长江。雨过天晴，看得更清晰且更远，仿佛晴朗的心灵，把视线又接长了好远好远。

　　山脉如斯，气脉亦然。我此刻才注意到晚霞映红了天边，正一寸寸跌入地平线，粉红色的薄云像带子一样划过水蓝的天际。那数峰叠起的山影，遮蔽了我的视线，世界倏忽间沉寂喑哑且更加浩瀚，我心中滋生出望透故乡山影四季那种庄严灵动的美的向往。

　　在他乡想起故乡，常是湛蓝的天、牵手翱翔的白云，以及葱郁的植被。我坐在故乡老屋品茗、喝酒、自拍时，一抬头，便发现一座座山正凝视着自己。在无声的午夜，会不会有游子将它梦见？我相信，被故乡山的汁液滋养的花朵，会有一种别样的香艳。有时我会情不自禁地在心里祷告，为我那个景色绚烂、土地肥沃却并不富裕的故乡。即便感动不了天地，能够感动自己也是值得的。

我毕业后留在了城市,记不清有多少次走近故乡的山影,又定居在哪座山旁。但记得清的是,从那座山走出后,我就再也没在山里堆放过心灵外部的行囊,比如我的身体,比如我的欲望、我的疲惫、我的抱怨。那抹不去的山影给了我很多感悟,我多年沉积的思绪被山影激活,我对故乡的情怀在山影里流荡。

故乡的山影还是昔日的光景,但带给我的已不是当年的遐想。是的,故乡的山影还在那儿,和山影一同生活然后又匆匆离去的人太多太多。

前不久,驾车穿过数重山影,眼底至今仍储藏着原始森林般的植被,耳朵里灌满了溪水的声音,眼前的枞树、杉树争相指向天空,仿佛要戳破蓝天上的一片片白云。

走在故乡的山道上,这重峦叠嶂的山脉所要传递和辐射的福祉绝对不是通过四季更迭来实现的,一定有一种介质可以把我想的东西输送到很遥远的地方,并且不会因为距离遥远而减弱。

我老宅邻居是一位姓程名贵的抗战老兵,在解放山东的一场战役中,子弹从他的左耳进右腮出,险些丢了性命。带伤回乡,组织上安排他到村里任副主任兼村小学教育辅导员。印象中,他成天离不开一杆烟棍,不开笑脸。慑于他的威严,每次远远看见他,我都是躲着。那时候,上小学的我经常听他讲如何满怀豪情地跟着共产党,打土豪,分田地,武装工农闹革命,对他产生了由衷的敬佩。

程贵是1942年从这走到县城的,那时应该还没有公路的概念。他是如何走出去的呢?只有一种可能,就是沿着逼仄的山道步履蹒跚地走出大山的。此刻我能想象得到,那个意志坚定、目光炯炯、走过巍巍大山的青年,如同关在笼子里的鸟儿突然放飞,迫切地想翱翔于广阔天空。一个满怀救国救民理想的青年,用自己的革命热情和肉体一道燃烧了一辈子。

我以为,一个物体,不再是纯粹意义上的物体,那便具有了精神层面上的象征。因此,从这个意义上,故乡的山不再是一座座山了。我生活的这座城市,西端有座山叫大蜀山,其中包含有这座城市历史积淀的地理意义和人文意义。倘若没有大蜀山,许多人就迷失了生存的方位,对一个城市的记忆甚至情感,就失去了心理的参照。

站在那里的山脊上,眺望一览无余的山野,心胸开阔地想着一个上古时代的构造,更惊叹于一个全新时代的创造。在我看来,即使在地质特征已经发生重大变化的今天,故乡的山依然具有诱发诗思的特殊气质,譬如那潺潺的溪流、葱郁的林木、绿荫中隐露的白石、天空中飞翔的鸟儿、山谷中孤独的月影,都极易引发人内心的幽思。一如大漠深处的阳关,身临其境,你会产生远眺与怀古的欲望,张口便有旷古的辽阔与苍凉。

对山的眷念,使我对故乡有了更深一层的认识。

年轻时,想到更多的是前行,虽不能及,心所向往的是波希米亚人那样的生活:一路花花绿绿、丁零当啷的大篷车;穿大花裙子的女人,笑吟吟地让路人伸出一只手,和路人一舞,今晚的饭费就算到手;到夜里看那地方不错,就留下来,第二天,又起身去下一个地方。

人生其实有个原点,这个原点不会超过自己的血脉,不管你走到哪里,都是他乡,即使身体消亡,还是有一个方向引着我们的灵魂,就如一件物品,摆放到合适的位置,才感觉到自在和妥当。

我非常欣赏一种鸟,大限将至,自我选择死亡的栖身之地,并不惊动其他任何生命。在自己喜欢的某处长久地静止不动,这就是一种幸福。生命亦如此,从来就是无法选择地而生。无论是做只辛苦的鸟,还是做同样辛苦的人,无论是生活在富贵之家还是贫瘠之地,都由不得自己做主。而这最初的出发之地却在很大程度上影响人一生的幸福与幸运。

只是我终于明白,无论伸颈俯视还是凝视伫立,那层叠的山影从不会跨向遥不可及的虚无,只是我在无法抵达的地方充实着自己的生命,带着悲悯的神情审视山影的片段。

当然,关注故乡越深,越无可讳言那片山影的凝重。

如今的故乡,鸡鸣狗吠渐次变得稀疏,有的村庄竟然人去庄空,而那些被鸡鸣声唤起的炊烟,每年都在减少,只有寥寥数缕。是什么掐断了乡村的炊烟?我的一位乡党风趣地说,人往高处走,水向低处流呗。是的,一个急剧变革、城乡大融合的时代,许多个体生命被裹挟其中,身不由己地四处迁徙,你要摸清他们的真实去向是不容易的。

我曾经笃信,故乡的炊烟不能走,也不会走,它将与山影一样,留下来陪着我们过日子,直到天荒地老。道理很简单,最早走出来的,他们都是山涧小溪里的小水滴,或者是一泓细流,流了一圈,最终又回到自己的源头。

其实,故乡的山影和近景里的楼群,构成同样寡淡的沉默,它们引以为傲的色彩都蒙上了暗黄色阴影。城市仿佛旧了,四下只有被雾霾浸渍的轮廓若隐若现。感谢雨水吧,真实不应该被隐藏。

如若不是千家灯火亮起时那些移动的黑色剪影,我几乎都要忘记是在与人为邻。在此,我想起那些千辛万苦、千方百计靠山吃山的先人,山承受不住无休止的搜刮掠夺,山要杀死他们,可他们还要依靠山。一批又一批先人试图走出山,去往山的那一边,失败和困难使得这些努力和艰苦历历在目。有时候,我似乎听到毛笔在宣纸上的划动声,还有吹动竹林的风声以及山茶花缓慢的飘落声。于数次走出山影的颠沛流离中,这似乎算是普照在山影中最为安逸、享受的时光了。

我看见了故乡山影上空干净的天空,澄澈如海,给人以惶然和虚幻感。

对故乡山影的思念,应该追溯我二十年前复杂的心路。那时,我坐着开往家乡的班车,往那个长满稻穗的村庄走近的时候,总是不敢抬头挺胸地走进家园,总觉得自己还乡还缺少一种依附在面部的光环,总觉得自己给家园带回去的是内心的一种暗淡。回到故乡自然是温暖的,但这种温暖犹如从热水瓶里倒出来的开水,慢慢就变凉了,内心的温暖冷却了,感觉家乡的一切都很零乱、灰暗,就连麻雀的叫声听起来都是怪怪的。于是,我发现,我可能把自己的灵魂丢了。当然,无法回答这个问题的并不是我一人。我思忖,大多数从乡下走出来打工的城里人和众多边缘的城里人,心里几乎都有着这样一个问题。

我原先并不爱这片山影,总觉得我的家园在远方,在一个很不具体的远方。这个远方在很长一段时间里牵引着我,让我盲目地处于一种似乎永远没有止境的行走中。行走穿越我的白天和黑夜,穿越我自由的身体和内心。

如今,每次抚摸墙上的中国地图,当指尖滑过故乡的山影时,内心还会漫过一阵悸动。多年的世俗生活像厚厚的火山灰把我覆盖,关于远方的梦想便悄然无声地萎缩、凋零。

无须借助外部环境而守住本心。我们也可以将故乡山影的万里云霞揽入胸怀,透过枝叶繁茂的树林,看那苔藓斑驳岩石凝成的清净山峰,清晰的云朵浮动于树冠之上。在这些超越时空的山影里,有淙淙山泉可以解渴,有清澈涧溪可以濯足。看山影移动,我恍惚听见远处寺后竹林里传来的窸窣声,还有高处佛塔角上的铃铛声,以及无名翠鸟的婉转啼鸣,这些声音在春日迟迟、午后岑寂时分,给我一种活得从容自在的尊严。

随着岁月递增,而今无论走到哪儿,故乡的那片山影都在我的心头,始终与我为伴。

倚在故乡老屋窗台,山影一如既往地宽容与慈悲,景致依然如流水倾泻,而我们的生活一如往常在徐徐展开……

村庄往事

20世纪末,定还只是刚从泥土里发出来的草芽,稚嫩无比,一点点风寒对他来说也无异于感冒。现在看来,他的这种弱不禁风的心理不过是一生中最早的一朵浪花,是对失曹河那片土地的怀念与感喟,是一种与生俱来的敏感与期待,恰好,他与我又一次相遇了。

那个时候,我像一头贪食的水牛,不断地向大人询问一切自己无法破解的好奇。定,一身白大褂,要么整天摆弄瓶瓶罐罐、针呀刀呀钳子什么的,要么出门好几天,回来满院子都是各种花花草草,空气中弥漫着青草的味道。

其实我对定的把式并无多少兴趣,据说,定是拜了邻村名医袁和清悟思践学才成就了他的医术。我感兴趣的是他到底读了多少书,满口的之乎者也;感兴趣的是他开出处方就能手到病除,妙手回春;感兴趣的是他是如何驯服那个清纯靓丽的女孩的。我尽情地发挥着自己幼稚的想象,定就如门前的失曹河水一样,看得清却摸不透深浅。

定自幼身体羸弱,哮喘也是年少时落下的。哮喘恣意妄为地在他身上流动、淤塞,引发剧烈的咳嗽,紧接着是让他大口大口地喘气,仿佛一头怪兽在撕拽着定青涩的身体。

成长像是流水线。我记事时定已是个驼背医者,未见其人先闻其声是对定最好的诠释。他咳嗽时眼睛瞪得像两盏凸显的灯泡,喘气如发动机的喷口,整个人不停地颤抖。如今定已在我的记忆中慢慢淡出,只有轻盈的战栗用以怀念那些被扯碎了的记忆。

土坯茅草的脆弱使得"茅屋为秋风所破",于是,一场稍大的暴雨必然让"床头屋漏""雨脚如麻",淋湿的土坯一块块落在病床上、药柜上甚至头顶上。空气中弥漫着湿漉漉的霉烂味,让本已喘不过气的定有一种莫名的罪恶感——我是刽子手,我杀了这孩子。孩子突然口吐白沫,全身抽搐,看着幼小的生命像落水的甲壳虫一样挣扎,定却无能为力。那一刻,世界在混沌的雨雾里仅容下灵魂在急速喘息,孤独的身体裸露在强光下,无助而煎熬。雨后的太阳斜斜地射在村庄的每一个角落,街巷随处可见折断和倒伏的树木、被掀掉屋顶的土坯房、坍塌的土屋。寂静的村庄显得那么陌生,根本看不到生活尽头的希望。远去的天边,那种刺目的、惨白的、无法辨明的天空终于在阳光下明亮起来,这毕竟是生命的存在现象,定绝不会是绝望的野草。

如果从另一个角度看,生命的存在,其实就是时间存在的另一种方式。我敬畏生命里的一切,包括生与死。

时间退回到20世纪80年代,我住乡下,曾和定有过多次交集。一日,头疼脑热找定问诊。我壮着胆走进诊所。那墙,土坯抹平粉白;那顶,稻草捋直夯实。一色茅屋,景致别有远古。我原想:定是十里八乡的名医,名气大,脾气应该也大,该是板着阴森森的脸,一副铁骨傲苍穹的做派。当定那格式化的驼背、哮喘导致支气管收缩和痉挛产生的哮鸣音似鸟叫或是哨笛响在我面前,他笑容可掬,轻声细语,话语中常表达出坚定的意志和仁爱之心。我惊喜,我惭愧,他的语速和行为完全颠覆了我的想象。我回答定的提问,不时用余光一瞥,见他满眼尽是阳光明媚。我如何回答才符合当时的心境,才能掩饰我的寡陋?

又是春暖花开,开着开着就进入了7月,天空依旧碧蓝如洗。转年元月,噩耗传来,定已成为前贤。我一次又一次在岁月的记忆中穿行,默默追寻老先生沉甸甸的心迹。

似乎真是那么回事。村诊所是定留在村子里的脐带,连着筋脉。那诊所,时时刻刻,角角落落,都有定的气息。那年初,定收了个女学徒,姑娘二十出头,长得端庄大方,农家孩子的纯情善良在她身上得到完美的体现。村民们啧啧赞叹,吃矾水长大的还有这等标致的姑娘。人说,女孩的青春如花,美貌如花,命运也如花。她高中毕业,算是本地的土秀才。她那喷射着饥火的饕餮目光,让村民们起了疑心。她眨巴水灵灵的大眼睛解释道:"我别无他意,我是来学习的。"刚开始几年,她整个心思都放在学医上,大清早,迷迷糊糊间,就听到咔嚓咔嚓声,清脆、紧凑、结实,一声连着一声。姑娘正在聚精会神地铡药材,那神情中透着清秀、素雅和淡淡的文化味。那些日子姑娘不离师傅左右,出诊时背起药箱,提着师傅的专用水壶走在前面,不论炎炎夏日,还是三九寒冬,前前后后操持着,从不懈怠,人黑瘦了许多,也显得老了几分。定打心眼里喜欢这姑娘,是前世修来的缘分,情窦初开的他感觉幸福来得太突然,隐约显现淡淡的忧愁。一年前,村支书拍拍定的肩膀:"我把一棵好苗子交给你,好好培养,别动歪点子。想娶回家做老婆,我可饶不了你……"

牢记归牢记,定并未死心,一年后,他还是加快了追求幸福的步伐。

一个本村大户欲把自己的女儿嫁给定,遭拒绝后放言,姑娘本看中同村一后生,是定以"近水楼台"变"狸猫换太子"。而后,流言蜚语,花边新闻,犹如黄昏里的蝙蝠,在村庄上空肆意翻飞。流言传到村里,村民们一改以往的艳羡,开始戏说定的"野史秘闻"。弄到后来,连最亲近的家人也对定侧目而视。

可怜的定无法和他们理论,很崩溃,很郁闷,很压抑,很憋屈,很愤怒……心像是要爆炸似的,空落落的,焦虑不安就那么直白地写在了他脸上。但定从来不认为追求爱情有啥过错。他始终坚持,男婚女嫁是两个人的事。父母之命、媒妁之言是祖宗传下来的陋习,必废之。姑娘后来调入村小学。诊所从此只有踽踽独行的定。对于姑娘家人的反对和姑娘本人的沉默,定叹口气,这种模糊的、泛化的处理,令村民再无议论"野史"的由头,进而上升到一种缥缈的、难以言说的感伤。

有一个场景,至今在我的记忆中挥之不去。驼背瘦弱的定,被姑娘家人围在中间,脸涨红如绸子,喉结上下挣扎,刚一出声,便被无数喧嚣的唾沫给淹没……

人说,花季之后跟着是雨季,而今,花儿开了,雨也来了。

红色是夏天撕裂的伤口,是季节无声的音符,是大地无声潜行的足音。那年,莫叹夏已远,浅秋更芳菲。正午时分,烈日像火焰或刀锋一样强劲地扫射村野的每一块土地,而此刻的皖中大地被"双抢"所笼罩,高温让蛰伏在水中的稻穗和发酵的死鱼散发出难以言状的气味。耕田人酸腐的汗水肆意流淌。收割、抢收、耕作、灌溉、插秧、打谷的农忙和大地撕裂的酷暑混杂在一起。"快来人哟,我家老程血流不止,这可咋办?"一个女人惊恐的呼救声划破寂寥的原野,围拢过来的乡亲把程架到医疗室,定怎么止住了血我忘了。如今,身板硬朗、面色红润、精神饱满、已是耄耋老人的程老爹,鼻梁上的疤是那次命中注定的"杰作"。

定七十岁那年病死了,除了哮喘老毛病,谁也说不清到底是什么病夺走了他的命。彼时,我在省城工作,回老家帮父亲领定补时,听说他被葬在吴湾大冲程家坟地上。那时节,浓密的白穗槐正开放着洁白的花,仿佛为一个行医一辈子的魂灵送行。某个夜晚,他的夫人带着一双儿女拿着他那只老旧的红十字医疗箱到坟前,呜呜咽咽的哭泣声盖过夜蝉的鸣呼。"除此以外,在天上,我还有谁呢?除你以外,在地上,我也无爱慕。"当我想到他那踟蹰、苍老、失神的老妇人和幼稚的儿女今后的生活亦是"生涯在王事,客鬓各蹉跎"时,中年的我热泪盈眶。

生命只是时光宿命的产物,它注定会衰老,会死亡,会化为一撮泥土甚至尘埃,现在看来,悲伤已毫无意义。

人在物质失落阶段,对精神的追求总是失于规范。而事实上,定对医术的孜孜以求近乎痴迷,喜欢清静散淡,衣饰简单,粗茶淡饭,不沾烟酒,体质使然加上有疾在身,精神状态显得萎靡。他的步履和语速迟钝,给人的印象是那么随性、天然、不刻意,这反而让定显得风姿绰约。不媚俗,不软骨,也不张扬,这也是定的个性,不是吗?

一个行医多年,闯出一片天地,自信满满的定无疑是美好的,时光让他的个性永远留下闪光点。可惜,疲于婚姻,加之身体的拖累,那种追求佛的随性,老庄的清静无为,优雅内敛的斯文已经不复存在,在定心里,更多的是心灰意冷,疏懒于打理往昔的风度,百般滋味,多少夜,仰望星空而嗟叹。当然,定的憨厚和善良显得更加可敬。

逝者如斯夫。定走后,一双儿女随母迁徙至县城。人走房空,时光寂寞而斑驳,满世界都是颓废与晦暗,禾草荆棘苔藓霉菌占领了定宅院墙垣屋角柱廊与地面,砖瓦间,几株苦楝、臭椿昂首挺胸,蓬蓬勃勃。墙头、边角,鲜绿的苔藓争奇斗艳,冷幽幽的,在天光之下明明灭灭地宣示它们已是房屋的主人。一眼死寂,几只乌鸦在远处哇哇,颇为瘆人。在这样的环境里,我对过往心存敬意,又噤若寒蝉,蹑足前行,似乎是对人生不易行注目礼。

我穿行于故乡沙埂上的树林,走累了,坐在草地上歇一会儿。

毋庸置疑,抛开村医这一元素,定只是个最单纯、最磊落的人,若干年后,在故乡的坊间流传下来的,也许是拙朴和抽象的、变形和夸张的故事,这一点不让人惊讶。流水长逝,谁的人生不是一次奢侈的旅行,没有回程?那些石碑上的文字,值得信也。

啊！古瓷片

千年的窑火早已熄灭，是谁打破这一方平静，从皖中毕家墩古窑址挖掘几万枚瓷片，让我们的视线穿越时空，落在这蕴含传奇的釉彩世界？

毕家墩古窑的光彩脉络，可视为中国陶瓷的灿烂旅程，多少柳暗花明，多少波谲云诡。触摸斑驳的历史瓷片，就是在凝神倾听一曲古筝的曼妙清音，有多少唏嘘和感叹，仿佛时光倒流，在历史的回闪中，与古代文明不期而遇。古瓷之中，青花端庄，粉彩秀丽，斗彩明艳，釉里红高贵，单色釉精细典雅，无不令人魂牵梦萦，而本属于它们的华彩，如今在碎裂四散的每件瓷片上也都是独一无二的。

在悠悠岁月中，瓷片因灰尘、把玩者的手渍，或者土埋水沁，甚至空气中射线的穿越，层层积淀，逐渐形成包浆，于是变得幽深而沉静。怀着对传统文化的敬畏和对古瓷资源的珍视，我为这远古而来的时光而牵挂，真怕自己在穿越时空隧道时瞬间窒息。

古瓷片，在博物馆灯光的照射下，似乎只剩下抽象的意义。当然，我指的是它的非物质性。瓷片代表着古人的心灵，代表着从肉体向灵魂的拐点。我凝思这承托岁月的残片，它已经成为人类文明的图腾,成为社会进步的路标。从遥远的过去,到遥远的未来,时光交汇在这里,让人随时随地置身于悠久历史与文化魅力之中。

放眼沉寂在农田下的古窑址,凸起的高地青草茵茵,其间杂树交错。我站在古窑宽阔的土堆上,似乎看见无数工匠对其工艺的执着追求,一如赤霞般绚烂,晕染了天空。他们为最难烧成的单色釉瓷器,尤其是如牛血般的郎窑红,不惜以身殉炉。

瓷为泥所铸,但火炼赋予它光滑细腻的姿态、俊朗清雅的骨气品格。佳冶窈窕,绝不是轻薄的俗手可随意碰触的。须洗涤心思,以精致奉献精致,以高雅、纯洁、风骨迎接高雅、纯洁、风骨。

那一刻,我似乎听到了竹篾笔在陶胎上的划动声,还有吹动竹林的风声以及炉火燃烧的噼啪声。陶瓷杂糅与精纯、消失与发现的鲲鹏转化将在窑炉中实现。由于用料讲究,制工严格复杂,火里乾坤又难以预知,所以质纯色正、浑然天成的极品重器,总是狂沙吹尽,万里挑一,弥足珍贵,往往偶然而得之,可遇不可求。而那画面之精妙、釉彩之绮丽、包浆之醇厚,既有青花的"幽靓雅致,沉静安定",又增添了釉里红的浑厚壮丽,不但具有丰富的色彩效果,也形成高雅而又朴实的艺术风格,给世界带来一串串令人叹为观止的惊喜,带来一场旷世文化之美的眼球饕餮。

此刻,我看见了古窑上空的云。

祥云袅绕,飘荡在树枝和竹林之上。干净的天空,澄澈如海。蓝白对照,有如头顶上空的浮云,也像我在九华山天台看见的云。

我对古窑有一种无法言说的激情和冲动。那些废弃的残片有多少人文之美深藏其中,唯有躬行践履,方可看得真切。遗憾的是,古窑却在20世纪六七十年代经历了瑟瑟飘摇。那时,每当农闲季节,乡民们带镐携铲,把碳泥、红窑土、青灰等,车拉肩挑倾注到农田里,这似吹来一股仙风,使来年的庄稼苗壮穗沉。巨大的土堆,几年间,被人为开挖成一个艺术成本最昂贵的大坑(池塘)。我一想起内心就隐隐作痛,愚昧的行为一旦开头,后来就会疯狂至极。人们忙碌在艰辛的日子里,忘却了这是一处文物。乡民们为了来年有个好收成,铲平古窑也在所不惜。窑洞再冷也冷不过人的心,文物再神圣不可侵犯,也抵御不了人的欲望。古窑不存,瓷器焉附?

对于这些,周边的村民从未真正在意过,只知道它是古窑址,不知道它价值几何。由于长年累月被忽视,这些历经多少代人的地下瑰宝现出郁郁寡欢的落寞。相对于古窑,如今的我们只不过是这些瓷片上的一道裂纹、一个斑点、一粒微尘。那些能工巧匠用智慧创造出了它们,并让它们存活下来,那上面沉浮着古人的精魂。我们在这些物件前走来走去时,是否会意识到人类只是这世间的匆匆过客而已?

往事如烟。今日终于古瓷片新发,绽放满树繁华。千百年的窑炉,历史的熔炉,积蓄已久的浓情厚韵一旦喷薄而出,就是不可遏止的旭日恢宏。我们有幸能把这些积淀于地下的久远的残片抢救回来并保护和展示出来,为我们追溯和研究一方地域的历史文化、城市起源等提供了珍贵的可考资源。

三三两两的瓷片,静寂地落在案头。残瓷自有一种与生俱来的残缺的美,宛如一股氤氲之气,让人走进一段久远的历史。

在那若隐若现的雾蒙中,诗人的手会不会触碰过这蓝幽幽、青如天、面如玉、蝉翼纹、晨星稀的瓷片呢?用黄金錾刻出的莲叶,镶嵌的碧玺,令人仿佛置身于波光映天、绿荷吐秀、游鱼浮鸟竞戏群集的场景之中。

就是这些古意深厚的瓷片,拼起这片土地一段水火剥蚀的历史。当故事在岁月的流逝中沉淀,只有火焰,依然生生不息,默默地见证这一方百姓的生活历程,延续着一代又一代人的文明。古瓷片,这本厚重的卷帙,叫你领略到古时的飘逸。我思忖:一枚残片上绘有两棵古树,就像矗立在江畔的一对恋人,正所谓"你吹一段相思曲,我吟两首多情谣。岸边相拥数百年,今朝依旧立人间"。此刻,我分明触摸到另一个世纪的时光和空间了。

千百年的炊烟,在青山绿水间成长,堆积的文化层仍在无声地诉说古人的瓷上诗情。放眼中国历史,瓷片作为一种独特的文化资源,从未像现在这样备受青睐,散落在全国市场的丰富的瓷片练就了一大批藏家,同时也在很多方面弥补了研究领域的缺失。不仅如此,瓷片还从古玩文物成功转型,跨界取代珠宝,用于首饰的设计和制作。宝石蕴含天地精华,瓷片则体现人文之美。坐下来,沉浸在古意盎然的瓷片中,我们的心会静下来,感受流逝的时光和曾经的辉煌。恍惚间,似看见一枚残片上的彩龙,它额头隆起,双角如鹿,目光如炬,在花草中穿梭。这是千年又千年的瓷片的凝眸,亦真亦幻,让我不由自主地在内心重返千年,让每一个俗常的日子变得格外深邃静远,韵味十足。罗德·爱克平米勒曾说,传统并不意味着活着的死亡,而是意味着死去的还活着。这话用在毕家墩古窑出土的瓷片上,最贴切不过了。

历史人文：一个地方的精神基因密码

人到中年，在回顾自身历程的同时，也开始关注家乡的历史文化。这是一场中年历史与文化的基因识别，比起青少年时有过之而无不及。

眼前的山水便是当年懵懂时向往外部世界的一个起点。身边的大人们似乎总是喜欢议论东乡的古遗址，西乡走出的大人物，南乡的宗祠庙宇如何神秘……我对其故事和传说怀有无限的敬畏。当然，他们的描述是随意的，难以止渴。

这几年我一直坚持着书写家乡，投入全部情感为家乡打造一张活色生香的文化名片。当然也有人对我说，你的家乡并没有什么值得你如此痴情和迷恋的。作为游子的我并不这样认为，说实话，随着这些年的关注和思考，家乡犹如一棵枝繁叶茂的树，尽管并不挺拔高大，甚至其中还夹带着枯枝败叶，但这并未影响我在精神家园里孜孜不倦地坚守着这片土地，在灵魂深处寻找着它的纵深，只有在思想文化层面上感知它的每条信息，方能读懂这方山水渗出的神韵。

我常思忖，老百姓可能不太清楚一个县的财政收入是多少，但他们能记住并引以为豪的一定与那个地方历史文化有关。历史文脉是一个区域或一座城市唯一的基因密码。中华民族骄傲与自豪的只是来自历史深处的文化！我的家乡庐江值得骄傲自豪的又是什么呢？

毋庸置疑，人文脉络的形成有赖于博采众长的历史传承和博大精深的文化积淀。我的家乡地处吴头楚尾，历史上曾经诞生西汉文翁、三国王蕃和周瑜等一批时代精英，近现代则深受"桐城文化""淮军文化"熏陶和影响，涌现出一大批文武兼备的将领。有资料显示，庐江籍淮军将领，授提督以上的15人，总兵40多人，参将以上100多人。其中，吴赞诚、刘秉璋、潘鼎新、吴长庆、丁汝昌等是这个群体中的杰出代表。这方土地孕育了淮军，也发生过许多重大的历史事件，留下数不清的史迹遗址，形成淳朴厚重的民风民俗。诸如农耕文化、禅宗文化、佛法玄学乃至近现代的淮军文化，都深刻地织入这方水土，融入先人的血脉之中。素有"东方隆美尔"之称的抗日名将孙立人，亲率中国远征军入缅作战。从周瑜到孙立人，跨越近1800年时光，爱国爱乡的文化基因从未间断。这些文化经过长期的历史沉淀，构成家乡地标性的形象和灵魂。

这些由山水人文构成的特有符号，熠熠生辉，闪耀着文化的光芒。

文化是我们的终级产品，也是最崇高的精神享受。家乡的近现代文化，正是这些鲜活生动的人所思、所想和所为，奠定了坚实基础，扎下了牢固藩篱，并以溪流般汇进历史的浩荡洪流中，演绎着中国近现代史诗般的波澜壮阔。吴长庆的文书官张謇，后投身实业救国，被誉为现代民族实业的开拓者。吴长庆的儿子吴保初，与陈立三、谭嗣同、丁惠康主张变法维新，时人称为"清末四公子"。吴保初的女儿吴弱男，中国国民党第一位女党员、著名的女权活动家,曾长期担任孙中山先生的英文秘书,她的前夫章士钊则是知名的爱国人士。仅吴氏一门,就与中国近现代历史人物发生过如此纷繁复杂的交集,无形中影响着中国近现代历史的进程,可见家乡文化的博大与精深。

欣喜的是,"十三五"规划,家乡将打造成省城南部副中心,这无疑为文化发展提供了千载难逢的机遇。其实,文化并非虚无缥缈,大至家国情怀,小至饮食风情,文化如影随影,无所不及。当下,家乡正兴起"文化热"。文化是一种生活方式,人类的同场竞技,最终是文明的竞争,而文化作为文明的基本核心,将决定着我们如何从农耕文明抵达现代文明的彼岸,即使工业科技立县是时下的必然选择,但文化立县也应该是我们高扬的旗帜。

尽管我们的历史与文化中存在着诸多古汉语化石,家乡的民俗、建筑、艺术、膳食中遗留有诸多宫廷和贵族迹象,有兴趣的专家学者可以去考证。遗憾的是,家乡的很多史迹遗址早已湮灭在历史的红尘之中,只停留在文化学者的笔端,平添几分沉甸甸的历史厚重罢了。

有专家学者谏言,家乡区划调整后,融入大合肥,两地人文相亲、历史相似,矿产资源独霸华东,特别是历史文化和旅游资源丰厚,给后发崛起创造了先机,"财政是即时的,文化是长远的"。我以为,学界为我们开出了一剂良方。要在历史、文化、建筑和自然诸方面相得益彰,形成和谐之美,这是当下之需,也是时势所迫。

我们不能忘却历史是根、文化是魂这个深层次定律。这些史迹遗址,穿越千年"飞舞闪动的美艳蝴蝶",带给我们的将是怎样的神思遐想？挥手之间，历史已走远，而今大有"老树春深更著花"之势，热爱历史，保护史迹遗址连家乡的老人孩子都不懈怠。

我们还可以列出长长一串名垂青史的文化遗存，古墓葬、古桥、古祠、古亭、古窑、古矿、古戏台，古遗址随处可见，它们记录着岁月的沧桑，见证各个时期的文化，更为我们今天研究历史和文化提供了强有力的佐证。值得关注的是庐江八景、冶父山、瑜婆墩、三板桥遗址、慕荣城遗址等，充溢于典籍，一如无数美艳的蝴蝶，穿越历史时空，不停地翻转闪动。

厚重的文化因为它的华美而流光溢彩。家乡的有识之士不无感慨地说："对于这些存留的文化，我们现在即使最大限度地开发利用，传承的也不过是这笔遗产的利息而已。"

今天我们能做的，就是最大限度地保护、开发和利用这些宝贵的文化资源，让沉睡的文化瑰宝重新焕发生机，让我们在现代化转型中与时俱进，创造新辉煌。如此，家乡幸哉！文化幸哉！

我相信，很多不同时期文化的遇见和交融，与当地的民俗风情有着惊人的相似。或许，这些交汇是可以给我们带来神迹的。但是，对家乡文化的探究，绝不仅仅是对它的表象的审视，而是对它的文化关注和精神追访。

其实，对于它经历了怎样的迂回、冲撞与交织，才有今天的文化认同，我仍有些迷茫。

此刻，我仿佛重回家乡那片我酷爱的山水，实现一种文化意义上的返乡。

记忆中的诗与远方

记忆的碎片中总有些精彩瞬间,如今重新俯首拾来依然是那么清新。点点滴滴,犹如发酵的老窖透出丝丝醇香,沉淀在心灵深处,轻轻触及便泛起朵朵涟漪。擦拭爬满岁月的青苔,锃亮的往事依旧令人荡气回肠。

二十年前区乡工作经历,给了我"知民情、达民意、为民鼓与呼"的一种责任和使命。惭愧的是,这么多年来虽心为所系,但力不从心。作为新闻人,我无时不在躬身自省。

20世纪80年代,国家刚经历那段不同寻常的岁月,百废待兴。"大包干"的大幕在广袤的农村徐徐拉开。我的父母都是从城市"精简"回乡的。父亲私塾毕业后,十三四岁来到外公的盐铺当学徒,1953年参军赴朝,复员后考入屯溪林业技工学校,毕业后就职于芜湖市四褐山水泥厂,种田对他来说不亚于盲人摸象。四时农活在乡亲们的指导下勉强还能凑合,耕田打耙本身就不会,为了全家五口人的生计,父亲艰难地面朝黄土背朝天,日复一日、年复一年地坚守着六亩土地,透支着他瘦弱的身体。看着父亲憔悴黝黑的面庞,我心如刀绞。中学毕业,我就当起父亲的帮手,很快学会了所有农活,除重体力活要差些,插秧等技巧活我都是把好手。劳动并没有磨灭我虔心自学的信念,白天劳作了一天,尽管有时腰酸背痛,两条腿像灌铅似的,但看书、写作已成为我雷打不动的一种快乐。母亲时常为我耗去电费不停地惋惜、不住地唠叨。为此,我还会经常和母亲争执,惹得叔叔、婶娘半夜三更来劝和。母亲掌控着家中经济,偶尔向母亲要几块买书钱,那真像是索要性命般的困难。就是给了,她也是很不乐意。饥贫和苦难与这个家总是格外亲近。父母回乡靠政府微薄的安置费盖起三间茅屋,支撑起五口之家。一到春夏多雨时季,外面大雨,家里也是滴滴答答,所有的盆桶碗碟能接雨水的都用上,蚊帐上、棉被间留下雨水浸渍斑斑的痕迹。全家人一声不吭,空气如凝固般,此时母亲会不停地指责父亲无能,回到农村连累全家跟着受罪。父亲坐在一旁从来都不吱声一句,烟却一根接着一根,烟雾弥漫了整个屋子,最小的妹妹常常被沉闷的氛围吓得哇哇大哭。母亲生气,家里就不生火,连累我们兄妹吃饭成了现实问题。父亲为了不让我们挨饿,担当起"厨娘",尽管只是清汤寡水,一滴油星也见不到,但还是让我们饥不择食。

　　我是一个不安于现状、勇于超越自我的人,尽管繁重的农活压得我喘不过气来,但对理想的追求从没有泯灭。1981年,针对当时农村乡村干部专横霸道,无政府主义、家族帮派体系在乡村司空见惯,司法体制机制在柔弱强食中被人为操纵等普遍存在的社会问题,我们几个人联名上书中央领导。领导人批复后,省、市、县组成的调查组亲自登门,面对被点名举报的乡村干部,我们十分尴尬,后悔当初的冒失。更有趣的是,当年云南省文山自治县向全国征招教师,我们几个愣头青连夜上表万言书,或许是被我们的真挚表达所打动,文山县委给了我们回函,以示支持,吓得父母天天守着家门,生怕离开他们的视线我就没了踪影。那是一个青春如火的年纪。

机会总是青睐有准备的人。1983年冬,县文化局给镇里来电话,邀请我参加当年全县春节文艺节目创编活动。我创作的对口快板《夜行记》不仅在公演时获得好评,还发表在省计生委创办的《千家万户》报纸上,这在有着十三万人口的大区产生了轰动,我无疑成为一颗耀眼的文学新星。县文化馆《江花》杂志开始向我约稿,编辑室主任段政后来既是我最尊敬的启蒙老师,也是我真挚的朋友,我的很多习作经他修改润色便有了灵性。他谦虚善良的人格魅力深深地刻在我的心间,他高尚的品质影响并引领我的一生,可惜的是,车祸夺去了他的芳华。

1985年春,县广播局联合人事局公开招考驻区记者,对我来说这无疑是跳出农门的唯一机会。笔试都是些简单的新闻基础知识,并根据一份材料写一篇八百字的新闻稿。虽然我过去从没触及这类题材,但凭着临场发挥,以笔试第一的成绩进入面试。面试的另外两人,其中一个是副区长的侄子,另一个是区老干部组长的儿子,很多人背后都说你没背景,这回悬了,自己也发怵。可是我那斗大字不识一个的二叔却不以为然,他天天给我打气,不时冒出几句"闪光"的粗话,他的话虽然没多少水平,但道理确是相通的。他如同阳光般温暖,给了我勇气、信心和力量。在田地间历练的几个春秋,虽然充满辛酸,但只要有对理想的孜孜不倦的追求,黎明的曙光终究会到来。没多久我接到了录取通知书,喜悦的泪水打湿了那张轻薄的纸,而它的内涵对于一个人的命运却重于泰山。在当时,生在贫穷的乡村,没有背景,没有机会,尽管你博古通今,命运给你的或许只是穷其一生。

多年的记者生涯,使我深刻地体会农民生活的艰辛,农民声音的微弱。直到今天,我仍旧以感激的眼光看待亲爱的乡亲,是他们以质朴勤奋和无私奉献养育了我,他们永远是我的衣食父母。

草木记

常常，我注视着晚霞的余晖从地平线消失,良久才回过神来。白居易的《秋思》有"夕照红于烧,晴空碧胜蓝"一句,那种绚丽多姿、清新旷远把我打动,心有起伏,像是被谁拽了一下。

我总觉得,火焰是骑着草木的,而村庄总爱窝藏在草木深处。我时常会在村边地头向草木行注目礼。你能想象没有草木的村庄是啥模样?反正我一踏上故乡龙桥镇的土地,呼吸的全是草木的气味。草木装饰村庄和庄稼,农人和草木有着与生俱来的复杂感情:草要做牲口的饲料,木要做盖房和家具材料,边角料用来烧锅取暖。

草木岁月枯荣活到百岁,始终与村庄不离不弃,始终演绎着地老天荒的人间大爱。而我眼前的它们是年轻的、婆娑的、稠密的,起伏着枯黄、苍茫,泛滥着荒芜,柔软的枝头有着火焰般的水色,草的鹅黄与枫杨的深红,别有滋味,蕴含隐遁的禅意,让游子有了归宿。

秋深了,露水日胜一日,枫树悄悄变成了火烧红,银杏也换上明黄的盛装,草木横陈于秋雨潇潇,漫不经心地散落在路旁。我想起陶潜的《归园田居》:"方宅十余亩,草屋八九间。榆柳荫后檐,桃李罗堂前。暧暧远人村,依依墟里烟"那种田夫野老、天性自然的气韵风度才是最近人心的,如一团不熄的火,永远暖人。

记忆中的儿时,父母被"精简"回乡,哪怕是饥馑的年月能有一点粮食,却常愁没柴火生火做饭。那些年,秋阳静好。我们将目光投向山场、坡地、庄前、屋后。河埂上草皮丰厚,我们耐心地、一锄一锄地刨,枯萎的草根被锋利的锄头连泥沙一同刨起,再用棒槌敲打一番,扔在阳光下曝晒,蓬松的草皮如绵厚的地毯。母亲最喜用瓦罐注些米水,煨在红彤彤的草皮上,土灶里噼噼啪啪,十几分钟后,那米香的味道撩拨着我的味蕾,直馋得我涎水欲滴。那一刻,多么祈盼母亲能给我盛上半碗啊!可母亲并没在意我可怜巴巴的眼神。事后我方明白,那是父亲一天劳动的全部给养。如今,又有多少人能够体察那种饥寒甘苦之味呢?

得不到的东西总是稀罕的。邻居喜老爹每天一大早赶着一群牛,说是露水青草最养牲口。当天空露出鱼肚白时,他担着沉甸甸的牛粪,悠闲地跟在懒洋洋的牛屁股后,回到牛栏拴好牛。他如贴大饼似的把牛粪贴在自家土坯墙上,草色的粪饼带着农人的手印,如项链般围着土屋。将风干的粪饼揭下码放整齐,备过冬柴火不足之需。我也跟着剽学,差不多是个寒风凛冽的隆冬,就是做午饭吧,点着柴火后架空,将牛粪放上面,火力猛、耐烧,煮熟的米饭,那种难言的草香味,真是无与伦比。等米饭盛完,锅底便结了一层厚厚的锅巴,金灿灿的,放入嘴里酥脆喷香。那情景将永远留在我的记忆深处,让人温暖,一辈子不能忘怀。

由于草木,真是一生都忘不了黄屯安定黄寅冲,那里生长着我家那几年的柴火,那里的山坳、竹林、水涧、茶园、茅庐我至今了然于胸。一忆起这些,我就特别舒服。那时不觉得苦累,每年秋季都要去砍柴火,借宿于姨父家,凌晨三点起床,披星戴月,脚踏露水和父亲"判山",无非是想把时间拉长多伐些柴火。虽坡陡林密,还有蚊蝇骚扰,我和父亲哪顾得上这些?寂静的山林很远就能听到镰刀的唰唰声。抬头看,天穹蔚蓝辽远,偶有几朵白云飘过。几个时辰,密密匝匝的茅草、荆棘、藤条被放倒一片。被砍伐的漆树枝像魔术师,喷出雪白的浆汁,粘上手脚,一会儿工夫,发痒、红肿、起水泡、溃烂,疼得我龇牙咧嘴。

吃一堑长一智,来年,把自己裹得严严实实的。晌午后,脱掉"武装"到牙齿的装备,眼睛多留神,也就风轻云淡了。

然而,柴火要从山上搬下来,再用板车运到十多公里外的一个叫山上的偏远小村,想想山道崎岖,还有几道陡坡就感到害怕,心里有流泪的寒凉。人活着,不仅仅只需要粮食,还需要烹熟饭菜的柴火。

那个夏夜,月光银白,父亲背上竹篮,拿一把手电筒,打开朝地上晃了晃,银白色的光随着父亲手臂的晃动四处游走。今早我听父母嘀咕道,生产队沙河埂猪圈檐上有几捆草,应该还没被人背走,今晚趁着月色去瞧瞧。说是瞧瞧,倒不如说是偷,要不然干吗非要选择晚上呢?庄上断粮断柴火的不止我一家,大多数人家农闲季只吃两顿,为的是省些粮草,为春荒留点念想。

一条土路沿着两旁水田弯曲向前,有座石桥通往竹林深处,最要紧的是我们家明天早饭就没烧的了。母亲说,你父亲去河埂找草,我心都提到嗓子眼上。幸好那晚的月色很亮。

父亲那晚回来很晚,母亲一直瞪着焦灼的眼睛,紧锁着眉头,额头掉下来几缕乱发。

沉湎低回，可以将所有往事沉渣泛起——父亲为我专门讲一篮稻草时，一脸莫名悲戚的神情。"你瞧，老爸流泪了。"弟悄悄地对我说。我盯着清瘦的父亲，见他的眼睛噙满泪水，而眉梢紧蹙，皱褶中兀自"川"显。——饥荒岁月，一去不还。当这些记忆重新扑到眼前时，我才明白，父亲讲的是他自己啊！

许多事，必须经历才能恍然有悟。

皖南的冬季，一家人端坐八仙桌旁，架一两只红泥炭炉，两脚放入发烫的火桶内。尽管当下取暖设备日益现代化，但皖南人还是习惯于传统。在火桶的作用下，人的面颊桃红，发梢及衣襟的纹路里渗出炭火的气味，萧瑟寂冷在融融暖流下逐渐生动起来。桌上牛肉炖萝卜在锅里突突地跳着，再辅以菠菜、芫荽、蘑菇、粉丝、鹌鹑蛋、豆腐等辅材。一碗饭下肚，再舀半碗底汤喝喝，个个额上布满细汗，一脸的满足。

我一直惦念着过往的柴火土灶。这些朴素的东西，直抵人的心底，永恒不灭，如一团不熄的火，永远暖人。现在的我蛰伏于红尘滚滚的市井，好在因为有对乡土的眷恋，从俚俗的惊涛里把自己捞起来，有了温暖和煦之情。

远去的村庄

男人们习惯在村口的老树下,抽几袋旱烟,津津有味地唠那些道听途说的人与事;婆媳们习惯将从园里摘来的果蔬一垄垄摊在树下,分拣着,那么专注,悠长的时光像她们手中的时令蔬菜,由春到冬。人换了一茬又一茬,生活在时光中不断地轮回。三五个孩子打打闹闹,调皮个高的,嗖嗖爬上树干,朝同伴做起鬼脸,耀武扬威地炫耀着。庄里大人们总是下意识地从老树旁极目远眺,望见南端葱郁的矾山和山下几口吐着袅袅白雾的高耸烟囱。雨后初晴,看得更远,仿佛清朗的心灵把视线又接长了好远好远。

当我再次走进村庄时,橐橐的足音一波又一波覆盖了它。昔日的鸡鸣狗叫、炊烟袅绕已被雨打风吹去。岁月掩埋了那些生动的细节,使它成为时间的故乡,却因此成为我隐约的牵挂。

草木构成了村庄的容颜、气质。庄后坡地上的梨花,村中的桃花,春天绕村一望无际的油菜花,庭院周边的金银花、栀子花和杜鹃花,它们依时节相继开放,让寂静的村庄生机勃勃。而每一棵草木都是一丝不苟地保持着原有的姿态,它们忠实地守护着我对村庄的记忆。我有理由相信,顺着记忆的那根藤条,就能回到往日的家园,从那依然金黄的水稻深处,找到我童年的镰刀和放牛绳。草木葱郁，皆是对乡村美好生活的祝福与期盼。

曾经潺潺的溪旁常有村妇浣衣，河埂松竹间不时有牧童的歌声，然而现在，再也看不见、再也听不到了。

我那孤悬一隅的老屋，外墙斑驳，白泥粉饰的内壁布满大大小小的裂隙。房顶蓬勃起一丛丛蒿草和命不足惜的柞树。枣色的大门上青苔幽绿，两只门环连同锁链布满点点绿锈。

我喜欢站在老房子前面的那种感觉，对自己而言，好像看的不是房子，而是一个久别的老人。老房子让我浮想联翩。时空流转，过往的生活不会倒转，跟老房子再次相逢，哪怕时间很短，也总让我心静如水。

推门而入，堂屋居中悬挂的寿星彩画，上半部分倾斜着，图钉伸出援手，顽强地托举起它那羸弱的身躯，密织的蛛网隐蔽了它的"脸"，掸去尘埃，仿佛奄奄一息的人痛苦而留恋着。灰尘逼迫着纤细的蛛丝向屋脊延展。我径直走进自己的卧室，架子床是空空的，我的心是空空的。大片大片水渍的墙体上挂着停顿在1998年6月8日的挂历，那上面存有父母的体温。这一切，令我感慨嘘唏。我想，我的身体注定要吸入老房子的气息，我的眼神注定要追随故乡的背影。因为，我爱故乡，爱我的老房子。

门前，孤寂清冷而又高大挺拔的红枫树梢上，喜鹊叽叽喳喳的声响彻晴空。喜鹊是吉祥鸟，父辈们说谁家门前有喜鹊在歌唱，必然会有喜事临门。我不敢贪天之功，自喻踏歌而来，给本是寂寞的故乡带来喜事。或许我的匆匆造访，打破了村庄的宁静，车胎与乡土的摩擦惊扰了这沉入梦乡的歌者。尽管美好乡村建设给村庄注入生机活力，但城市化加快了农村青壮年离乡进城的脚步。

　　我总是关注村庄里的粮库、牛屋、医疗室、商店、小学、知青点、打谷场、村头的老树、河埂上的竹林、养猪场、池塘、黄陂湖以及每一块水田旱地、一条条田埂沟壑。那些近乎触及我的心灵，浸润我的体温和脉动的鲜活场所，时常让我觉得它们似乎以某种执着而又顽强的姿态，正坚守着村庄的传统，延续着村庄的血脉。

　　翌日傍晚，我站在黄陂湖大坝上，从橘黄色的波光里发现了水对村庄的重要性。以神奇的水孕育肥沃的土地，是对世世代代在泥土中刨食的乡民们感情、生活习惯上的深情寄托。

　　黄陂湖两岸层层叠叠的丘陵里，粮田阡陌，稻浪起伏。清澈的湖水孕育了灵秀的村庄。那千亩芦苇湿地，吸收着城市废气。曾几何时，贪功求利的人们先毁湖养蟹，再垦田种稻，生态遭受重创，湖水肆虐，村庄在风雨飘摇中挣扎。对生态的不敬使乡民们付出了沉重的代价。

　　此刻的湖畔，清澈的湖水倒映着蓝天、鸭子和鸥鸟，还有一望无际的芦苇和红柳。微风吹皱我水中的倒影，伴着辽阔的寂静。是的，乡民们终于尝到保护生态的甜头，找到属于自己的生活方式。围绕城里人喜欢假日休闲观光，搞起农家乐、家庭农场等。正是因为乡民们懂得这块城市之"肺"的分量，所以，对它始终保持着最大的爱护。

　　那个秋日的黄昏，我坐在村口的老树下，望着矾山高且苍翠的山峰出神。几只喜鹊在树梢间跳来跳去，多像优雅的绅士翩翩起舞。见我抬头仰望，它们的动作显然比刚才娴熟且更加自信。

我知道,老树在诉说着这个村庄的历史,而它本身也是风景。老树不仅是自然生态的象征,同时也是宜居的证明。

在村西头,我见到一对八十岁左右的老夫妇,有着几乎相同的容颜,好像时光已将他们糅合在一起,打磨成一人。他们的庭院里,几垄地上,西红柿、玉米、黄瓜等葱绿盎然。一只土狗卧在有二十多只鸡的棚里,与鸡同睡,见有人来了,哼哧几声,眨眨眼,换个姿势继续睡去。飞来飞去的鸟儿使庭院陡然有了生机。老爹不在家,正拄着拐杖在村里四处溜达,与人唠嗑。老奶奶四十多岁的女儿见我到来,端出刚打开的西瓜,脸上挂着喜庆,不住地询问我父母,也就是她的叔伯母身体、生活近况。不知是被高大的红枫树遮蔽,还是村里人烟稀少,这让偌大的庭院更有一种隐匿山林的静寂之美。

等到寿眉大耳的老爹进门,我接过他递过来的烟,点着,品茶,和老爹说起村庄里的闲事:庄里的人越来越少,死的死,走的走。年轻的后生都不回来了,等老人都走了,这村庄也就消失了。这二十来年,生活富裕了,小楼盖得一家比一家漂亮,小车几乎家家都有。庄与庄铺了水泥道路,还通了自来水。条件越来越好,却还是留不住人,主要是种地不如打工,靠种地要把日子过好,那是不可能的。他自言自语着,然后一阵叹惜。日子那么清苦,活着万分疲惫,谁也没有精力想那么多不着边际的事。庄户人,瞧见的是看得见、摸得着的。

两位老人身体清瘦却硬朗。儿女们无数次动员老两口进城,甚至把他们强行带到城里,住上半年还是不习惯城里的生活,死活要回到村庄,守着自己的家园。他们像两只不知疲惫的陀螺,每日在果园庭院里干活,从未有依靠儿女的想法,尽职尽责地做个守本分的农民。他们没受过教育,大字不识几个,但他们懂得尊老孝亲,土里生金。他们做人的准则不写在纸上,不讲在嘴边,只表现在实际中。

三千多年的农耕文明,让土地与农民结成生死同盟。而耕作土地需要大牲口,牛因此成了庄稼人的伙计,和农人们风雨同舟。农耕时节,耕田人鞭生花发,押着水韵,梢头的水雾在绽放。犁铧如舌,翻过的地成行成垄成浪。牛不说话,只是默默地耕耘。而今,机械化耕作,集约化经营,牛逐渐淡出了农人的视野,还有多少人能够想起牛曾经的奉献?

醒时耕耘,梦时耕耘。村庄如此,人畜亦然。

我们村的小学就在我生活的村庄里,三十多年送走无数学子,十年前不招生了,校舍在风霜雨雪中无人问津,荒芜、杂草丛生,直至坍塌。我问村干,这是怎么回事?答,其一,统筹整合资源,向中心镇集聚。其二,计划生育使得人口大幅减少,村里的适龄儿童凑不成一个班。不光没适龄儿童,也没老师愿意到乡下来。过去还有民办教师,现在没人干,年轻人都出门打工了。

村庄里有些东西,看来留是留不住的。不知从何时起,半夜三更雄鸡打鸣声渐次变得稀疏,那些被鸡鸣唤醒的炊烟只剩下孤寂的几缕。是什么熄灭了灶火,掐断了村庄的炊烟?似乎谁也说不清。我的记忆中,早年的村庄,拂晓时分,鸡鸣声像潮水般此起彼伏,漫过山岗、原野。于是,黑夜的坚冰顷刻消融,满村飘荡的都是炊烟的旗杆。那一缕缕炊烟似乎就是村庄的灵魂。我曾思忖,今天的村庄,魂去哪里了?我的二叔一语道破:"人往高处走,水向低处流。哪里挣钱哪里就是家。"是的,如今,城乡一体化正在形成,许多人被时代的节奏裹挟,身不由己地被迫迁徙。原先的那些炊烟随着断断续续的几声鸡鸣渐渐消失了。

但城市华灯如白莲绽放，宽阔的新城有一种现实迎接和推进的力量，那些不断上升的建筑和膨胀的野心，日渐高过我们的额头和眼睛，并在我们的精神深处投下阴影。还有多少人依稀记得这些散落在旷野的村庄，给持守田园生活的人们存放记忆，抚慰岁月忧伤的情怀。

我的村庄，脚下是一块先人踏过千年的踏实的焐热了的土地。村庄的过去，有着千年书写，每一副面孔都有无尽的动人的故事。我一直怀念那些陈旧而远古的村庄。

如今，经济腾飞，城乡建设大规划、大整合，覆盖了城市，铺展到乡村。偏远村庄里的旧物旧迹，日渐消失。我不敢想象村口的老树和老屋门前的红枫还能葱郁多久？这些经历几代人的古董，时光把它们身上的光芒打磨得陈旧暗淡，虽然还维系着老一代人的温情，但年轻一代对它们没了兴趣，任由它们在村庄里风雨飘摇，在时间的河流里分解消融。

我的村庄，你是城市繁华的血脉，也终将消失于城市。

宗祠

走近宗祠,也就走近记忆。

皖南查济这座千年古镇,通体散发着穿越时空的味道。

街巷很窄,青石板条铺地,古井幽幽,庭院深邃,檀木香充盈着白墙黑瓦的老屋,轻声说话就有回音。石溪边有座颇具规模的宗祠,说颇具规模,其实也就前后三栋连体的大厝。这是一座历经百年沧桑的宗祠,是吴姓宗族的圣地,据说这里出过许多名人。

在皖南,千年古镇俯拾皆是。百年算什么?然而,就这百年的历史,使查济成为旧时光的象征。

其实,宗祠是整座古镇的历史地标,是一代又一代人人生的起点和终点的备注,也是人们的精神寄托之所。

家族最大的作用是维护伦理纲常,稳定社区政权。仁义礼智信始终在家族内按部就班地进行着。

吴氏宗祠坐北朝南,结构为三进三厢,有庭院围墙、西南向门楼,典雅而古朴。飞檐斗拱、雀替雕花工艺精湛,木雕图案带着浓烈的徽派风格。宗祠虽历经百年风雨,但仍巍然矗立着,像骨骼康健的老人。周围比它后建的老屋,相继人走屋空,自然坍塌、荒芜。唯有它苍老而孤独地坚守着,默默注视着族中一个个生命的降生、成熟,然后像露珠一样,毫无痕迹地蒸发。

在宗祠,我看到了曾经的光阴,令人感慨世事更迭,生命的时光如白驹过隙。

据族谱记载,吴氏肇基始祖于明洪武年间迁至此地,其子知识渊博,通晓天文地理,于是择地而居,在卧牛睡姿地形依靠风水林始建宗祠。吴氏后裔谨遵祖训,严禁砍伐宗祠后的大片风水林。我想"风水林"是个关键词,也许正是这个看不见的所谓"风水",让人有所敬畏,镇住了人们的贪婪和欲望。我以为,无论什么东西,若只用道德层面来约束是很难做到的,必须有超越道德之上的东西做支撑,如法治。

这么多年,我从不写与宗祠有关的作品,总认为宗祠礼教烦琐,莫测高深,充满神秘。可谁知道宗祠是中国文明史的基础。正因为儒家学说出现得很早、很成熟,中国的宗祠才归于文化的力量之下。

位于山地中间一块稍微开阔平地的吴氏宗祠,背后是高而挺拔的大山,山腰被开辟成层层波浪似的茶园;宗祠前是斑竹园、烟火塘、桑园,以及老远就能听到它唱歌的石溪;溪旁是一垄垄耕地,蓬蓬勃勃的荸荠盛开着明黄色的小花,清远溢香;越过石溪上一溜浅滩石墩,对面是一冲高低错落的水田,满眼是霜压着歇冬的麦子;水田后,是山坳里温润碧绿的毛竹和山垄上苍绿的松杉,构成深秋皖南低奢格调的风景。

据说20世纪六七十年代,宗祠成为"满街红绿走旌旗"扫"四旧"眷顾的重点。改革开放后,又恢复宗祠的原有功能。是的,记忆深处总有一种呼吸引导你追索自己家族的根源。而有些东西是需要保护的,保留完好的森林与宗祠是一座容量巨大的博物馆,一个历史的器皿,承载着消逝的人与往事。宗祠门前有一个月牙形泮池,来的人必须涉水而过,从而多出了许多的诗意与梦境。同时,一个宗祠盘根错节的脉络与宏大叙事也融入其中。月牙形泮池,更像一个时代的分界线,穿越时空,捋清每个族人的血脉,与先人对话,看到断裂的家史缝合。

对一座村落而言,宗祠是面子,居民才是内涵。如今的宗祠有什么可看?无非是个空壳,每家宗祠都是金碧辉煌,却也空荡。村民的至爱亲朋,那些逝去的先人,一个个牌位,挤在逼仄的暗室中与灰尘相守。谁都明白,他们身已消逝,灵魂却静默地守着乡土。

陈忠实先生的小说《白鹿原》中的"白鹿宗祠",既是讲堂也是法堂。它春风化雨般地教育你,却也当众扒下你的裤衩,打得你皮开肉绽。它赈灾扶贫,却也在你揭不开锅时刮走你最后一把米。

在城市,每每想起那广袤乡村的宗祠,我就会联想到百家姓中的姓氏,它们被时光切割得断断续续,散落在人口稠密的村落,组成一棵棵参天大树,根系发达,枝繁叶茂。

这一刻,我想起宗祠里的神位,草木一世,枯荣自如,人莫不如此,哪怕曾经显赫过、庄严过,最终仍是回到宗祠。这,或许就是至德大道吧!

臭萝卜

记忆最深的是那个年代,春天是从饥荒开始的。它伴随着我们以及被我们拥有的那个年代一同坚定地存在着。

春节过后,准确地说,应该是元宵节过后,饥饿如幽灵般缓慢走进村庄,走进年味还没怎么走远的一家一户。迎接我们的是让我们刻骨铭心的春荒,是人与牲畜争食的季节。刚刚长出的野草、野菜,如嫩茅草、马齿苋、扫帚菜、金针菜、野菊花苔、荠菜、野芹菜、野茼蒿、红花草(学名"紫云英")等,人要吃,牛要吃,猪也要吃。童年的记忆中,这些野菜大多带有一点苦味,也带有一点甜,这或许就是所谓的"回甘"吧!

我们这些小屁孩打猪草时常常偷生产队里的萝卜秧,立冬后,常趁着夜色潜入田里偷回萝卜红烧,那味道,甜中带香。将剩下的萝卜洗净,放进坛里,用棒槌压出水,用荷叶盖扎实,再糊上黄泥巴封口,放置于拐角。间隔一年或更长的时间,揭开坛口,抓几个放在搪瓷碗。那萝卜亮晃晃,里外透明,看起来囫囵,稍微一搅,立即溶开,滴几滴香油,放几勺辣椒酱,煮饭时放在锅里蒸,饭熟萝卜"烂"。起锅时用筷子轻轻搅拌,就成了地地道道的烂萝卜糊。那烂萝卜糊散发出烂酸的味道,吃在嘴里却香香的,软滑无渣。臭萝卜随着水分的挥发和亚硝酸盐的融入,收敛起锋芒,内蕴出另一种品质,是农家夏季下饭的好菜。

饥饿是最好的调味品。犹记得小的时候,和发小在外面疯玩了一上午,下鱼塘游泳、捉蜻蜓、偷桃子、捡破烂,浑身是汗,一进家门直奔厨房,从碗柜里捧出一盘臭萝卜,裹着浓汁,入口沙糯而咸鲜,软滑无渣,让你食欲大开。想必每棵萝卜伏在土里临照日月,经风沐雨,渐肥渐大,只为这一刻的涅槃吧。可这道菜并无特别的功法,而且无任何调料,填灶用的是稻草和秸秆,大概那一刻我就知道这么好吃的炖臭萝卜再也不会吃到了,所以要牢牢记住。

2018年清明,去庐江扫墓后,在庐府饭店用餐,见菜谱上有臭萝卜炖豆腐,我大喜过望,特别郑重地点了这道乡下人荒年的"恩物"菜。等臭萝卜出锅上桌,那热腾腾散发出的诱人臭味,十米开外都能闻到,我立即精神大振,两眼放光,伸出的筷子也哆哆嗦嗦了。端菜的大姐叮嘱着:"别急,别急,慢慢吃,小心烫嘴!"可是我没能做到慢条斯理、斯斯文文地吃,趁着滚烫咬一口,仰起头,担心流进嘴里的汤汁顺着嘴角往下流,皱起眉梢。没想到,离开故土多年后,这些童年味道竟成了我苦苦的相思。久没吃家乡的菜,怎能不激动?我们几个将臭萝卜炖豆腐风卷残云般一扫而光,连汤汁也用来泡饭彻底扫干净,走时还不忘告诉饭店老板:"下次再来,带更多的乡人来,只有你这家饭店能吃到纯正的臭萝卜。"饭店老板于是特地把住在乡下的老母亲请来,指导腌制臭萝卜,免得临渴掘井。

人一生养成的习惯难改,况且我一贯固执。其实,每个人的口味,永远是对自己内心的坚守,一碗臭萝卜也藏有不凡的绮丽与满足。臭萝卜还是一味补药,三伏天吃了下火败毒,如果牙齿面漾起一朵银白的浪花,使我蓦然想起昙花刹那的灿烂。

我一时肃然起敬,静立船头,前方一片葱茏的小洲飞来眼底,真是水光天色,浑然一体。忽然,我感到一丝凉意,密密麻麻的雨点顷刻间劈头盖脸,小船稍有晃荡。周围蓦然腾起一片白雾,而我却是一阵狂喜。这壮丽的大自然,使我真切地感受到雄浑、壮美。透过雨帘,那搏击长空的水鸟,忽高忽低,忽左忽右,穿行在浪谷间、芦苇深处,毫不畏惧地向前!

我的心被深深地感动了。我想这不是抽象派的艺术上品吗?哦!我陶醉于碧水丹青之间,不明白此时的我究竟是审美的主体还是客体。

当然,人生有时糊涂,难能几分"顿悟"。这一刻我却想到许多:生活也像在湖中漂浮的小舟,在搏击风浪中力求解脱则永无解脱,不求解脱则有所解脱。深深地体验痛苦,痛苦便变成了甘泉,便对生活投入全部的热情;体味每时每刻的现实,才能感受到生命的快乐,从而走出痛苦。

随着湖光褪色,我的心也如这浪尖上的小船,久久难以平静。我爱湖,爱第一次看到的湖,但我更注重生活中的湖,心底的湖。

第三辑　失曹河下

失曹河下

　　老家有条失曹河。它是黄陂湖的支流,黄陂湖是巢湖的支流,巢湖是长江的支流。而后,海纳百川。

　　这河总把人的视线引向远方。儿时,我每天都要从失曹河经过,到对岸上学。所谓的桥只是几根木桩托起水泥板而已,稍大一点的水要么将它淹没,要么将它冲毁。夏秋可以赤脚蹚水而过,而深冬寒气彻骨,水流自顾在河床里,铺在河床上的一排垫脚石成了冰晶。我常常设法过河,却偶尔落水,那刺骨的冰冷,像整个人掉进幽深的古井。这情景留在少年记忆的心绪,寂寞又旷远。

　　我的想象常常在失曹河打住,因为它成了一条排泄工业废水的河流。三十年前,这条河流饱受非议:它充斥着垃圾,它经过的地方,土壤板结、禾苗枯萎、粮食产量锐减。直到有一天,人们良心发现,拯救失曹河才提上了日程。接下来不仅仅是拯救,还一并将源头的千年矾矿修葺,建成明矾文化与自然遗产博物馆,将下游的黄陂湖河堤加固拓宽,打造成融生态农业、休闲、旅游于一体的环湖珍珠链。

　　对于我而言,每次走近失曹河都是惊喜的,惊喜于意想不到的景致。

水依然是它的主题。老子说,上善若水,水善利万物而不争。疏浚改造后的河道区,浓缩了皖中大地的诗情画意。野草在逶迤的河道两侧蓬勃生长,河水像一条丝带纵情流淌,水面浮泛的凤眼蓝肆意地绽放。一群鸟儿守望在河旁的树杈上,不时发出惬意的低鸣。我大可以将身心搁置于清流潺潺、蛙声阵阵之中。天远地阔,偶尔有几朵白云飘过。隐约地,有女人的吟唱从河对岸传来,像是古典风格的清唱剧,缥缈的,直令人神思邈远。放眼望去,枝叶扶疏的铁杉绵延在起伏的堤坡旁。河沿内侧,杜鹃、蔷薇、忍冬、红柳、菖蒲和芦苇,通身浓艳,它们铺展开,满坡深浓。而那些生长在河底的灯芯草、水葱和蒲草,使得河道愈加浓酽。

我迫不及待地向一片竹林靠近。它占据着河堤一段,竹林静谧,竹叶闪着点点的光,在微风中摇曳。翠绿色的竹枝细叶芊芊,以优美的弧线弯向一侧,那就叫婀娜吧。

我穿行在河堤的杂草灌木丛中,越发身轻如燕。我坚定地站在天下至为柔弱的水边,拨开野草,几簇茂盛的菖蒲跃然出现在眼前,我惊异于菖蒲那形似蜡烛的肉穗花序。不用多说,通体青翠易生的蒲草遍地丛生,纯白或蓝紫的菖蒲花向周遭的世界随意绽放。"请让花的灵魂死在高枝之前,让我暂时逗留在时光从爱怜转换到暴虐之间……"席慕蓉的《菖蒲花》大有章法和韵味。乘兴而来,兴尽而返,丰盈而不失优雅。静静凝眉,挪不开的飘逸洒脱之姿与鸿渐之仪,仿佛无数看不清眉目的白衣士大夫,衣裾飘飘,从容而淡然。

这样想着,不禁莞尔。

坡堤有条路通往村庄,堤上一棵老榆钱,硕大的树冠耸入空中,显出傲然之气。小时候每日经过,觉得树顶就是云。堤下有条水渠,经年流淌,水势和缓。岸边的水草葱郁浓密,绿得清新,绿得发乌。将其铲除,来年初春,几场雨水冲刷后,又是生机盎然。流水不语,清风无言。一年年的轮回,永远是逍遥一派。

渠下是一块菜地,菜畦里茂盛的青白菜叶片,被虫吃成筛子,地头的油菜花被暴雨砸落一地,几只野兔在菜地来回蹿,蜂蝶在眼底出入。菜地的春花秋月,夏回秋回,与失曹河无关。

在失曹河河畔的青石板古街,一代代先贤如走马灯,时光冲洗如竹简虫噬。街巷像工笔画,以线条写意。沿石板街前行,像走进明清画本,有人织布,有人酿酒,有人打铁,有人叫卖,市井尘音穿街过巷,过往的风华鲜活如初。那些人和事早已湮没在滚滚红尘中,幸好老街还剩半爿。不过,街头空空荡荡,没有炊烟,没有市声嘈杂,没有车水马龙,只有一条长街,悠长弯曲,从几块水泥板搭起的桥面爬过。走在街上茫然四顾,陌生感夹杂着沧桑感,渐浓渐重,唯有路边的青瓦、木屋、石墙、老树,美以忧伤,令人萌生无限缱绻眷恋。

少年旧事铭心刻骨。

赵铁匠,本名赵化喜,问起他,家乡的后生一无所知。铁匠的住房倚堤而筑,土坯瓦顶,檐下堆着一垄垄柴火,房前几株高大苍劲的阔叶梧桐。枝头密密麻麻的叶子与一串串糖葫芦样的青果微微跳动,紫色的喇叭状花在绿茵茵的叶下开着。时令一点一点地深陷,一朝风雨,满地残红,夏季也有枯荣。

远处竹竿上挂满衣裳,花花绿绿的,像花。门前水沟边有片竹林,小时上学必经竹林,听竹声飒飒,两眼绿意盈盈,欣赏得忘乎所以。有时趁人不备,掏出铅笔刀顺着光滑的竹皮划一圈,用劲一掰,一竹倒地,三下五除二便成了竹竿,被看竹林的大人骂着追着,每每慌乱中丢下竹竿,一阵风似的逃之夭夭。

铁匠是个地道的农人,用铁锤炭火,换来了粗茶淡饭,赢得了生前身后的尊重。我被铁匠的品格吸引。

品格有大幕,一如舞台。除了自己,舞台上没有谁可以变成魔术师。铁是泥丸,锤是魔杖,炉火熊熊中,铁匠钳起通红的铁条,一番锤打,一串叮当,一阵汗水,是人与铁最神秘的对话。感觉、技巧、力量、灵思妙想,都在旋转敲打之间。于是,或犁耙镬锄镐,或刀铲刨剪镰,或钉环钮箍铆,大千万象,无不幻化成形。整套动作娴熟自如,任你烈焰蒸腾内摄古魅心魂,我骠骑赤膊百呼之下千锤之中手到擒来。

多少年过去,我时常想起河埂上的铁匠铺。

故园河堤向北是一小片竹园,葳蕤苍翠。清明前后,雨后的笋芽破土而出,满目的自然生机让人看了心生欢喜,更有寻觅冬笋时,乘骏马衣轻裘的气宇轩昂。

站在岑寂幽暗的竹林里,时间在延伸,在这,我感觉时间可自由穿越,古人今人,来去自由。时光倥偬中,邻队三十多岁的青年殒命。

队长说:"是搭乘我们队里的拖拉机摔下来的,这下我们要遭殃了。"

这样的死太突兀。第二天,躺在拖拉机上的人身盖白床单从河埂上穿过,拖拉机上五六个汉子垂头不语,几只乌鸦在树梢上不停地鸣叫。那人躺在竹园里,只有翠竹呜呜。我看见,每一根竹枝都轻轻摇曳着死者透明的呼吸。天地为棺,日月连璧,七八天后才入土为安。那个青年的夜晚漆黑又漫长。

走在失曹河堤坝上，喧嚣只在远处。近旁翠竹绿树新宅老桥，华冠如盖的枫树在光照之下，万物似乎都被抽去了重量。草木、村舍、长堤……河堤野草又绿了，野花高举。河默默地看着村里人的生老病死。一年年，村庄变了样，河也变了样。它们立在大地上，像立在宣纸上，无人的河堤跟眼前的阳光与岑寂，都远隔千山万水。

年复一年，春花秋月，光阴吞噬经年旧痕。河堤入黄陂湖口西北角庙湾那隆起如巨鲸的脊背上，有一栋简陋的黄墙青瓦的建筑，门楣上书"竹林寺"，其实并无寺，只有石壁上的摩崖石刻和一段口口相传的故事见证它曾经的存在和神奇。

站在竹林寺远眺黄陂湖，此时芦苇正好，簇拥在一起，像一张巨大的绿色毛绒毯铺设在大地上。有水泠泠，是在流动的过程中遇见芦苇的羁绊而发出的声响。风动芦苇，星星的光芒在苇顶倾泻，斑鸠、䴙䴘、黑水鸡、官鸭、灰鹡鸰叫声起伏，和着风声，像极了一首乡村奏鸣曲。条件反射地想起王安石的《次韵张子野竹林寺二首》之一："涧水横斜石路深，水源穷处有丛林。青鸳几世开兰若，黄鹤当年瑞卯金。败壁数峰连粉墨，凉烟一穗起檀沈。十年亲友半零落，回首旧游成古今。"它以含蓄深沉、丰神远韵把你打动。

据乡人讲，元末群雄并起，连年混战。公元1360年，陈友谅率水军从采石沿江东下，进攻应天府。朱元璋一度战败，潜逃至无为州黄陂湖芦苇丛中。陈友谅命人放火。危难之际，一芮姓渔夫出现，领朱元璋沿湖沟抵竹林寺北山门，使朱元璋化险为夷。陈友谅得知后，一炬将寺化为灰烬。渔夫是带发修行的居士，从此销声匿迹。朱元璋为报救命之恩，派人打探，最终找到居士,并在古寺原址重建竹林寺。寺后山峦绵延,群峰竞秀,下览黄陂湖,翠绿封住湖底的寂静,满湖绿莹莹的,天地一片墨绿,似乎是从天空某处漏下来的。

而就在这幽篁深处,烟霭轻霞的清静所在,却不想竟在明万历年间遭被拆毁的命运,一应殿宇被毁弃,只留下"竹林寺"的地名,被当地的人们还那样叫着。

说是一座寺庙,其实,那是我诗意的想象而已。此时,即使站在几百米之处,也能嗅到芦苇淡淡的清香。

行走的距离没有长短,就像天际与心灵的距离。失曹河堤坝两边的杉树就像两道柔韧而锐利的目光射向那无尽的旷野,然后在黄陂湖聚集。东边的枫树林、农田,西边的村庄、学校、竹林、山场,组成一种简淡高古、秀逸清雅、荒寂灵动的画图。

国庆节那几日回乡,失曹河的水清莹润洁似蓝绿翠玉,心生愉悦。夕阳西下,遥看竹园旁一桥飞架,公路穿桥而过,渐渐模糊在远山沟壑间。

风吹动翠竹,流水不语。失曹河下农人以田为业,酸甜苦辣,一切自度。农人如此,乡景也如此。因为失曹河,我终于确信自己回到三十多年前的原点——

如同当年我在蹚水过河中插下的路标。

塘口的故事

我对塘口并不陌生。在省城合肥向南百公里之外,有我的村庄,就坐落在一个金鱼形状的山坡上,三口无名池塘如玉带般环绕村庄的屋舍及树林。我童年时,塘口的水清亮,鱼类繁多,塘口连着农田,塘边林木繁茂,水草蓬勃,青蛙水鸟栖息其间,俨然生物的乐园。

塘外是广袤的家田,几近荒芜,杂草葳蕤。塘口上端连着从村庄边缘流淌的一条水沟,每逢雨季,流水经过一段洼地浅滩后,咆哮如雷,波涛滚向塘口,犹如注入时间的黑洞,宽阔的水面仿佛拉开了神话般的帷幕。在20世纪80年代之前的数百年间,塘口哺育了村庄,供村民洗濯、浇灌乃至饮用,并提供了丰富的鱼虾。流水的呢喃、草木的气息及乡村的温柔敦厚与静谧,足以抚慰敏感而桀骜不驯的少年。

塘水、草木、炊烟、鸡鸭猪狗牛等禽畜、茅屋、粗茶淡饭、纯朴敦厚的思想及风的灵魂,共同构成了农家子弟的心灵。

村庄的秋天,绿薄了,但繁密的树丛没有层林尽染,一片深秋气象。塘口边伸向塘中苍黑的条石,写实般见证着岁月和人世的沉浮。塘口养育了多少代子民,即使残缺和憔悴,也总能把子民们养活。塘口给予你不同于他人的口音和眼神,它让你的记忆里存留着挥之不去的对家乡的情感。不过,往昔的烟云散去,每次回去,总会有一些故人不见了,故物没有了,故事失传了,不经意间,塘口成了历史的见证。正是人类对水田、菜地、沟壑、草木、庄稼的需要,才孕育了塘口及其中的生灵。万物知恩图报,反过来维护塘口的生机活力。谢灵运的《登池上楼》"池塘生春草,园柳变鸣禽",呈现的是生态系统良性循环在村庄形成的一种原生态图景。我为村庄的亲近自然和壮阔古朴之美而心存感念。

弱冠之年的我常游弋于塘口,我自信涉水能力出众,却在一次下水赶鸭子上岸时大腿抽搐,幸亏云叔镇定从容,把我捞出水面,才有了今天的我。

云叔大门正对着南塘。我很喜欢看它在月亮下的模样:塘被柳树和枫树环绕,看上去像面镜子,比天空还要辽阔,月亮通常从这边的树梢冒出,又很快从树冠的那边落下,似乎是完成了一次无声的泅渡。偶尔有一两条鱼跃出水面,几只鸟从水面掠过,还能听到翅膀拍打水面的哗哗声。冬季,空旷的塘面找不到灵动的影子,这是真正的空境。而真正的树与塘口似乎是空相的,实相无相,即是般若。塘口四季因重复着月亮的丰盈和消瘦显得哲理而诗意了。

南塘原先有棵古老的桑葚树,一个巨大的石碾,以及村口那棵老枫树。陈述是件令人心情舒畅的事儿,但也是让人感伤的事儿。那石碾早就杳无踪迹了,还有华冠如盖的枫树,往年八九月份,枝头挂满密密匝匝的白色的果实,像繁星似的,仰首可见。与村庄携手同行百年的桑葚树,最终还是消失了。我喜欢不变的往事,但一切都逃脱不了无常变化的命运。当一切归于虚无时,我还能回忆什么?

　　时间在塘口下端的田野醒来,时节像一条鞭子,在光影中接力前行。躬耕的老牛犁开肥沃或贫瘠的土地,麦子拔节,油菜花开,迁徙的鸟儿归来,用一声声清脆的啼鸣拨亮春色。

　　而夏日的塘口下,阳光透过枝丫吸附在禾苗的叶面上斑驳闪现,空气和太阳一起燃烧,土地张大着嘴渴望得到水的滋润。就连塘口,也显得瘦弱不堪。塘口的水涵,没日没夜地游丝般在缓慢呻吟着。眼看见底,这是一种"断子绝孙"式的争水方式。人们为了一口水,似乎可以拼命。队长拎来几袋砾石堵住了涵洞口,放水的人虎啸般要与村里讨说法,十几户村民自发组织起来,力挺队长的"义举"。我们习惯于塘口的水为灌溉禾苗、为牲口服务,在偌大的村庄,它可是百口人的消防池,有人生活的地方,塘口就建在村庄周边,这些都是老祖宗传下的规矩。这涵洞对于庄户人家意味着什么? 若干年后我离开了村庄,时常想起那些年跟随父亲抗旱争水的日日夜夜,我似乎更能深刻理解那涵口的意义。

　　云叔早先是做挂面的,后来干队里的会计,再后来入了党,成了村主任。云叔不声不响,总给人以惊喜,有点意思。那时他家门前的桑葚树,初夏,绿叶下,乌紫的桑葚挂满枝枝丫丫,发出阵阵清香。喜鹊在周边的树丛中叽叽喳喳,趁人不备,箭一般地窜入桑枝,叼起一枚桑葚飞走。桑葚树的枝杈伸进了池塘,我和小伙伴们悄无声息地爬到树上,坐在树杈上,一颗接着一颗地丢进嘴里,那种惬意的香甜流遍全身,满嘴上下都是紫红的液汁。二奶奶拿着扫帚骂骂咧咧地做出驱赶样,吃足了美味的伙伴们就从树上跳到水里,一个个如"浪里白条",溅起朵朵水花。

记不得是初二还是初三那年,应该是周末,我正在家打中觉(午休),迷迷糊糊中被一阵歇斯底里的呼救声惊醒:"着火了,着火了!快来灭火,屋里有人……"我忽地从床上跳起,抄起一只水桶飞奔塘口,注满水再以吃奶的力气冲进熊熊燃烧的火场,浇灭通向房间两旁的明火,抱起婴儿冲出火海。邻居们自觉加入救火队伍,从塘口排成长龙,手拿脸盆、水桶和瓷钵盛水传向火点。尽管我勇敢地赴汤蹈火,但我为没有救出更多的财产而久久沉浸在自责中。

时光用最细微的螺栓固定了我身体的暗部,我很难想象三十多年中,我塑造的生活与形象已经苍老、衰朽。困囿于自己的奋斗与收获,我一直在建筑,推倒重来,刷新,构建或解散。

兵哥家门前是个菜园子。园子的围墙并不高,墙头遍布荆棘。园子边缘临塘,柳条葱郁,水边花草繁茂,红蓼花和菖蒲令我心生欢喜。对岸,全是绿油油的禾苗。春天的油菜花和紫云英一片黄一片紫,间以春小麦的浓绿,鸟喧蝶飞蜂舞,俨然徽风皖韵春烟雨。站在塘口,我想起朱自清笔下的荷塘。月色下的荷塘之所以能打动我,是因为它暗合了我童年的记忆。记忆中,盛夏季节,小伙伴们纷纷把放养的耕牛赶到塘口。这是牛们巴不得的,虽然牲口不能像人一样用语言来表达,但它们的动作和眼神能体现当时的状态。伙伴们随着耕牛,也扑通扑通地跳入塘中。打水仗,捉迷藏,呛几口水也不以为意。有时扎猛子潜入塘底,十几分钟后浮出水面,手中高高举起绿油油的鸭蛋、破脸盆啥的。那一刻,并不开阔的塘口盛放着无限欢乐。

站在塘口,我经常有些错愕和迷茫。我看到深冬的塘口干涸见底,鱼被捞得干干净净,我和小伙伴们赤脚在淤泥里一点一点地来回踩,偶有泥鳅鳝鱼被活捉。尽管田野空旷,寒风凛冽,脸蛋冻成紫红,泥人成了冰棍,但快乐与惊喜时常写在脸上。

在记忆里,抹不灭的是"挑塘"。所谓挑塘,就是清除塘中的淤泥。这淤泥也是农家肥,农闲时节挑塘,既清理了塘口,又给耕地施了一次肥,为来年有个好收成打下基础,庄户人家很在意这些。

挑塘很有意思,并不是字面上的肩挑。那是冬天最冷的日子,各户所有劳力大清早集合整队,在塘口插上几面彩旗,男女搭配组成长蛇阵,人手一把铁锹,由塘口翻越塘埂,直接延伸到水田深处。"蛇头"是队长,他着黑色土布棉袄,腰束一条毛巾,脚踏草鞋,点上一袋旱烟,从口袋里掏出一串爆竹。一阵噼里啪啦过后,队长用洪钟般的嗓音来了个开场白:"今儿个挑塘正式开始了!毛主席说:'鼓足干劲,力争上游,多快好省地建设社会主义!'用我们的好成绩迎接伟大的七十年代!"口号样的台词,引得大伙一阵哄堂大笑。

当然,笑归笑,大伙干活从不懈怠。全村人同上阵,我们全都兴奋莫名,唱歌,提着嗓门尖叫,比过节还痛快。队长挥起铁锹铲掉脚下的浮泥,再在潮湿处垫上稻草,一干人也都学着队长的样子,铲平垫草,情形与此模仿,痛快的感受也相似。这时,队长的第一锹黑黝黝似豆腐一样的泥巴,接龙般地传到地头,此刻,只有风像酒徒,卷起身边的枯草大把大把地抛向空中。锹的碰撞声、喘息声和搓手声此起彼伏。这样的接龙一干就是一上午,锹娴熟且默契地传递,斩断搓手、跺脚、蹦跳、推挤与寒冷之间的必然关联。这是新生代无法理解的那个年代人们战天斗地、改造自然的火热激情。

我虽身居城市多年,年逾花甲,但精神上,我的不成熟与从细雨中走在深巷里的那个几十年前的孩子并无二致。

生我的村庄,沐浴我的塘口,成为我一辈子血脉里的回望。境由心生,一位哲人郑重地说过。

失落的王大

时间已篡改一切,目光所及,立于矶山之下的,东有钟子山、马鞭山群峰奔涌而来,逶迤、磅礴;西有沙湖山、福泉山缥缈在水雾间,泼墨而来,写满了万壑青黛;中部原野一如巨翅平展,更有县河、西河、失曹河、瓦洋河、黄屯河汇入黄陂湖,入巢湖,通江达海。地脉如斯,气脉亦如斯,乡愁何曾断绝?

站在开阔的田野上远眺,远处即是四面环水的细长小岛。镜面般的护城河绕岛悠悠而去,卵石历历的沙洲,碧波荡漾的河水,青翠的芦苇,盘旋的飞鸟,村庄的炊烟与悠悠云彩,林木茂盛的王家大院像一幅水墨山水画轴。大院坐落在高墩之上,远远看去,精雅可观,淡而不枯,颇有高古之气。这种高墩我很熟悉,皖中地区历史上多洪水,居住在低洼地带的乡民防患于未然,砌房前,每每就近取土,一箩一筐地垫高屋基。那挖过土的地方,就成了"护城河",那垫高的屋基,就成了土墩。

记忆中,门前开阔广袤的平川中央,王家大院坐北朝南,典型的徽派建筑风格,粉墙黛瓦,一园分三宅,一宅分四院,五排房渐次递进成一线串珠,屋脊和房檐如画,勾连五脊六兽,高贵而又雅致地伫立在视野里。

放眼望去,水田开阔,远山浩渺无垠。湛蓝的天空下,碧绿的禾苗随微风荡漾。站在宅院旁的山头上，日头与我一般高远，仿如六月里熟透的山杏，一碰即落。这个季节至暮秋，太阳总是从茂密的禾苗缝隙中挤出。我呆滞的目光盯着那呈现出更为厚重、更为空寥、更为清冷、更为沧桑的王家大院，没落或者说死亡也是一种美丽，就如这即将西沉的落日，穿越时空、穹宇，穿过这富丽堂皇的深宅大院，沿着生命曲线勾勒的步履，经过一片辉煌之后，让我们看到的是一片废墟的博大深沉。

宅的后墙挨着河埂。河的北岸有一方池塘，塘中有一个土墩，墩上建有长廊和静养阁，这是花园主人王怀山的子嗣童年时的快乐小岛。阁旁栽了花，岸边植了柳，塘里种了菱藕。有四年光阴，那静养阁就是主人之子王长才、王长春的学堂。而今，这一切都已化作了漠漠平畴。自近而远，王家大院与山嘴遥相呼应，曾有阴阳先生称此地形为飞龙吐珠，旁边建有碉楼，整个花园形如一幅天然的太极图。飞龙吐珠，龙是万兽之王，刹那间，我若有所悟，疑似触碰到地名蕴含的深意：王大。

我曾无数次在梦中走进王家花园。准确地说，应该叫王家大院，是王怀山的宅第。隔壁的村庄因王姓居多，简称"王大"。

蓝天总是在想象之外，近在咫尺的矾山，海拔不过百米，却突兀而出。它的脚下，窄窄的街道通往一千多年前的缺口水运码头，在花园村转角处，一条笔直的沙砾路连通王大，经过弯弯潺潺的小河和一片茂盛的竹林，叶子在夏日里依然郁郁葱葱，充满生机。我的脚步和目光却被河边的细沙和卵石所粘住，它应是上游矾山采矿长年累积的结果。洁白的细沙与形态丰富的卵石，依然保持着原生态。如今重回故里，亦如故友重逢，好不亲切。

红蓼正是花季,想起宋祁的诗:"花穗迎秋结晚红,园林清淡更西风。织条尽日差差影,时落钓璜溪水中。"人生几多况味,又有几多怅惘。瞧,那状如燃烧的蜡烛,形如吊灯般的花丛,几只蝴蝶在流连。它们几乎忘记了季节,也忘记了生命的周期。我恍然明白,生命如许经年,来来回回、风风雨雨里,到底还是平凡生活最能留得住人啊!

沿王大直下,跨过一条塘埂就是王家大院了。环岛外围,耸立着十几棵粗大的古树,光滑的树干被岁月之手刻出一道道刀疤似的伤痕,但仍然苍翠挺拔,显然是王家先贤们着意培植的风水树。

岛前是一条宽阔的沙砾大道,大道连接飞龙吐珠的碉楼。碉楼与村庄形成掎角之势,兵荒马乱年间,以防不测。上岛的吊桥已被水泥板替代,桥墩是碗口粗的圆木,呈叉形插入水底,走在上面摇摇晃晃,着实让人胆战心惊。

日头在高大的树冠缝隙中时隐时现。天显得空寥、广阔,也更为清冷。失去阳光的宅第在茅草深处留下的风中遁逃,喧嚣被封存,整个大院静谧得让人心慌,古老的气味进了人的鼻孔。每走一步都恍若进入梦境,像是一本古旧发黄的书被人遗忘。此刻,从一侧厢房蹒蹒跚跚地走出一小脚老妇,银色的长发绾成髻,上插金钗,古铜色的脸上,皱纹沟壑一般,蓝色的对襟上衣,一双爬满蚯蚓似的手挎着一只竹篮,迈着碎步,用警觉的眼神瞟一眼我们这群不速之客。她听力欠佳,这便使她回答问题时神情格外专注。

我信步踏上石阶,推开一道暗门,里面却是老妇人的小屋,摆放着一座佛龛,常年虔诚的烟火熏黑了包括光线在内的一切。

一床连一锅台，便桶与水桶相拥，潮湿的墙体驳杂剥落，因极度简陋而让人倍感生存的艰辛。一阵风吹来，黄泥巴糊住的窗棂纸簌簌地发出哀叹，也许要下雨，但又不像是雨，是树枝被风吹倒在木头房檐的刮擦声，整个大院缺乏一场雨落下时空气的重压。

如此，也就罢了。为了少年的记忆，我们匆匆地来，又匆匆地去。当我们怀着难以名状的心情，惆怅而无语时，我们更惊叹王长才早年殒命于肺痨。

我是在王家花园成为一片废墟后，再次走进它的。偌大的庄园像遭受轰炸一样，满目疮痍，琉璃瓦、砖头、旧衣裳、破碗、水缸、筐箩、纸片遍地都是，院里唯有水井和几棵歪脖子香椿树，也许是最后的见证者。但命运多舛、时运不济，几年后庄园被夷为平地，仿佛从未有过王家大院，从未有过什么护城河、吊桥、水井、古柏和后花园。如今，王家大院稼禾如旧，炊烟依稀，曾经生生不息的深宅大院像草本植物，在季节的尽头老去枯萎。也有花开，一簇簇绿油油的水葫芦绽放紫蓝的花蕊，养眼，亮丽，是这废墟之上唯一残存的田园风情。

时过境迁，盛景不再。大院内杂草齐腰，三进四进连体天井已经坍塌，沿边分割成几块不规则的菜地。后院的长廊早已没了踪影，静养阁仅残存一米多高的石柱倒伏在草丛中，周边散落着厚重的青砖和瓦片，没有文字，难辨年代。

大院与王大村民组仅一塘之隔，村庄依山而建，庄南是龙头，庄西有一口弯月状的池塘，塘口上下串起一条四季潺潺的水渠，自动流入左塘，再汇入王家大院的护城河。溢，则排于下游五里之外的黄陂湖。如今的王大人烟稀疏，其中一个重要原因是庐铜铁路穿村而过,部分村民搬入回迁房。迎候我们的退休老师洪泽说,王家大院的废墟已追随灰飞烟灭的昨天。如今家乡流传着一个道听途说的故事,现已成为地方掌故。一个世纪前,王家大院有一个热血青年王长春,风尘仆仆地投靠远在安庆的舅爷。他面对穿城而过的长江,想到了流经自己家乡的失曹河,想到家乡的兄妹,不禁激情放言:"我为报效国家而来,日后必有人为我而自豪!"百年逝水,滔滔不绝。王长春隐匿在空空荡荡的凡尘里寂寞而去,无人为其喝彩。那个激情放言也被当成了一个"段子",而"段子"的当事人早已作古。

也许正是那段自由自在、无忧无虑的家塾生活,滋长了王长春的叛逆和刚烈。王长春先后进过四所学堂,中间因顽皮闯祸,竟被开除两次。家乡没书读了,就走舅爷的门路,转到安庆东南中学,交由张国乔校长。想当年,王公子刚来陌生校园,自卑得要命,自忖怎样也适应不了校园的"清规戒律",但他没气馁、沮丧或者一蹶不振,只默默地苦读三年,考取震旦大学。

后来我在参与区志编纂时,才晓得王长才的弟弟就是王长春,大学毕业加入北伐军,在贺耀祖的第四十军谋了个团参谋的职位。在进攻山东的一次战役中,已是上校旅长的王长春左臂致残。我在南京师范大学历史系采访时,牛少贤副教授向我讲述了那场战役惊人的一幕。

1928年农历五月,济南市内的四连山万紫千红,远近村落的人们聚集在一起欢度端午,戏台上生旦净末丑次第登场,谁也没有料到危险正一步步逼近。

清辉引暮色之际,突然戏场外的人群轰然四散,如同受惊的烈马。原来,人们脚下散发浓烈的血腥味。那是从城市高坡流过来的,顺着水渠汩汩漫延。人们不明其因,却感觉死亡的阴霾笼罩在头顶。原来是敌人的骑兵长途奔袭,西门被攻破,守城将士拼死抵抗,最后剩下身负重伤的将领,孤身与之奋力厮杀,直到援军赶到。这位守城将领就是王长春。

随后,他脱离军界,随贺耀祖赴南京组建军统,亦成贺的心腹幕僚。

后王长春退居台湾赋闲,隐匿于人头攒动的台北,年逾花甲,孑然一身,只有一条狗伴他在日子与日子之间。

目光所到之处都是那样潮湿与清冷,我有一种空落和后怕的感觉。我能感受到眼前的全部:活着的护城河水,走向死亡的王家大院,悬在头顶的太阳……然而,我的身体还是被王家大院包裹着。

遗憾的是,没有任何史料对王家大院的消亡做只言片语的记载。这些消失的带有字迹的石块,被村民用于修建猪圈和茅厕——历史底色沉重的猪圈或茅厕。

其实,这个原本以家族为单元的王氏大户,也像普通家族一样,只是一不小心独居了。

是的,王家大院的子民也是从摔打磨砺中成长起来的,它的"根须"深入平民的土壤,和平民血肉相连。我对以个体生命创造劳动价值的底层的人致以崇高敬意。或许,这大院主人的身上没有惊天动地的大事发生,他们甚至是卑微的,却像劲风中的芦苇一样不屈不挠。

如今,村人渐渐离开了原有的土地,然而那些史实仍旧在记忆里出现。面对阔静、沉寂,又夜色阑珊的天穹,大院似乎是时间之外的一种存在。它像是穿越时空的见证者,又像是记忆温暖的守候者。

好在我能确信,王家大院那些老物件融入了我的身体和思想,被我带走了,比如色彩,比如味道,比如我们相遇的瞬间。

面对王家大院前世今生的世事纷扰,如同那么多块垒堆积在内心,即使迎面的阵阵风也无法消除。然而,"大风起兮云飞扬",在时间的长河里,历史注定显露真相。

水码头

我说的水码头,是我儿时街道边缘叉河驳船起航锚锭的码头。曾几何时,它是人头攒动的中心,现如今繁华退尽,我只能叫它水码头了。

大概三十年前,那些乌黑斑驳的铁链,那灰墙黛瓦小站的旅客通道,那水岸一排黑乎乎的轮胎,那百米长的青石板台阶,和我记忆中的大致相仿。

谁都知道,码头起先是作为码头而存在的,接着就是作为建筑而存在了。高音喇叭对于建筑而言,明显是多余的部件,因此,最先消失的是声音刺耳的喇叭。是谁勇敢而利索地完成这次使命,无从查证。缺少喇叭声,码头一下子变得沉寂,好像一个歌者突然间嗓子出了状况。然后是旅客大厅被改成了教室,墙壁上出现"深挖洞,广积粮,不称霸"的宣传标语。码头上的人行通道被拆,码头迎来了自己的脱胎换骨期。

一条条老街,一座座老宅,多是旧时模样。码头上高高矗立的尖塔,那是整个街道的徽章。

是的,那时候,所有新鲜东西都是通过轮船从上江的武汉或下江的南京、上海运来的,一艘艘木制的轮船每天来来回回,在码头划出几个大大的"之"字。从船头跳到岸上的人个个都是一脸的喜庆,大声地说着从远方听来或者是亲眼所见的事,有的人还带着刚刚学会的几句城里口音。这些人一走出码头,很快就散落到乡村的各个角落,乡村也跟着热闹一阵。他们带回来的油纸包装的饼干、冰糖、肉包子,我至今都觉得那是最好的美味。每年农忙季节,都有从城里来的工人老大哥成批地从码头而出,奔赴帮农一线。他们带来了更多的城里的新鲜故事,还带来了非常好闻的香皂味,同时也带给我们羡慕和好奇。这码头两边真的宛若两个世界,我梦想着彼岸,甚至相信码头那边就是那个诗意的世界。

水码头就建在西河边上,河不宽,夏天涨,冬天落。河的上游是芦苇葳蕤的黄陂湖,下游注入巢湖,直通长江。街道紧挨着码头,人流熙熙攘攘,声音此起彼伏,忽而喧哗,忽而安静,孩子们背着书包雀跃着,不远处有座木桥,人影憧憧。酒馆里的人正在猜拳行令,谈笑风生。沿街坐着许多挑了担子来卖山货、蔬菜的农民。街道上飘着卤肉的香味、洗发水的香味、爆米花的香味……本乡本土彼此认识的,打着招呼,亲密无间。码头东岸树木苍翠,水边花草繁茂,红蓼花和菖蒲令我欢喜。向远去,便是大片大片开阔的农田,春天油菜花和紫云英一片黄一片紫,间以春小麦的浓绿、鸟喧蝶飞蜂舞及飘摇的野草,俨然是江南烟景,与那些杂树构成水码头的副词与形容词。

河两岸相互交错着十几二十级台阶,一直伸进河水中央。

有水的河岸总是"开"满花花绿绿的女人。天渐渐暖了,女人们赤脚站在河里,裤脚卷到膝盖以上,弯下腰,洗菜、淘米,把浸泡过的衣裳放在石阶上用棒槌捶打,发出响亮的嗵嗵声,水星便如饭粒呈扇面溅出。三五个妇人一起挥舞棒槌的时候,河边就像突然间多出了转动的小风车。捣衣的声音在河的两岸回响,但丝毫也不影响女人们张家长李家短地唠嗑,甚至反倒刺激了她们的谈兴。捣衣的码头是古镇新闻真正的诞生地。夏天的时候,许多半大不小的男孩在河里游泳,他们全身晒得黝黑,在水中戏耍吵嚷,小鱼秧在周边蹿来蹿去。河边洗衣的女人们胸脯高挺,将圆领衬衫顶得更短,水花溅到脸上,撩起圆领衬衫抹脸。一个男孩正出神地看着,耳朵就被揪住了。几个妇人围着他笑,说多大的毛人,也会看女人了,又哈哈大笑。男孩红着笑,冷不防挣脱,一个猛子扎进水里游向对岸。

这码头据说从唐代就有了,是随着上游十里多地的矾矿开采而兴,历经一千三百多年,一直是重要的物资集散中心。从古镇叉河到裕溪口,是旧时行船背纤的黄金道。可以想象,过去的岁月里,逆风行舟的背纤人在河道上艰难举步的情形。据说,老早的时候,长纤路行人如织,西河帆樯林立,河面百舸争流。改革开放后有过机动船、小火轮带来短暂的繁荣,但是随着陆路交通的大发展,水运迅速被陆运取代,码头逐渐萧条。被码头养育的古镇也渐渐衰落。

那个时段,水码头上最热闹的时光,莫过于五月端午赛龙舟。天刚蒙蒙亮,人们就早早地守在码头两旁,等一阵锣鼓后,赛船分成组,有家族的、街道的、企业的、学校的,有老有少。一时间,水上岸上都发出嘈杂的喧嚣声,偌大的码头顷刻间被鼎沸的人声所裹挟,像是在与一条河较劲。

于是,我记住了码头上每年端午赛龙舟的盛大场面。

在梦中,我常常梦见自己信步由缰地加入划手行列。那时候,我还真的不知天底下会有比水码头更大的世界。

有时亲见比想象更生动有趣。此刻我站在水码头旁,清澈的湖水倒映着蓝天和鸥鸟,还有芦苇和水柳。微风吹皱我水中的影子和面容,伴着辽阔的寂静。从芜湖裕溪口码头到庐江西门岗湾码头,大凡经过的船只,多会在这时歇会脚,这里的港湾虽比裕溪口小,却是重要的水上中转站。从长江入内河的大货轮,走西河去周边的水网叉河,往往要在这里改小机船或帆船。一条大货船停靠于码头,总要掀起很大的波浪,把一旁的小渔船荡得老高,骂声不时传出,又很快淹没在嘈杂声、湖水声中,以及尖厉的汽笛声中,像一个水漂,很快无影无踪。

货场早已颓废,各处长满齐膝深的野草,一片荒疏。我从八九岁开始就和小伙伴们背着篾箩筐穿行在它的周围,记忆中,有一天晚霞落尽、暮色将至时,几台大货车开着大灯从货场鱼贯而出,随着车身的颠簸,满载的货物一件件洒落在道上,我们小跑着捡起,举起手中的马灯,定睛一瞧,竟然是黑黝黝的焦煤,我们一阵窃喜,赶紧捡拾,每人都满载而归。

比汽车和轮船更能吸引我们的是大板车。大板车是水码头另一类靠力气载重的工具,它比小板车长出许多,有好几对轮子,两边有八九条绳索,全靠人力拉动。这些绳索就套在八九个强悍男人身上,他们弯着腰,低沉地喊着号子,一边整齐划一地弓身向前。在我的记忆中,这些搬运工是目不识丁的穷苦大众,长年一身汗馊味,皮肤基本是古铜色,个头不高但敦实。最明显的是他们常年靠码头维持生计,小腿肚子上面鼓凸着青筋,像爬满了手指粗的蚯蚓。但我们必须尊重这些靠苦力挣钱的劳动者,再冷再热的天,他们始终是敞着怀,疲惫不堪时狠狠地吸几口旱烟,有的掏出烧酒抿几口,再冷的天他们的身上也冒着热气。他们脸膛黝黑,眼神刚毅。

我此刻徘徊在水码头,河道边的芦苇好像更多了,而当年上下船的场景连记忆都快要模糊了,虽然它们与河边的货场共同存在于时间深处,但随着现代化进程的加快,这些旧痕也必将荡然无存。

在码头边我碰上一位老人,他曾是这个村民组的组长,大概七十多岁,只是前几年患脑梗,行动起来步履蹒跚。我们打过招呼之后,各自散去。看着他的背影,我想,有一天,他也会和这水码头一样消失了。

前些天,我从码头边经过,看见河面比记忆里的羸弱了许多,没了儿时的"浩浩荡荡,横无际涯"的壮阔景观。现在,水码头所在的河已沦落成了一条死河,突显出老态龙钟的样子。河道上仍然热闹,船只往来穿行,除了货船还是货船。又或许正值禁渔期,连小划子也不见踪影。

岸边涛声依旧,可帆船已经杳无音信地远逝了。

三年前的夏天,我陪父母到水码头看房,秋阳下,穿行在拔地而起的楼群中,恍惚间,我又想起从前的岁月,不由得感慨万千,魏晋陶渊明《杂诗》有言"及时当勉励,岁月不待人",信然。岁月无情,三十多年的时光,使一个不谙世事的学子变成饱经沧桑的中年人,但不管时光如何地改变,总有一些东西是改变不了的,尽管有岁月这块抹布的不断揩拭,却历久弥新。

听说将有巨资开发水码头。我丝毫不怀疑资本的力量,很可能几年之后,人们将看到一座崭新的水码头,但已经不再是原来的水码头了。

　　真正意义上的水码头,只能存活于另一个世界,亦如渐行渐远的繁体字、文言文。

牛叙记

牛的许多背景都尘封在记忆中,只有在特定因素下,某些记忆才会在思想的旷野中破土而出。虽然那些背景已逐渐淡出人们的视线,可它的一生都是在劳动中度过的。

我的记忆中,耕田的农人不断地丢失着自己的幻想,最后只剩下他手中的牛鞭。或许,他一开始跟在牛屁股后只是时不时地吆喝几声,犁铧翻过的泥土簇新,空气中散发着浓郁的土腥味,成片的田畦亦如曹雪芹"菱荇鹅儿水,桑榆燕子梁。一畦春韭绿,十里稻花香"的景致。再后来,吆喝声成了牛的催眠曲,农人声嘶力竭,声音在山谷中回荡,吓得鸟儿四散而逃。于是,农人为了让牛重新认识自己,拿起鞭,在空中啪啪炸响,虚拟出一支铁骑神兵。此刻,农人的身体已被阳光吞噬,看见的是那个从云端伸出来悲怆的流泪的牛头。我迟钝的耳朵都能感受到农人那混沌的粗重的鼻息声。

有一天,这头含辛茹苦、兢兢业业的牛倒在它耕种的土地上。它的身体成了餐桌上的美食,唯有头颅和两只铿亮的角孤独地守着消失的荣光。

我多次在梦中见到这头牛,目光炯炯,喘息如雷,大汗淋漓。我听见一连串由远而近又由近而远的鼓点般的足音。我手握的缰绳，如同那看不见的脐带，使它舍弃不了对土地、对人类的依恋。

风起了。风是从场基（合肥地区称打谷场为"场基"）旋过来的，发出一阵又一阵呜呜声。农人在门口的石墩上坐着，衣衫褴褛，目光迷离，苍老而又怅然若失，让我找不到过往的威严和霸气。

一头牛站在远处大槐树的浓荫里，向挥舞牛鞭的久别重逢的王者瞅了瞅，顷刻之间，我见到农人和牛泪流满面。牛通过这一切意识到，失去了农人，它像是天地之间的幻影。

土地中藏匿着一只残缺的犁铧，锈迹斑斑，无法分辨制造的年代。我从泥土中艰难地抠出这只犁铧，黝黑的铁块，刺骨冰冷。我分明听见血液在胸腔中流动的声响，听见牛蹄踏过的鼻息声，听见划过原野的鞭挞声。

一旦犁铧擦着泥土扑哧而过，每一畦泥土上都刻下无法拭去的痕迹。我用铁锹把田畦一锹一锹、一寸一寸、一层一层挖起，试图把这幅耕牛场景重新凿出来，我要让《耕牛图》如白石翁那样在田园重新生长。

我要站在寒风过耳的原野，大声唤回我的耕牛、我的家禽、我的兄弟姐妹。

我在广袤的大地上，如诵读经文般虔诚，等着我走失的耕牛、我的农人从我的眼前经过。

许多年前，这个村庄拥有田园、沟壑、溪涧、林木、湿地，还有"狗吠深巷中，鸡鸣桑树颠""鹅鸭不知春去尽，争随流水趁桃花"的乡村盛景。我喜欢乡村的背景，这也决定了我意识里的古旧。陶潜的生存方式触动着我的心灵。后来，我羡慕过梭罗和瓦尔登湖,陶醉在密封的动物世界中,也曾幻想如斯蒂文森那样孤身苦旅,把生命的指针永远瞄准乡村。

当然,眼前的牛并不认识我,透过它清纯的眼睛,我重温了曾经熟悉的乡村生活。可以肯定:牛骨子里喜欢古老的乡土,喜欢鸡鸣狗叫的村庄,喜欢四季分明的农事。牛是农耕文明的忠实参与者,数千年来,它勤劳朴实地耕地或拉车。那头牛内心一定汹涌着对农人的狂热崇拜。我坚定地相信,牛其实早已是乡土文化的一部分,它除了忠于职守,还保持着对原初的大自然、广阔的土地和单纯朴素的传统农业的情感。它在服从和服务人的同时,还保持着纯洁的兽性和作为一个生灵的尊严。

而我最喜欢看夏天的乡野,因为它是春天的作品,是牛的作品。这个季节,牛和犁耙是分不开的兄弟。春风吹又吹,人与牛融为一体,让阳光有了温暖,让田野有了生机,让一眼望不到边的、浩浩荡荡蜂拥而来的草木、庄稼和萧瑟的街道,在这个季节里鲜亮灿烂。尤其是从禾苗和稻浪上滚来的风,对农人来说,像一盘爽口的凉菜,像一杯通体透凉的冷饮。农人望着禾苗和稻浪,像一个将军望着他的士兵。他心里想的是如何让一家人吃饱,以及收获之后播种其他作物的忙碌。

秋天了,稻穗是秋的宏大象征。原野的盛事将在明亮的苍穹下悄然完成。无边的禾苗,浩瀚的金色,总能给予我一种心情。我们陶醉于收获,我们注目黝黑的土地、茂盛的庄稼,而与我们携手的牛依然沉默,远离所有的赞美。

其实,牛是土生土长的乡土的子孙。它热爱草木、眷念农家,它的命运却十分地惨淡。我曾经用心回顾我家老牛的一生,用无望的手指、破碎的泪水努力将逝去的它拼凑完整,直到它以一串泪水变成一锅鲜肉,抛向身后荒漠一般的寂寞。牛永远是一个令人迷茫的主题,单纯的传统农业渐渐萎缩,那些充盈的牛耕时光被历史稀释。牛是原野里的一首诗,它是留给大地的一个褐色的暗疾,却不断被怀想,使我沉浸在被时间抛弃的忧伤中。

我站在中年的码头,会突然失去对一种文明被另一种文明所取代的理解力和感受力。我无法想象一个村庄没有耕牛的景象。在机耕尚未走进村庄的时代,犁铧的掀动,就是一个村庄来年的希望。耕作与村庄一样古旧,犁耙上下都充满了对粮食的渴望。人与牛都要付出巨大的努力,都在同一时刻把生命中的威猛与力量全部调动起来。农人的鞭子在天空下炸响,要牛用劲追逐季节的脚步,在身后留下堆积如山的粮食。在这样鲜明的主题下,牛和人配合默契,充满对美好生活的向往。它或许只是在昭示,宏大并不需要靠张扬、喧哗。

现在很少有真正意义上的耕牛了。在人的世界中,牛虽健壮,却属于弱势群体,它代表着温驯善良、吃苦耐劳、逆来顺受又无话可说。分田到户时,我的家族四户分到了一头牛。这牛,和男劳力一样,属于重劳力,力大无穷,不知疲倦,犁田耙地,全力以赴,脚踏实地,从不落空。在日常劳作中,如果确实是它的错,它会沉默地听从你的训斥;如果错的是你,你无缘无故地欺负它,它会不听使唤,打起响鼻,发出一阵怒吼,甚至不顾一切地在田野中转圈,让你焦头烂额。我二叔很心疼他的那头水牛。夏天的正午,他把牛牵到树荫下,喂它鲜嫩的水草,还添加些菜籽饼,在耕作的间隙里,补充着继续耕耘的体力。牛吃饱了,歇凉快了,惬意地双目微合,甩着尾巴,喷着响鼻。而到了冬季,他同样天天关注牛栏的冷暖,加厚稻草,将牛牵到避风处晒太阳,甚至把自己唯一的一床被子盖在牛背上。

因为他爱惜那头牛,只要没农活,他就会牵着它到河滩上吃草、溜达。那时,我经常看到一群牛甩着尾巴在咀嚼夕阳,晚霞在天边燃烧,灰喜鹊拖着长长的尾巴从一片山林飞到另一片山林。二叔熟悉牛的习性甚至胜过家人,包括它的叫和吼、尥蹄子、喷响鼻,以及它的附着物,譬如鞍、鼻钩等。我想,这也许就是几千年以来,人与牛能相依为命、心心相印的原因,牛忠诚、温驯、憨厚、朴拙、知恩,如此和人相处才能达到至亲至情的境界。

有一次,父母让我去放牛。晨光破晓,雾茫茫中,我牵着牛顺水渠埂缓缓前行。绿草萋萋,各种野花尽情绽放,牛贪婪地啃食那些属于它的绿色食物。四周安然恬静,偶尔有几只水鸟从头顶飞过。牛咀嚼青草发出的细碎声,均匀、低沉的呼吸声,飞来飞去的牛蝇发出的嗡嗡声,以及牛不时打几声的响鼻交织在一起,令人感觉十分闲适。还有那弥漫四野的青草味。那时,我常常拽一根茅草放在嘴里咀嚼,一手牢牢扣住缰绳,一手捧着一本书,沉浸在古诗中。文学的力量实在太大了。此刻,我想象着牧童横笛牛背,微风吹拂低垂的柳叶轻抚脸颊,从远方的高坡望去,参差的烟雾弥漫在村庄的白墙黛瓦中。我沉浸在意象中,想立刻骑到牛背上。我刚准备跨上牛背,它把头一低一甩,后腿向前一弓,哞哞叫唤起来。我顺着它的背一屁股坐在草地上,它径直跑到大坝另一端,继续用嘴拉扯着属于它的青草。

牛向来被视为勤劳无私、勇武倔强和财富的象征。收获时它从不要求给予更多的赏赐。它一生的命运就系在一根绳索上,牵它吃草、犁田。然后自己把吃下的交还给土地,交还的方式是深耕细作,好让庄稼进入下一轮生长。

对于我来说,与那头牛的经历也是一种缘分。牛走了,牛栏里的尿臊味混合着稻草味还浓烈地散发着。它的存在,让我重温了乡村生活的从容、平淡与温馨。

枯霜冷

枯霜疑是雪,油菜冻如铁。

冷空气在窗外起劲翻腾,再过个把月,新年就来了。依农历纪事,许多事物开始以新的动物的名义开起新元年,比如网络,比如电视。当然,在失曹河——我的原乡,阳光使村庄宁静、安详。晚稻收割后的旷野,一望无边的清霜隐隐约约,如此浩大,如此气盛,又如此静寂。

有马蹄形隆起的群山包围,居中的矶山下是一条不宽的季节性小河。传说公元 214 年,东吴孙权在此——失曹河——大胜曹魏张辽而声名鹊起。凡是被称为河的村庄都与水相关,水既静美柔韧又狂野骄横,给原野孕育着生机和力量。此时,时光静默,冬日里的晨光用一天中第一缕阳光的力量,融化着河畔的白霜与浓雾,水岸残留的芦花在风中摇曳,也能让冬日美得如诗如画。

这就是我的村庄,肉体与灵魂的源头。

年少时,我设想自己像一株树一样生长,不动声色。那时的脸是纯净的,头发虽整天乱蓬蓬的,还沾着泥土和草屑,但不失光泽。青葱少年总是浮于激情轻薄的状态,像一条源头太远太远的河流,在险象丛生的怪石间、险滩畔、激流中若隐若现。此时,不需要读书,读河读水读地读禾苗读茅屋读耕种就好。

一群同学齐聚一室,天南地北兴致勃勃地聊得热火朝天。母亲端来米糖、油炸山芋芝麻条、糯米糕和山核桃,各种浓烈炽热的记忆和感情,纷纷从口中喷薄而出,蔓延、噼噼啪啪,听得见栗炭燃烧的声音。

夜宿故园,晓月清辉照见桥霜上的足迹,无垠的原野。几百年前的失曹河畈冲,多少人在这里进进出出,旧士人的背影并未走远。而如今,铁路和公路或笔直,或逶迤,都在畈冲之内。

村庄谷场旁的几棵枫树的叶子落光了,苍老挺拔的树干雄奇而有凛然之气。寒风疯狂地呼啸,一粒粒玉米般肥厚的白果点缀枝条,那一片墨色下的露白,显得如此闲适淡定,仿佛是中国山水画平淡而不起眼的风景,那果实压枝,大有逼迫之势。难以想象一粒粒白果可以不惧霜雪,坚守着盘曲的枝头,忍受着上苍赐予的冷峻,等待着春天里那温暖的阳光。我与祝相坐树下,眺望"巨蟒"逶迤直抵黄陂湖,目之所及,是小镇和横亘在远方朦胧的钟子山。我们山高水远有一搭没一搭地聊,二人沐浴在想象未来生活的简单快乐中。

书读了几十年,时运各有机缘造化。祝尽管文笔鲜活,却是一个屡屡考场失意的儒生,心灰意冷从他的眉宇间流出,个性中的宿命遮住了自家面目。从此,刀枪入库,马放南山。多少个晨昏,他从河畔的石桥上匆促走过,阔大的竹林还在,老河埂还在,门前的老拱桥还在,个个法相庄严,如见祥云。败北也好,挫折也罢,放下该放下的困扰和羁绊。所谓放下,佛学中是指内心对各种境界不再贪恋执着,是一种内心的状态。于是,他表现出高冷的神态,回归田园,与陶潜为伍,纵情山水。

简朴的蛰居虽不富裕奢华,但也家和事顺、衣食无忧。他用镢头埋葬着痛苦、幸福、战栗、幻想。在村庄,祝感觉自己像是一个高屋建瓴的执事,庄里的纠缠、冲突、婚丧嫁娶,他变得能够从容掌控。

听说他会吹唢呐,一天我专门找上门,他正坐在门前的一棵榆树下捋芦柴,头发蓬乱,两眼红肿混浊,背心、短裤、拖鞋。家里要啥没啥,日子过得很窘。我说明来意,他高兴地吹起《百鸟朝凤》《一枝花》《六字开门》等。后来村里人结婚做寿诞,也叫祝去吹上小曲,说只要喜庆就行。

我说:"你去城市,准能成为音乐家。"

他说:"还是乡下好。我只是偶尔玩玩,从没想过成为什么家的。"

多少年过去了,我之所以还如此清晰地记得他,是因为他为我第一次诠释"笨鸟先飞"这个成语。

他的"笨鸟先飞"言辞精当,更不乏风雷气概,以勤能补拙、夯雀先飞,天然地以"思想性"的姿态,成为我那个阶段人生的第一篇范文。

那是初中二年级的下学期,语文老师郑重其事地在班上朗读了祝写的《笨鸟先飞》,还严肃地向全班同学说:"大家都要向他学习,端正态度,在能力不及别人时,应该比别人付出更多的努力。"只是那时年幼,过分崇拜老师,以为凡是高深的东西都是老师所拥有的。我这里说"为我第一次",是因为这个成语和我有特殊关系。

原乡青瓦砖墙的校舍渐渐淡出,打打闹闹的记忆也如云烟。原址上重建的教学楼气宇轩昂。几栋老舍还在,风雨磐石,不改旧时模样。依稀记得当年校园没有围墙,两栋山墙的缝隙间就是一条自由穿行的土坯路。校舍下是农人开辟的菜地,夏日,草木扶疏,一株株四季豆藤蔓风风火火般地爬上支架,枝繁叶茂,无风也微微晃动。百米开外是一口月牙形水塘,经年碧波荡漾,每天人来人往,汲水、灌溉、洗菜洗衣裳,青石板被打磨得光滑透亮。农人牵牛从塘埂上经过,头戴斗笠,身披蓑衣,夕阳西下,像诗像词,更像一幅苍凉孤傲的水墨山水。

退回到20世纪末,吾家离村小学很近,常到那读报看书。某日,走到那墙、那瓦,一式浅灰、青灰,浅得有情趣,青得高致。听人说,祝在这里任代课教师,于是我停下脚步,来回走动,四下观望,幻想祝从门里走出。

一个声音在耳边响起:"听讲你找我,为啥不敲门?"

"不妥,怕打扰你。"我答。

他直接把我拽进教室,几十双纯真质朴的眼睛齐刷刷地聚焦着我这个不速之客。"同学们,苏先生字写得好,请他带同学们抄写杜甫的《春望》,好不好?"

"好!"掌声雷动。

他说:"你来!"我婉拒。他命令似的:"从善如流。"说着,他把粉笔和黑板擦塞我手里。我手忙脚乱地接过来,如击鼓传花一般,赶紧往下写。祝使个眼色:我上洗手间去。这么大个教室,这么多学子就硬生生交给我。我的手在颤巍巍地写:"国破山河在,城春草木深。感时花溅泪,恨别鸟惊心。烽火连三月,家书抵万金。白头搔更短,浑欲不胜簪。"心却想着这么多学生在观瞻,容不得我半点马虎、分神。我记忆中的绅士形象尽失,汗流满面,手酸脚麻,鼻子沁汗没法擦,心中不由得怨祝。心里这么想,手下的字越发难看,座位上的小同学开始交头接耳起来。

"板书好漂亮……"我抬头见祝站在我身后,笑呵呵地看我的字,目不转睛。我把粉笔与黑板擦还给他,前后不到十分钟,我已筋疲力尽。

一年后,村里因发不起工资辞了祝。从那以后,我再也没见到祝。听说他进城打工去了。

这样的生活在延续,让时间变得飞速,日子变得短暂。

不知命运为何如此不公。我在滴水筹网络平台看到为祝筹款的公告,他们夫妇都大病一场,差点丢了性命。庄稼人面朝黄土背朝天,忙一年田地活,能吃饱肚子就不错了。为治病,祝将正在耕田的牛都卖了,唯一的住房也抵给银行。别有滋味在心头,恨不得此时有家财万贯,可以帮帮他们,可是我不能,靠工资吃饭,我只是拿出区区千元。我只是不信,鲜活的生命,人世间的亲情,还有那山盟海誓,难道连几十万元也不值?钱,曾为多少君子所不齿。如此看来,它还是断断不能少的。

见祝时,曾经那个粗壮的汉子,两眼深陷,腮帮凹进,一阵风就能吹倒似的。几年的光景,他的两鬓爬满白丝,脸上出现褶皱,像一场洪水之后裸露的累累伤痕。一脸的愁绪,只剩下躯壳和没完没了的哀叹。

回到村中,巷头陌尾了无生机,感觉四野沉沉地静寂。此时,秋风戚戚,红尘缄口,我内心酸楚,心想,人世间,生命贵重,却也如草芥一样轻薄。我喊了几声也没人答应。少顷,祝以迟缓的形态从屋中走出,这个曾经器宇轩昂、精神抖擞的中年汉子,怎么一下子成了白发老翁?!"先生回来了。"我没有回答

128

他,只是点头示意。我说:"这院墙内外杂草丛生,该拾掇拾掇了。"他叹口气说:"庄里没人了,全出门打工了。就剩下我们两个病怏怏的人,过一天是一天,拾掇那干啥?"祝说了大实话,实在是老实人的一种冷得彻骨的孤寒。

"寂寞柴门秋水阔,乱鸦揉碎夕阳天。"似乎所有的柴门前都应该有秋水长阔,都应该是人心自由放诞。身体的羸弱与精神的磨难,更使他寂寞悲苦有年。然而他始终以内心的镇定和沉静来应对满目萧瑟与愁雨凄风。弗洛伊德说,当一个人追问生命的意义和价值时,他就得病了,因为无论意义还是价值,客观上都不存在。一个人这样做,只能说明他的未得满足的原欲过剩。

祝亦如深冬的山水,落叶凋零也不失岁月深处的苍茫。一群山雀忽地飞起来,惊得乌桕细碎的赤叶纷纷飘零。河埂的清霜高高低低、莽莽苍苍。那秋草的枯黄和杂树的斑斓,在一层澄明的薄纱下慢慢呈现出来。我摸摸自己的头发,冷浸浸的、湿漉漉的,我明白这就是霜了。"饱经风霜"的苍白,孤傲,没有笑容,不语,仿佛才从枯冷的原野中进屋,还没回过神来,那情形一如此刻我眼中的祝。

也许这就是生存本身——人生无非两种境界,或如江海静阔,茫茫浩渺;或如乐山喜水,归园田居。无数的生灵在什么时候都会有喘息、挣扎、郁闷,亦如枯霜寒冽严酷。这么一想,人生哲学,染世渐深,才拨云见日,恍然大悟。

只有秋天

秋风劲,碧蓝如洗。秋叶飞,赤橙黄绿青蓝紫。秋菊怒了,很多人和事都在不经意中被勾连。似乎总是在凉气渐深的秋天,蓦然回首,仿佛一夜间,漫卷尘埃,飞扬阡陌,席卷心的城池。

那天夜里,我做了一个奇怪的梦。很大的雪,在窗外下,也在屋里下,像纸片一样。你推着独轮车,一对车把,一个轮子,一个盛满矾石的车筐,这大约是世上最简单的车子,它简洁地说出你那辈人的生存状况,也多多少少地反映出所有人的生存状况。你必须独自推着独轮车负重前行。你的车子让我看到了生存的另一面,我不愿意看到的一面。我想象你和一行人推着两百斤重的矾石,每个人的动作、身影都是相同的。你身材瘦长,而独轮车很矮,看着你大汗淋淋地在风雪里一瘸一拐,雪花渐渐将车将人染白,在茫茫的寂静里,它们各自的孤独汇成一片更大的孤独……

这是夏天吗?怎么会下这么大的雪?拂晓时,我醒了。

2020年的初夏,悲欣交集。

6月21日,你的一纸诊断惊愕全家——胃癌三期,已扩散。

万物从容中,唯我全家慌张。我怀疑误诊,怀揣忐忑,带着你择院会诊,结论一致。

你瘦长的体内也是一片海,年轻时容下那么多苦难,晚年又能容下病痛的折磨。人世间,很多事,我看不明白。

年少时,我对你的过往了无兴趣,年龄渐长,无由觉悟。莎翁说,凡是过去,皆为序曲。对世道绵延的慈悲,对人心温暖的抚慰,春夏秋冬雨露霜雪,自然与必然对人心的感唤,古与今同。

什么都不能改变你的样子。你是个中规中矩之人,曾读过私塾。因家贫,祖父让十五岁的你辍学,到十多公里外,也就是我的外公家学徒经商,换点粮油,以补家用,也算是在乱世中多一条出路。

父亲,你始终是个纯粹的人。

作为朝鲜战争的亲历者,你那时还是稚气未脱的青葱少年,用"保家卫国,为正义而战"诠释你的勇敢,也包含着军人的荣誉。那时,你是团卫生队的战地医生。你说,一场战役结束,整个连只生还五六个人,其中三人还失去了手脚。虽然战争已经走远,但对英雄的敬畏一直萦绕在我心里,它暗扣着我命中玄而又玄的弦,这些为国捐躯的英烈,是否真的像毕淑敏说的那样,是温暖和飞翔?

父亲,你是英雄,唯有你最有发言权。

三十好几,你由工厂"精简"回乡,自立门户。你用安置费盖起逼仄的土墙茅房,我便在那里度过了少年时光。

贫寒像一条破碎的围巾,被风席卷在空中,包围着我漫长的懵懂的年少时光。那时候的你刚刚站上四十岁的门槛,可你已经鬓发花白,仿佛全世界的创伤全背负在你一个人的肩上。那个家是你一饮一啄搭起的,胼手胝足堆垒而成的,多少年,你用生命滋养这个家。这个家是刀耕火种时代最后的残存,墨水瓶形状的油灯,豆瓣似的灯花忽明忽暗。三间草房,门朝东南,门窗矮小,窗用白色化肥袋裁剪订上,东西两床,一客厅,一灶台,屈指可数的几件摆设,空荡荡、狭窄、阴暗。冬天一到,凛冽的寒风吹进来,房间如冰窖一样寒冷。遇上刮风下雨,家成了筛子,雨打锅碗瓢盆声蔓延在寂静的氛围中。母亲为此时常和你争吵,那时的你像一头卧在洞穴中的受伤的兽,只能潜伏着,任母亲没完没了地唠叨。我们兄妹仨每每泪汪汪地注视着忙碌的父亲,日子过得极其煎熬。从小学、初中到高中,我们仨的学费是你不得不解决的最大困难,你让我们仨没日没夜地多编芦席,卖给供销社,拿着学费高高兴兴地上学。现在想来,那段岁月其实已经成为我生命的底色,勤学苦练,本色人生已经渗透到我的骨髓里,而这一切全拜你言传身教所赐。

　　小的时候我特别害怕起雾天,朦朦胧胧的,一个人走在路上,前后不见人,到了学校,头发上都能拧出水。有一次你去集市买萝卜,白雾茫茫,你既要把一担萝卜来回换着肩挑,又要注意坑洼路面上行驶的车辆,一个趔趄,重重摔倒,口角流血,牙根断裂。包扎好创伤,你一点一点地出现在靠近村口的那条路上……你说,自己重重地摔倒,就如一根稻草独自躺在地上,内心的千疮百孔无人知晓,只有自己了然于心。

　　我至今记得少年时的一个情景。那天下午,天暗得几乎要碰着地,接着是一阵又一阵炸雷。猫躲在灶边,蓝眼睛里闪着忧郁和恐惧。忽然大雨倾盆,像是天河决堤。你披上蓑衣,提起铁锹,独自走进雨中,你说:"秧苗的田埂会决口的,我要去堵那个口子。"我看不见你的背影,只看见你在雨雾里移动的蓑衣,很快,蓑衣也看不见了,只有猛烈的暴雨。"我要去堵那个口子。"

你的这句话至今仍在我耳边回响。是的,生活中,每个人都要去堵一些口子,有时要冒着风雨。

尽管你常说,你这辈子不是种田的料,但你干起农活还是有模有样。犁田的时候,栽秧的时候,车水的时候,收割的时候,打谷的时候,母亲总是说你做事"摸"(慢),可你却能将耕地、季节、种子、雨水、化肥、农药、农具和庄稼很完美地整合。当你看着庄稼抽穗、灌浆、成熟时,你露出舒坦的笑,那种笑才是深及心底的。

我知道,你对土地的认识是艺术的,种田不是"摸",你是把庄稼当成自己的儿女,精心哺育。

你心里有格局,不为俗世规则所囿,践行晴耕雨读,宠辱不惊,以低调、卑微、安稳、坚韧、拯救的方式,宣告一个家庭贫寒时代的终结。

这些年,你脸上的皱纹如沟沟壑壑,原先挺直的身板过早地佝偻了,这是你为养活一家人而操劳的见证。

你熬过抗美援朝战争、饥荒、运动和贫穷,却没能熬过这场疾病的打击。

你当兵时落下的病根,前些年常感不适,做造影或病理也只是说胃下垂,吃些药也就无人碍了。没承想,2020年开春,你小腿浮肿,伶仃的脸颊上,颧骨突出,眼窝深陷,苍老的皮肤毫无血色。你起先还能缓慢地抬腿走路,但喘气困难。带你做胸透,医生神态焦虑,说肺部有核桃大的阴影,悄悄催我去更大的医院确诊。"胃癌晚期",大夫说手术已没有实际意义,建议"保守治疗"。像许多癌症病人确诊时的情节一样,我们隐瞒了真实病情,告诉你只是胃溃疡,打针吃药便会痊愈。你躺在床上,思绪是恍惚和茫然的,每天在疼痛中度日。

你躺在床上,看着我们转动眼珠,时不时用能动的手捋自己的头发,或坐起来洗脸漱口,或喝几口水。我们仨轮流端茶倒水、擦洗身子、清理大小便等,没事时坐在床边握着你的手。你的手有点凉,手上的血管蚯蚓般一条条从皮肤表面突起,看上去那么有力、那么强悍。你朝我笑了一下,但我能感受到你笑得多么勉强,你的肌肉和表情无法协调,这使你的笑看上去更像是哭。你的肉体已经背叛了灵魂。你想表现出无所谓的样子,也许你觉得自己很快就能站起来。只有家人知道,你不能再如从前一样站起来了。我紧握着你的手,希望能传达给你一些什么东西,比如对你的爱。

你笑的那个表情,浓缩了你一生的遭遇。

永远忘不了,你在医院时唯一的愿望就是回家。只要有意识,你就说裤腰磨得腹痛,母亲赶紧给你换上没有腰带的衬裤。其实你是强忍着疼痛,不让我们为你担惊受怕。

你那表情,就像是受罪的天使,我们看在眼里,疼在心里。

不要说扶你坐起,陪你解手,给你喂药,喂你吃流食、喝水,给你洗脸、洗澡,只要摸着你的手,守在你身旁,有你的气息在,那样的时光就是一寸光阴一寸金。

恨病魔一再折磨你,半个月后尾椎骨部位便患了褥疮。我们给你消毒、晾干,把软膏抹在纱布上,再贴在患处。你有时疼得龇牙,但总是保持着一种有尊严的平静。

有时,看你吃,看你睡,看你睁开眼睛,看你闭上眼睛,看你的一切。有时,看着你心里就难受。而我们能做的,仅仅是再陪陪你。但我们深爱着你。你苦难的前半生,显示着人世的艰难与勇气,你在漫长的光阴里,终于慢慢地战胜了一切艰难险阻。

父亲,你是真正的男人。那一百零三天,你良久地凝视每一个亲人,欲说还休。

你艰难地挤出一丝笑来,想用一笑来化解当时满屋子的凄伤、阴郁,因为你心里明镜似的清楚时日不多。你突然眼睛一亮,声音大了起来:"你抽空回趟老家,到祖坟山给我找块地方。"我只能安慰你好好调养身体,别想那么多。半是慰藉,半是忧伤。你的眼神逐渐涣散下去,我和二弟伤心落泪。"没想到日子好了,我却倒下。"但你不以为意,像个健康人高亢地唱道:"雄赳赳,气昂昂,跨过鸭绿江,保和平卫祖国就是保家乡,中华好儿女,齐心团结紧,抗美援朝,打败美国野心狼……"你垂下皱褶哀伤的眼睑,泪从眼角慢慢渗出。人生经历悲欢离合和跌宕起伏,却依然能够保有如此镇定自若的情怀,确非安之若素所不能为。那扑面而来的是潮湿的现场和浓烈的寂寞,其间充斥着那个如磐年代的雨水、泪水,弥漫着不尽的滴滴答答,仿佛混杂而慌乱的脚步,你的歌声中,透出一阵阵凄冷和哀伤,一瞬间在空气中浸渍、洇漫。

最后的三天,你的话越来越少,你告别的速度像闪电,你的孩子们心成碎片,浑身战栗。我们都守在你的床前。大面积的疼痛使你不断地呻吟,蒙眬混沌的眼角时不时挂着泪花。你躺在床上,颀长的身体萎缩成一片枯叶。

说起"中国人民志愿军抗美援朝出国作战七十周年"纪念章,我们一起笑了。

那天有些热,我站在你床前,递上该吃的止痛药时,你说:"抗美援朝纪念章上面讲发,怎么也没声音了?你抽空去问一下到底怎么回事……"人生晚来忘性大,可你对人世间所发生的一切半点不忘。

我能做到的,是让你的人生不留遗憾。

我提前拿回了纪念章,悄悄地把喜讯告诉你,你却说:"你拿回来算什么?必须由政府颁发。"你此刻仍注重仪式感。

我特别能理解,这是你的一种生活态度,在重要时刻表达对英雄的尊重和敬仰。

你背井离乡,远赴战场,舍生忘死,不畏艰难,你心中有信仰,肩上有担当。战场已成历史,但你身上体现出来的骨气、勇气,永远值得传承。

不忘历史,致敬最可爱的英雄。

政府领导来到你的床前,祝贺你,并为你戴上勋章。你静静地坐在床头,身穿灰色的棉袄,笑容灿烂得像个孩子,这是生病以来你最开心的也是久违的一次。你长久地看着勋章,轻轻触摸它,对我说:"政府还没有忘记我们这些老兵……"

庚子年10月31日下午2点10分,你的眼角渗出泪水,给我们,你最后的爱与不舍。你口鼻间游丝状的气息戛然而止,没有留下任何遗言。那天,和以往所有的日子没有两样。我们点起一炷香,烧几刀纸,发出的点点光焰,是家人的祈祷之光。

十月,天高云淡,枫叶红遍,层林尽染。这是你最喜爱的时候吧,既然不得不走,你选择在风景如画的金秋走。

弗罗斯特说过,我们先属于土地,然后土地才属于我们。我一直觉得你还是孤零零的,从没有过彻底的"属于"。清明时节,当我们跪在你坟前,用心丈量这块属于你的地块时,一种深沉的情感于心底涌起,让身体贴着你,向你汇报全家的生活状况。我的双手沾满泥土,两膝张开跪在坟前,怀着悲情和不舍,面对落花和落花一样凋零的怜惜和伤感。我负载着一种很深却无以名状的感情,将脸微微仰起,完成饱含伤感和悲情的仪式。

我喃喃低语时,竟然飞来一只黑色的大蝴蝶,在草木间翩跹、环绕,止住了我将要涌出的泪水。就在那一刻,我忽然相信,父亲有灵,听到了我们说的话。亲人之间,即便跨越生死两界,也是有灵犀相通的。

当我们即将离开时,黑蝴蝶也翩然离去,再也不见踪影。

你的墓地离我们越来越远。此时的桐花怒放已过,菜花嫩黄如旧时江南嫁女的丝绸被面。回头去看时,一只猫突然从茶棵中蹿出,与我们擦身而过,朝茶场跑去。阳光下,父亲的坟突兀而起。

父亲,你永远住在金秋里。

只有秋天。

不能忘记的明亮与忧伤

昨看月,云雾袅绕。今观月,黛空如洗,好一片阴柔明媚。悲与喜、哀与乐、感性与理性,莫不如此。

那扇银白色的大门已锈迹斑斑,门里关着一所小学。隔门朝里观望,望者的眼里尽是怜惜和怅然。它像蓄积着一口阴凉的、深远的水井,又像被雨水洗涤复受日照的榆树叶的光斑,极有节制地扑闪着。这场景冲击着他弱小的情绪。

村里有一户是砖瓦匠。这家男人过早病殒,女人独自拉扯着五个孩子,日子过得很紧巴。最小的姑娘惹人怜爱,衣服上缀满补丁,却总是笑成一朵花。母亲吩咐她去放牛或打猪草,她总是偷偷地跑到那扇大铁门前,小手抠着栅栏,用水灵灵的大眼很期待地望去。

校园里一位身穿白色衬衫、梳着长发辫的女老师,眼睛大大的,脸圆乎乎的,看着很暖和,但她喜欢看着半空,不大理会四周,上音乐课时,一副高冷状,整个教室里充斥着寂寞的冰冷。那天,她先是讲革命音乐怎样开展对修正主义的批判,然后把一张歌单挂在黑板上,教唱《我们是快乐的好朋友》。她怀抱一架破旧的红色手风琴,优雅地坐在讲台上,头发像火焰一般跳动。她慢慢拉开手风琴,纤长优雅的手臂一张一合,乐曲声如高山流水一样,然后突然一转,紧接着是一个优美的奔跃。

> 我们是快乐的好朋友,歌儿唱不够。
> 我们是亲密的好朋友,大家手拉手。
> 安详地生活,凝聚友爱,邻里常聚首,
> 唱起心中最爱的歌。
> ……

女老师先完整地拉完曲调,而后,一边晃动着手臂,一边晃动着头,领着这群调皮而又懵懂的少年穿行在音乐的王国里。

那是1976年的早春,我还是个八九岁的孩子,对样板戏也好,对革命文章也好,必须学了又学,而深藏的心思却不可抑制,四处窥寻美丽的气味和表达的方向。女老师那种样子、那种声音和那种气息,让铁门外的小姑娘听得入神,她就那么愣愣地望着。

她觉得自己离他们很远,女老师看不见她。她常常幻想自己再瘦点就好了,可以从栅栏钻进去,也和这些孩子坐在一起,唱歌或读书,或许可以趁老师不注意时,摸摸那架手风琴,可这种念想只是一闪而过。

有一次老师教歌谣,总有一些孩子学不会,老师一遍又一遍地教。后来老师不得不把声调扬高了许多,那意思是,怎么还不会呢?栅栏外的小姑娘乐了。她一遍就学会了,等老师再教,她竟壮着胆子,跟着节拍唱起来,只有她把歌娴熟地唱完,歌声盖过了所有,且充满情感。她以为教室里面听不见,可女老师早就注意到这个浑身补丁的女孩,走到窗边朝她笑了笑。所有的孩子也都好奇地朝她看去。小女孩像受惊的小鹿,撒腿就跑。

此后,校园里的琴声、歌声、读书声一春复一春,跌宕如旧,可栅栏外,再也没出现过小女孩的身影。

女孩弱小的心里,第一次生出一种叫坚硬的事物。

再后来,她和别的小女孩做过生孩子的游戏,用虚假而夸张的动作扮演接生婆,一边接生孩子,一边大声一脸严肃地报着数字,一、二、三……直到百、千。

她热爱和崇拜自己的母亲,她喜欢模仿母亲的模样,抱着枕头娃娃睡觉,一边拍哄,一边哼着催眠曲。

家庭背景、时代背景决定了小女孩的命运。

常常,我们指责命运。其实,命运不过是勤奋的附着物。如果你觉得快乐、满足和幸福,是不是应该对幸运的光顾表示感恩呢?

当女孩成为一名县广播站播音员时,那一刻她在全村出了名。她从村头走过,享受村民投来的羡慕的眼神,她顷刻间被视为最亮丽的风景。

她没受过一天艺术教育,却对语言有极高的天赋。这就是在适当的气候条件下,当思想的旷野疾速地掠过一阵夏雨和秋风之后,某些种子就会破土而出。

十九岁的她,声貌俱佳,被誉为70年代的金嗓子。即使是严肃古板的社论或者是本地新闻,她的声音也能从冷漠中透出柔情。知青公演《过雪山草地》,选她领诵,她一张口,台下顷刻间鸦雀无声,随后是掌声雷动。她的悦耳动听的播音,引得众多男人幻想成为蜜蜂、蝴蝶翩翩于花朵,对此她都能飞花摘叶般地予以阻击。不久,台长发现了她的秘密。广播站当时经常侧重于"八大样板戏"铿锵有力的刚性乐曲,一旦播放《智取威虎山》中"穿林海跨雪原气冲霄汉,抒豪情寄壮志面对群山"时,就会有一个青年沿着法梧浓密的林荫大道直奔广播站与她聚会。这青年是县城一中长得白净的音乐老师车阳,外号"车轱辘",很高,很瘦,身骨和脸有棱有角,高挑帅气,说一口标准的普通话。或许是他那般姿态、那番味道、那种声音和那种气息,让少女当时心萌初动的方向就是车老师。这种方向让她歆羡并向前努力着。

车老师科班出身,对音乐有着和别人不一样的见解。听说他上课从不讲与音乐无关的形势政治,只用旋律和乐感启迪心智,学生们都觉得充实,也很受欢迎。这一点也深深触动了她的心灵。他每次来总是用手风琴教她朝鲜歌剧《卖花姑娘》里哥哥唱的《满天星星已经沉睡了》,苏联歌曲《山楂树》,新疆民歌《可爱的一朵玫瑰花》等。她提着小嗓门,一会儿唱这个,一会儿唱那个,声音在逼仄的屋内飘荡,又随着两个人的心回荡。此刻她沉浸在音乐的旋律中,一遍又一遍地唱着,是徘徊,又好像是缠绵。她的脸似苹果般红润,似炭烧一样热。

他从灯光里看见她面色红润。她望着他那张眉清目秀的脸。彼此依然没有任何语言,就这样对望着。

如果此刻心灵能够找到舒适的位置,不用忧虑未来,那该是多么美好的状态。

一个年轻、漂亮的风华少女,恋爱时才发现自己不会写情书,也不能相信写在纸上的爱情。这种心理上的障碍让人痛苦绝望,她只喜欢在黑暗中握紧车老师的手,沉默不语,循着肌肤的温度探寻灵魂的迷宫。

浮世千重变。人与事风流云散。

故事中的男主角中风偏瘫，她生命中的希望戛然而止……她有过几次短暂而苦涩的恋爱之后，对虚无情爱的向往与探索产生失望，然后结婚生子。婚姻治愈了她的心理障碍，虽然她依然相信爱情，但她不再以它为人生唯一的目的。她爱她的丈夫，简单热烈，原始直接，只有在有思想的时候，感觉和丈夫咫尺天涯，有如加西亚·马尔克斯的《百年孤独》。

小女孩渐渐成为满头银发的老人，逐渐从各种领诵、合唱、表演中喑哑下来。但只要看到电视上的朗诵节目、大型话剧公演，她总是要撂下手头的活儿，安静地坐下来认真倾听。每当她有滋有味地点评时，谁都无法将眼前这个老人和初中文化程度联系在一起。

一切都尽解为世事如烟。想起这些画面，我便有着满心的惆怅。五十年前，那个对播音如此痴迷的小女孩，那个浑身补丁却具有艺术天赋的孩子，以时光盟誓，她是怎样像蚕一样用韧丝将红颜和春心层层捆扎，抵御着漫漫的孤寂和无良男人的诱惑？

风蚀的光阴，终将沉淀的心事凝成一首诗词，在紫丁香飘落一季的清香中，镂刻着一朵永不开放的花，深沉地等候着那个总是穿补丁衣服的小姑娘。

此刻，晚霞正从窗外射进，她抚摸自己渐渐松弛的皮肤，明白青春已经遥远，就如花儿，当花期已过，水分逐渐散失，花便一点一点地枯萎了。

黄昏的火焰闪过，那是童年的她，笑得像江南水乡的杜鹃一样灿烂。她孤立地坐在高高的演讲台上，手风琴还是那架手风琴，还是穿着白衬衫，但她清秀的面庞有了很多褶皱。聚光灯下的她闪闪发光,《白桦林》的旋律在阔大的剧场中回荡,她陶醉其中,用快乐来安慰现实和自己。她现在就是栅栏里那位女老师的样子,理解和体会又深了一层。

她去年因癌症死了。她是划过天空的流星,耀眼地出现又倏地消失,但她划过的痕迹永不磨灭。我对着黄昏,让淡淡的忧伤跨过矜持惆怅的边缘,一字一字说——清浅岁月,花落成殇,回忆美好,只是经年。

湮没的时光被人淡忘,只有翻开泛黄的日记,才能清晰地看见。最初的栅栏校舍已坍塌,那个草木繁茂、蛙鸣虫啁、飞霞落满双肩的校园,好像从来没有存在过。神思恍惚中,我发现她就是那株飘动的紫丁香。不管是云遮雾绕,还是清辉如洗,她永远留在我的生命中,铸就了我的生命形态,影响着我重新定义生命中将要丢下的一些东西,决定着我的进退取舍。很多时候,我很麻木,却始终不曾忘记她给我的力量。

她就像野草一样,及春又青。

世间疏

人是怀旧的,什么人与事消失了就怀念什么,比如,我怀念臭萝卜、油炸山芋干、麦芽糖、一只旋转的木头陀螺、一个鸡毛毽子以及白日梦……不要忧伤,只要生活在时间的河流里,谁都不能回避。但有些怀念在不知不觉中萌生,也许这记忆充满令人迷人和伤感的意味,却是对怀念最直接的敬畏和最高尊重。

上行百米,浓密的树荫掩映着几栋飞檐翘角的徽派建筑,错落有致,但显得荒芜。青砖黛瓦上苔藓点点,只有那些苍老而遒劲的古柏依旧生机盎然,巨蟒般的树根像渔网一样向四周蔓延。旁有一低矮青瓦房,一个身材有些佝偻的老人正在低头做着针线活,远远地看到我们,停下活儿,瞅着我们,微微露出随和的笑。

连天彻地的浓雾不知何时散去,阳光猝然而至。田畈里密匝匝的稻茬,仍在抽出一丝丝油灯芯般的绿茎,可霜冻使它们瑟缩着,有的已变得暗淡无光。土路的一边是篱笆,上面爬满尚未枯萎的藤状物。最引人注意的是,篱笆内那一垄焦黑的麻秆,枯叶抖动着,像一群困守者,毫无疑义地显示着季节或年代轮转的威力。

姑奶奶一个人单过。很小的时候,我就见她一个人在我家和几个叔叔家走动。后来我才知道,她不但有老公,还有三个儿子。老伴也就是我的姑爹,两口子拉扯三个孩子,生活极为困顿,仅一家子吃穿,就让姑奶奶犯了难。好在姑奶奶以她农家女人的智慧,在河沟里开荒,栽植了十几垄红薯和几分地的玉米,以当时的政策,这是搞资本主义。姑奶奶隔三岔五,天黑悄悄地离家,半夜时悄悄回家,肩背上是她耕种的红薯、玉米,煮熟来喂饱一家五张嘴。常听母亲说,姑奶奶辛苦,不分四季,总在床头的一角纺纱织布,越是寒冻的冬季,她的纺车越是摇得急迫。每到换季的时候,或单或棉,全家都能体体面面地换上新衣服。姑奶奶看着一家人穿上自己的劳动成果,脸上露出满意的笑。

姑奶奶就在全家人的舌尖上,当然还在孩子们的身体上。可姑爹不争气,整天游手好闲,沉湎于酗酒赌钱,时常夜不归宿。姑奶奶耿直急躁,两口子两天一小吵,三天一大吵。姑奶奶看这日子没法过了,一天夜里,乘三个孩子睡熟,背起行囊悄悄地离了家。据说,她走了五十多里,折腾到天亮才回到娘家。

原本以为姑奶奶是忍受不了男人的懒散无能、没有责任感而负气离家,后来才晓得,姑奶奶分居时又和另外一个男人同居。俗话说,"好事不出门,坏事传千里",咬舌根的事在当时的乡村最有市场。这事很快传到她男人耳朵里,男人以婚内重婚告了姑奶奶,姑奶奶因此服刑三年。期满后,姑奶奶办离婚,净身出户,儿子们也视她为宿敌。自那日起,母子间形同陌路。"子女为什么不理她?"我问父亲。父亲说:"小孩子家,别问东问西的。"我又去问母亲,母亲悄悄地告诉我:"因为你姑奶奶犯了错误,对不起家的错,你几个表叔不肯谅解她……"

与孩子们的分离应该是她最大的痛。除了"婚内出轨"四个字以外,直到今天我亦未了解她还有啥"过错"。

我只知道在遥不可及的圩区,住着我远嫁的姑奶奶,有神秘的揣测,也有模糊的思念。现在我依然记得读小学五年级那一年,交通很不方便。那年正月,湿冷带着冰彻心底的锋利,直抵骨髓,我和二叔含着雪和寒冷,徒步五十公里去往一个名叫蜀山的地方。脸被凛冽的寒风吹得青紫,直到晌午,终于抵达那几间孤零零、倚埂而立的低矮土墙的茅屋。我当即流下了眼泪,哭着对姑奶奶说:"这么远,累死我了。以后我再也不来了。"姑奶奶把我搂在怀里,用衣袖帮我擦拭泪水,随后端来一大碗热腾腾的煎蛋面条。在那个物资匮乏的年代,看着被煎得焦黄的鸡蛋,散发着扑鼻浓香的面条刺激着味蕾,我顾不了眼角的泪痕,端起来风卷残云,迎着姑奶奶眼里饱含亲切的光芒,打了个饱嗝,舒坦地放下碗筷。

姑奶奶家在一片圩区,沟渠纵横,满眼的水田望不到尽头。初春时节的晨曦里,水雾蒙蒙的,几只麻雀在田头叽叽喳喳地蹦跳,远处有几处火苗在雾幕里忽明忽暗,二叔说那叫烧荒。

不远处是一些纤细的树,像是在一幅画里,逆光的枝条,几乎是透明的。

一条机耕路弯曲百米,从姑奶奶家房门前穿过。一阵风呼啸而过,我几乎闭起眼。那风卷走了孤零零地伫立于茅屋顶上的稀疏的茅草。那些年,姑奶奶都在深深的反思中催生无尽的后悔。芦花白了一年又一年,她只能听凭命运和岁月的安排。

姑奶奶后来从不下地干活。她的针线活在周边村子百里挑一,她用蓝线为天空铺色,清澈透蓝,一碧如洗,偶尔织出白云,为辽远的天空增添美丽的花朵。姑奶奶心灵手巧,每天晚上,她都要拿出最珍贵的金黄色的丝线,小心翼翼地绣出弯弯的月亮、憨态可掬的猪宝宝、惹人喜爱的狗头等。那鸟兽眼睛炯炯有神,形态栩栩如生。她用彩线绣出了五彩斑斓的美丽世界,用色彩为我编织了许多美好的童年幻想。虽然人们知道她犯过错,而且是"生活作风"问题,但她仍然是这一代为数不多的受到普遍尊敬的人物之一,这让她有满满的成就感。很多时候,为别人付出并不需要有回报,有个回应就足够了。

我工作后,听说姑奶奶的大儿子从部队复员回乡当了村支书;二儿子中专毕业后,分配到邻县畜牧站,端上了铁饭碗,成天与牲口打交道;三儿子经商,长年往返跑运输,赚得盆满钵满。三个儿子都"混"得人模人样。姑爹爹十多年前就已归西。上辈人的恩怨情仇早已烟消云散,血脉之河的源流,哪能轻易斩断?母子间开始有了往来,并渐趋频繁。

姑奶奶先于我来到这座城市,一个人租住在狭小的房里,在马路边摆起了地摊,还认了原籍的一位干女儿,相互帮衬着。那些年,工商市政严查,商贩们和这些部门玩起猫捉老鼠的游戏。有一天,姑奶奶着急中打电话向我求助,我才知道她摆摊的小板车和一车的货被强行没收了。原来摆个地摊都这么不易!我情急之下找了在工商局的同学,事情很快得到解决,罚了十块钱,原物奉还。自那以后,她就对我这个外孙尊重有加,逢人就夸我能干、"顾家",弄得我时常尴尬与无奈。

在我的记忆中,姑奶奶就是与诗意无关的远方。我常去大兴集还有一个原因:那儿有我的父母和姑奶奶,以及姑奶奶制作的毛豆腐。提起毛豆腐,去过皖南的人都清楚。不过,在我眼里,毛豆腐不过是一道土菜而已。第一次见到白茸茸的毛豆腐时,我的心里真的有些犯怵。姑奶奶系上围裙,麻利地抄起铁锅用水一焯,把锅烧热,往锅里注入菜油,再将毛豆腐放在滚烫的油上煎,那颜色逐渐变成黄中带青,外层包裹一层油亮的豆皮。屋内飘荡着浓厚的酸腐味,直抵胸腔,胃黏膜发出一连串空呕。姑奶奶直视着我,微笑地说,虽然不好闻,你吃吃看,包你喜欢。我拿起筷子,搛起一块放入嘴中。姑奶奶说,我刚吃也不习惯,可吃起来越吃越有味道。

我也记不清什么时候爱上毛豆腐那种特别的味儿,受姑奶奶的影响是肯定的。我觉得,姑奶奶与徽文化有一条剪不断的"脐带",引导我欣赏着每一片人生风景。她会说一口地道的土话,其实,每个人都有一层看不见的文化铠甲,只是随着环境的变化,或消融,或凝聚,或倍增。

姑奶奶踩在泥土上的脚印依旧清晰:从那个圩埂一直延展到丘陵、山里,后又来到这座城市的边缘,然后又悄无声息地消失。或许,每个人的一生都可称为传奇,只是在漫长而又短暂的时光里,我们都会悄然地走完这一生。

其实,人生中有许多无可奈何的事,痛苦与烦恼常存,有时出自强烈的打击,有时出自难以更改的性情。在计算个人颜面和收益之外,世界以无比宽容的态度对待每一个生灵。人的一生是有限而不可复制的,无论你经历了什么,都会变得微不足道。毕竟生活就像沙子跟沙子一样,之间也会有缝隙,无处不在,每个人只是补充一点充盈在其间的细枝末节罢了。时间这只看不见的手,总是以一种告别的姿态离开人生的每一个站台,我的内心时常传来一种破碎的声音……人生如蔗,时间总是从最初的一端嚼起。

二十五年前,姑奶奶卸下一生的辛劳怨怼和纠结,吹着凉爽的清风,推着她那堆满货物的小板车,吆喝着,兜售着。那个过往的一切,竟成为遥远缱绻的回顾、牵挂和怀念。

一生中,我们会怀念很多地方;怀念一个地方,其实是怀念一个人。

比如我的姑奶奶。

外公

在这二十年里,我常常梦见外公。那情景如此熟悉,又如此清新,以至于我惊醒,出了一身汗。等我回过神来,重新打理思绪,又在回放与片段中慢慢睡去。

生活满满当当的那么多,能刻骨铭心的又有多少呢?唯有外公在梦中反复强化着我的记忆。

外公面颊清瘦,头发花白,长年穿着家纺蓝卡其衣裳,颇为清爽。外公读私塾时练一手好字,逢年过节,求字的乡亲络绎不绝,贴纸墨不算,经常还要搭上伙食。舅舅们偶尔埋怨几句,他从不生气,只是傻傻地笑着。外公见人常和蔼地笑着,还略带羞涩。记得有些年头,外公住在离家远的山坡,为乡亲们守着一大片山林。孤零零的茅屋,一盏灯,一缕炊烟,一台收音机。夜色下的天空分外写意,整座山,仿佛都被风儿围困,万籁俱寂中唯有狼扯着嗓子绕屋嗥叫。面对如此的孤独恐惧,直叫人望穿岁月深处的荒落萧瑟。空闲了,外公一口气在野草丛里垦出几垄地,庄稼在他风烛残年的咳嗽声中,命不足惜地疯长。而屋前轰然炸开的一树树桃花,矜持、娇嗔、火热。

一次去外公家,见他正卷袖裸手,将菜秆铡成条状,一杯胡椒面、一碗炒熟的芝麻,用劲均匀地搓捏,直到挤出汁来。放入罐内细细地调好,然后浇一层熟麻油,浓醇的菜香老远就能闻到。外公制作的菜,吃起来别有风味,是我们饭桌中不可或缺的。我端详着外公,捕捉劳动节奏的一波波余韵,天地仿佛那一刻清远起来,尘世此刻也在鼻息下仍旧热气腾腾。我感叹外公以平常心自修,收获了比平和更加深邃的人生态度。

在外工作的几年,我总会在莫名的迟疑中思念乡下的外公。巧的是,外公托人带口信,催我周末回去。我甚为激动,也很欣喜。我每次回去唯一不能忘记的就是带些书报,外公最关心家国大事。他要从那儿找到属于自己的快乐,以作遣兴。

回去的路并不长,却有些曲径通幽的韵味,我要穿过大片杉树葱郁的山路。山路没有名字,却是我眼里最美的风景。

我站在外公面前,他羞涩地来回搓手。他又瘦了,背不知从何时起有些驼。他和我都是言短之人,也比较严肃,稍缓一口气,就对我说:"你还没吃饭吧,我去给你做。"

吃完后,他掏出一张红纸,郑重地说:"知道你快做父亲了,我想了几个晚上,给你们未出世的孩子起个名,如果是男孩叫孝严,女孩叫孝慈吧。"那几日,我连续几夜没有困倦,手心紧攥那张纸,时不时捂在鼻前,终于没忍住,眼泪止不住地顺流而下。

一天,外公写来很长的家书,小楷端正清秀。信中提到关于《夕阳红》的诗集,盼我能代其编选。我从片言只语中能感觉他的精神似乎不如以往。书出来后,他甚为高兴。悔之不及的是,书稿遗失是我一生的遗憾。

外公就似河水,流走了,静寂地走了。一别,就是永别。

第四辑　是岁枯荣

曹先生

一

曹光亚先生的坟背倚土山，坐北朝南，前面有一方柔嫩嫩的草坪，两侧是挺拔蓬勃的松林。记不清多少次了，我在这方净土穿梭寻觅，偶尔停下脚步瞻望那几间破落的校舍。先生之于我，是永远不变的温柔敦厚，慈祥恺悌；先生一介布衣，心有良知璞玉，言有物，行有格，贫贱不移，宠辱不惊……

唯成分论、阶级论的确立和实行，恰值先生不惑之年，"高成分"让他的事业屡屡受挫，能站在三尺讲台，成为园丁已是幸运。所以，不管如何变换角度去用心揣摩，都极少看见先生开笑，先生或目光含忧，或怀有某种期待，淡淡的，犹如英雄凭栏。

想想也是，先生生于1931年，曾就读于国立柯坦思维中学，投身教育，始于他二十八岁，从此，一辈子天涯轻舟，终生无悔。在那之前，他做了四年的粮管员。

站在先生长年奔走的田埂上，我仿佛看见先生倚风长啸，苍茫四顾，双眸射出一股凛冽的目光。先觉者总是超前的，超前者是孤独的。在期待中寻觅前行，这是一切大智者的基本造型。

二

久违了，母校，我的耳边仿佛传来琅琅的读书声。我凝视野草萋萋、墙倒瓦碎的校舍，不由得想起二十三年前的撤校并点教育改革。

当年，媒体上每天播报最新的撤并小弱贫学校数量。空气中都是开办大规模、高质量学校，改善中小学生学习环境，防止不同学校间因资源差距导致教育质量差异的味道。先生苦心经营毕生的学校在撤并之列，有人说，这不过就是又一次教改，没必要如临大敌。

而那年秋季的举动，更是加速凝聚先生一生心血的学校的消失。

一日，先生收到几位学生家长来信：夫妻外出打工，孩子由爷爷奶奶照顾，撤校，孩子到五公里外的镇中心小学，蹚过一条河一片山场，老人年龄大了，学是没法上了……

他意识到问题的严重性，这可不只是辍学那么简单！

——他决定站出来为老百姓发声！

那天，他站在学校的操场眺望矾山忽明忽暗的灯火想了很久很久，最终，他下定决心，哪怕要扛再大的风险，也必须讲真话。

言无人敢言之语，担无人敢担之责。

——苍生学人。

从出身来讲，他的一生，历经坎坷。

先生在那十年里，被打成了"地富反坏右"，无论多么卖力工作,有多么突出的表现,都是有罪。先生倘若不为政治所羁绊,以他的智慧,完全可以大展宏图。

再多委屈,也抵不过楚囊之情。

机遇,是百尺竿头的欢呼。先生一觉醒来,国家已拨乱反正,重回正轨。他将争取成为一名共产党员作为青丝化作白发的追求。圆满之时,他再次淡淡地说了一句:"其实,我不过是名教书匠,只想成为党内同志。"

三

一辈子为人师表,退休意味着和职业就此作别,该有怎样的心痛与不舍!学校是先生永远的家,见不到学生的先生,心灵会干枯,精神会无以寄托。

事实上,先生有着一颗包容大悲大苦的心,在整个社会被贫困生活重压之时,化苦为乐,以身示范,这,对于每个学子都是一种无比深邃的精神护佑。

我是在这里读完小学的。四年级的某个夏天,班长的哥哥从部队寄来《智取威虎山》《战上海》几本小画书,班长欣喜若狂,全班都沉浸在喜悦之中,大家争夺画书,都想一睹为快。不承想,《战上海》在争抢大战中,成了我和另外两个同学的牺牲品,一书成三份。乱哄哄的嘈杂顷刻停止,大家的脸上露出错愕的表情。高个子班长回过神来,变脸似的用手猛戳我的肩头,凶神恶煞地说:"好了吧,书拽烂了,赔我,赔我……"我傻傻地看他,脸涨得红紫。有人告诉了先生,他先把班长叫到办公室,班长一会儿回来,又把我喊去。窗外几株槐树花儿怒放,阳光在屋瓦上闪着光,先生站在我面前,学人的气质跃然而出。此时的先生一件中式对襟上衣,样貌清癯,神态平和,他让我把撕烂的书收整归齐送给他。两天后的晌午,我跨进先生那间房门,老远就看见先生朝我微笑,书桌上放着那本小画书,装裱如新,封面还额外镀层很薄的膜。先生的行为让我沉郁的心忽然阳光灿烂。

那时我常常溜进先生的办公室,翻书读报,先生总是站在门口笑容可掬,我也不把自己当外人,像回家一样,看完就走。

一晃许多年了,一如昨耳。这让我联想到齐白石老先生笔下平凡的白菜、憨态的柿子,所透出人间脉脉温情,这些朴素的架构,才是一团不熄的火焰,永远暖人。

——先生的人格特征不正是白石老人笔下的真实写照吗?

四

季节已是数九寒天,但这个冬天还未真正冷过。路边的野草还透着绿意,村两边高埂旁满是高挑的柿子树,红艳艳的柿子还在枝头挂着,多有残缺。

寒风峭急,像茅草一样呼啦啦地刮过脸面,一会儿感觉脸刺痒痒的。沿途无人,我体会着梭罗在瓦尔登湖畔经历的一份宁静。

我穿行在先生往昔的时空里。他的故居三面环水,门前一条小渠,流水潺缓而清碧,小石桥横亘其上。房前是无垠的农田,柔雪欲消未消,油菜、麦苗被草木灰覆盖着,正酝酿一段缠绵悱恻的浪漫的爱与情。门口偶有人进出,白墙青瓦,杂以茅舍,一排枫杨高大而突兀,主干虬结处发出嘟嘟、嘟嘟嘟嘟的悠长声音。房后是一大片竹林，风过沙沙响，西斜的冬阳溅人满眼的幽暗和明黄。

其实，自然之物不止于自然，唯美之物不止于美。

四面青障，南向空阔，站在门前远眺前方，想象春暖花开时节四面八方的芬芳即刻归于内心。

先生祖上是名门望族，遥想当年，一宅分五院，五口天井，头门与堂楼一线串珠，五排房渐次递进，青堂瓦舍，徽派风格，洁净而又雅致。先生的父辈站在花园的廊道上，向南眺望铺展坦荡的官道，眉宇间凝聚着内心沸腾的生动，一只手挽着长褂，另一只手执掌长杆烟枪，眼前的大野平畴之上稻穗金芒。

先生先入矶山袁家私塾，再到国立柯坦思维中学，但从不享受少爷做派，十一二岁的年纪，以颜回自律，饿了咬大饼，渴了喝生水，夜晚燃灯发愤苦读。

岁月匆匆，于现实生活，先生则是一位蔼然仁者，谦逊睿智，不私不吝，前来曹小的学子众多，无一不学有所成。他不仅是一位尽职尽责的教书先生，他的品德和才学更为乡人推崇敬重。

先生祖传的老屋，已消失殆尽。所幸，老屋上又盖起新楼。

老屋的遭际，也是这世界荣枯的投影。

2002年，先生走了。一枚月亮还在天上，情殷殷，意拳拳。

昨晚，雾霾重重遮蔽，但我知道，它就在天上。

是岁枯荣

吴伯年轻时什么都敢想,什么都敢做。据说这种不为世俗所羁的人生态度持续到儿女如春笋般茁壮、谋生的压力如影随形时,他才无暇顾及。譬如他的小倒戏(庐剧)《借罗衣》《讨学钱》等那咿咿呀呀的曲调,清秀婉转,无论是青衣还是花旦,表演得出神入化。然而,家规严苛的父母绝不允许他成为戏子,吊吊嗓音,扯上几句花腔小戏,只当是闲暇时的爱好罢了。譬如打算盘,手指灵活如弹钢琴般,八九岁时,经私塾先生的点拨,珠算口诀倒背如流,掌握了包括难度最大的盲算绝技。但他的志向并不在此,尽管他打算盘的指法令人高山仰止。

20世纪60年代初期,吴伯成了粮种繁殖厂的一员。据说,在会计岗位上,他的工作能力和攀附本领恰成反比。空闲时,别人去领导家串门,他回家与父母相聚,或躲在一角看书。在乡邻的引荐下,缘结命运相似、面貌娇好的邻乡女孩。家庭与个性使然,他在动乱来临时辞职,偕妻带子回到老宅,与妻儿相守,在"稻粱菽,麦黍稷"的生活里消磨日子。

在大集体时期,一家七口在吴伯的庇护下,躲避了许多风霜雨露,但免不了遭人白眼欺凌。在一个偶然的机遇下,吴伯开办了一家油坊。他在开办油坊的岁月里,既是老板又是会计。他称不上村中秀才,但能写会算,在数学上颇有几分天赋,做事认真负责,是个脚踏实地的人。

我少时,曾跟父亲去过街边靠水码头旁的油坊。厂区内机器轰鸣,几个壮汉一字束腰短裤,袒胸露背,站在黄澄澄、堆积如山的菜籽顶端,有节奏挥舞铁锹向传送带上送料。菜籽堆斜坡而上,从地面一直堆到屋顶。我从没见过这么多籽粒的集聚!若一粒子是微不足道的,数十吨、百吨、万吨是何等雄伟和壮观!

在另一间结构相同的库房,我目睹了盛放的籽粒,我的眼睛被一片黄中泛紫耀眼的光华所袭,仿佛世界只有这一片毫无杂质的、纯粹的、由黄色籽粒凝聚而成的光芒,我的感官和想象力瞬间被摧毁。此后,我再也没见过如此多的油菜籽。

那段时间,是油坊最热闹最繁荣的日子,他内心始终蓬勃着一股向上生长的力。吴伯整天泡在厂里,虽然辛苦,但神色宽慰而生动。没几年工夫,吴伯有了存款,在原有厂区盖起一溜红砖碧瓦、窗明几净的新房。那时村里没几户人家有这么宽敞的大瓦房。毫无疑问,在这个古老的小镇,油坊曾是村民们的骄傲。

进入 20 世纪 90 年代,头脑活络的除了外出打工,有的做起了两头在外的生意,比如邻村的张凯,收购芦席,沿长江逆流而上,直达武汉。程明国、程胜等起初把自养的鸡鸭鹅贩至铜陵,再后来,干脆将周边村庄的家禽收购殆尽,百多公里的行程,蹬着吱吱呀呀,只有铃铛不响的脚踏车,风雨兼程,很辛苦,但赚得盆满钵盈。在外走南闯北的黄兴邦、吴年华如今成了实至名归的致富能人。街上原来只有两家供销社经销油盐酱醋,如今,多开了几家商店,生意都还不错。村里有人开始养猪养牛或者投资办养鸡场。程昌树、吕先锋凭瓦匠手艺,承包工程,成了远近闻名富起来的典型。但吴伯依然忙前忙后,从没心思思量别人的"荣光"。油坊由辉煌而日渐衰微是在乡镇企业崛起之后。

在我的记忆中,吴伯话语不多,本分、厚道。其实,山水田园、草木庄稼和日常劳作都在表达天地人心里的丰厚景致。他们把清贫、朴素看作一种美德,以单纯的心灵在看似简单的生活中体验劳动者艰辛而粗糙的诗意人生。

二十年前的盛夏,我从镇上出来,沿大桥往东,巧偶吴伯夫妇在收割油菜。镇前这片大块小块的田畴种满了油菜。我与吴伯寒暄一会儿,本想帮他打下手,他死活不肯。我坐在路旁,看大地上错落有致的油菜,看吴伯老两口在骄阳似火的天空下一刀一刀地收割。感动如一袭暖流,触动心底最柔软的地方,如果我不走进田野,就看不到镇西这连片的油菜,更看不到吴伯夫妻的艰辛劳作,这景这人,恐怕就要与我擦肩而过了。

我明白自己的内心需要的是什么。

前几年,回乡返城路过油坊,随父母看望吴伯。车在泥泞、坑洼不平的圩埂上龟行,西河的流水潺缓而澄碧,西斜的冬日溅入满眼的金芒和银波。一望无际的农田,惹人喜爱的油菜苗蓄势待发,正酝酿一场浩大的盛装舞会。进了厂院,真不敢相信,这就是当年的油坊。红砖青瓦的房子,松散而疲沓,低矮而敝旧,恍若仍穿行在往昔的时光阴影中。左瞅右瞅,这边几个闻讯而来的乡人争着为我指点,说,当年,这一片都是堆积如山的菜籽库,房子很大。那边是榨油车间,再前头是油库。这么多年过去了,全都拆了,只剩下空房和连着的一个天井。站在仓库一角,仔细搜寻,还能从墙缝中挖出一团团紫色的菜籽,拂去尘土,仍饱满通透。原来的榨油车间七横八竖地摆了一堆柴火,仔细分辨,迎面墙上有用粉笔歪歪斜斜地记录十来天加工菜籽的数字。此外,便一无所有。没有说明,没有图片,没有任何能勾起回忆、激发联想的陈列。无所瞻仰往往也意味着无限丰富,目无所障,心无旁骛。就像此刻,静静地,静静地,与老油坊相对,咀嚼渗入骨髓的人生况味。当然,除了彷徨和追思,剩下的就是希望。皖中的耕田人是早春报时鸟,鞭催花发,押着水韵,犁铧的声响簇新,泛着亮色。秧歌响起的时候,春天已是一片青枝绿叶。尤其是学校,当!当——当!一串串清亮的铃声,一如这板结的土地上播下的光明种子,使得每个早晨和黄昏都变得激越起来,让人听到了新声。

  我理解这世间的变化,也固执地相信,越是在迅疾的变化之中,越是该有一些不变的东西被握在手上,被藏在心里。很多消失的事物,就像时光消失在时光里,就像声音消失在声音里,就像我消失在自我里。

  而在油坊消失的老屋旁,我依然看见密密麻麻的电线从空中穿过,门前的商铺依旧挂着色泽艳俗的招牌。但是某种安然静谧,甚至某种慵懒,无处不在,它们仿佛还在与梦境、与缓慢结伴前行。

  我曾静静地走过,想过。

  然而,吴伯给我的感觉如梅雨中一颗青梅的战栗。曾几何时,榨油坊是乡村富于活力的细胞。手工榨油时,七八个工友轮流赤着上身,稳稳握住木槌末端,缓缓朝后退几步,蓄力大吼:"嘿!"木槌全力冲向木塞,一声低沉浑厚的男中音炸响在空中,那声调是对古老乡村生活最好的诠释。尽管已无法了悟他的不苟言笑，但通过他憨态的语气可以想象他榨油的那股劲儿。他毕生打理油坊，一粒菜籽、一盅青油写春秋。

谁能料想人生一世将遭遇怎样的酸甜苦辣，也许，像吴伯那样一辈子只干榨油一件事，便不枉对自己了。

年月悄无声息地苍老着，像晚秋。萧瑟的风一遍又一遍抽打着枯萎的蒿草，香樟树梢偶见几片没有败落的叶子在顽强坚守着生命的尊严。河畔边，一片竹林透出深碧，风打竹身摇曳忑忐起伏的末梢。站在老码头远远看过去，油坊两行灰色的瓦脊，貌似和线条清癯的矶山形影相吊。

雇工们踏着卵石密布的河堤离去，那些榨油老物件，像结满蛛网的宗祠庙宇，荒芜着、衰朽着，成为发黄的历史。油坊的天井下，空气也在发霉。他失去了昔日和依附，日子也在涣散。他仿佛鸟儿在高空盘旋，始终没能歇羽在巨柯繁枝。他像变了一个人似的。尽管他的油品誉满一方，可谁又识得他那内心深处的黯然？据亲近者回忆，他每天早早地吃晚饭，下晚六七点钟锁上院门睡觉，邻里都觉得这老头好奇怪，少了冷幽默和调侃，多了古怪与寂静，做事常常令人啼笑皆非。一天，雷打不动的两顿酒，醉醺醺地爬上两米高的杨树，逞强似的修枝剪丫，不慎重重坠地，肋骨折了几根，从此，落下了说话重言倒语、语无伦次的病根，走路也不像从前那样大步流星。一对已然老迈的夫妻厮守门庭，身老病痛，稼穑无力，唯几只家禽环伺左右。河坝边几畦菜地，种养着一个老人暮年的寄托。

人对待自己才是真心和坦诚的。像赛格林笔下的麦田守望者在孤独无助的时候，人才是最真实和可爱的，特别是吴伯的率性和随心,智慧在多半时候不需要太多语言介入,只需要一个眼神、一个会心的笑。

思维一旦有了定律,目标暗示会带来意想不到的潜能。年前,雪后的乡野春寒料峭,已煞费苦心地做了几日准备。

说不上是什么原因,他颤抖着身躯,以乌龟的姿态,一步一步挪动在茫茫田垄尽头,敲开侄儿家门:"我穷得没钱花了,能借我点吗?"四目相接,由不得侄儿细想,放胆应对:"叔,您从不借钱赊账的,您这是……?您稍等,我去取。"侄媳悄悄给婶电话。"这死老头子,从不差钱,前些日子让女儿取回两万,锁在抽屉里还没怎么花呢。真是脑子坏了……千万别借。"老伴一声叹气,埋怨地解释,顿时张皇失措,如坠五里雾中。"大侄子,你是借还是不借,给句敞亮话,不借我再去别家。"吴伯板起那张脸,再次展示出了他不怒自威的"魅力"。但见他环视左右,掰着手指头絮絮叨叨:"借一点又怎样?我就晓得会是这结果。侄子还不如外人,怕我不还吧?"话语简单,声色平淡,却壮气横秋。几句话,与其说是给信任的侄儿听,倒不如说是对自我命运的垂询。

吴伯这一生有三儿两女。他最引以为荣的是,自己拥有这么一个人口众多的大家庭,但最为头痛的,也是这么一个人口众多的大家庭。

人多了,家里仅有的那么一点资源就容易引发争论,有眼光的吴伯,掂量自家孩子的聪明劲和性情,决定让谁读书还是做工。在吴伯这代人的心里,读书育人,除了功名利禄,还可以言传身教,传播一些善恶标准和人文气息。他的儿女们不善言辞,却时时与父亲清谈,他们和父亲是有心灵契合的。子女们的一切优点他都高兴,一切缺点他都能理解并原谅。

日子随着油坊的火红而一天天好起来,在吴伯六十岁的时候,儿女们准备为他庆祝一番,他说:"别别别,千万别搞花把式,别拿过生日来折我的寿。"问他为啥,他说:"过一次老一次,人都是给过生日过老的。糊里糊涂地活,长寿!"我固执地以为,就是读书万卷,也讲不出如此智慧的话来。

相比这么多年人生起伏,让我更感动的是吴伯夫妇相携走过六十年,不管时代如何,这对老人都很少有过争吵,两人将一辈子交给了油坊,交给了这片土地。我想,他们一定不懂得那么多宏大的人生理想,或者家国情怀,他俩只停泊在这片大地上,就像他们榨出的菜油,悄无声息地久久留香。

吴伯辛苦一生,也清贫一生。然而,让我欣慰的是,在吴伯辛苦、清贫的一生里,也曾有许多温情与感动。譬如,老弱病残来打菜籽油,总是多打半勺或者是留人吃顿饭;油本忘带也是先打上,记笔账;逢年过节他念叨最多的是几户孤寡老人,提着年货挨家挨户地张罗着。那小小的善举,曾一次次温暖了乡人的心。

这小小的善举,传达出吴伯骨子里渗透着传统文化的基因:耕读传家,厚道待人。他们这代人文化的基因流淌在血脉里,待人接物,举手投足,无不透着传统文化质朴醇厚的味道。即使面对路人,也会诚挚地尊重甚至高看客人,礼遇客人,这些都蕴含着儒家仁义礼智信,道家的上善若水、虚怀若谷以及佛家的慈悲为怀、去执无我等美德。他们头脑中只有茫茫红尘间人与人相遇的珍贵缘分和美好记忆。我想,吴伯的知恩感恩、念人之好,已经成为他的一种自觉,没有什么非得去行善。

于今看来,吴伯和大地上走过的一代代长辈一样,勤劳、清贫、真诚、厚道,就是在天地这座古庙修行的大德高僧。

那是一粒茶籽,在飞鸿雪泥中转瞬间凝为永恒,长葆其芬芳。当然,更准确地说,他便是遗弃在墙角的一盏油灯,油已耗尽,灯灭的决绝,人世间谁能例外?

忆恩师许有为

回首往事，常有一些人与我相遇，其中就有我的老师许有为。

一

海天汗漫，往事如烟。三十二年前的仲秋，机缘巧合，大二时，我与先生结识。早就听说许先生毕业于北京师范大学，我对他仰慕已久。初见，六十有四的先生，国字脸，头发光亮且纹丝不乱，一双铜铃似的大眼炯炯有神，未开言先微笑，显得那样质朴、单纯、温和。

课前，他从白色蛇皮袋中取出一摞书，站在讲台前："念到名字的同学请上台领书。"我上台，激动得手有些哆嗦。我怀着崇敬的心情翻开《中国美育简史》，只见书的扉页上留下先生工整流畅的笔迹："天真弟子，美以育人，许有为，九〇年仲春。"三十有二，世界早已天翻地覆，可先生浑厚的笑声以及我当时打开书的迫切心情，恍如昨天。原来时光是可以停滞的。

这本书，以时间为主轴，缀满了中国五千多年历史长河中文学艺术的瑰宝。先生将先秦的教育制度和美育、古代的礼教与乐教、孔子的美育思想、《乐记》美育的思考、孟子之精神美、王守仁的美育观、王国维教育宗旨的美育等,以浅显易懂的文字勾勒出一片大背景——令人想起那时空下的坐标,鲜润、澄澈,一碧如洗。先生用自身的努力将美育凝入教育学这一宏大的实践中去探索,去耕耘,这在中国教育史上本身就具有里程碑意义。

先生将美育教育放在社会文化的更高层面,力图揭示其文化内涵和哲学意义,呈现在人类历史的长河中它们何以产生,何以存在,何以发展。对于20世纪80年代的青年学子来说,美学大大拓展了我们的视野。其实,即便今天,仍然有很多人会以为那些老旧的房子没什么可看的,翻盖一新才赏心悦目。而对于我来说,将那些寺庙院堂、佛像壁画看作是美的,是值得欣赏的,是人类文明的一部分,应该得益于《中国美育简史》给予我的启蒙。

与先生交流得越多,他的为人就越让我印象深刻。他是治学严谨、勤奋执着的学者。比如,通过《中国美育简史》,我第一次知道"米廪"就是学校的概念。这个学校按照朝代年表,夏叫"校",商叫"序",周叫"庠"。尽管《明堂位》载"瞽宗,殷学也",可以将习礼学乐与鬼神、祭祀需求相关联,但"瞽宗"所实行的礼乐教育,对人所具有的精神力量是无法抹灭的,应该是中国教育史上德育和美育的最早萌芽。其实,那时无论能说出"瞽宗"两个字,还是能听懂"瞽宗"两个字都很了不起。为核实"瞽宗"的资料,先生不惜多次远赴北京,与时任中科院哲学所李泽厚先生交流探讨,一点一点填补起中国教育史上德育和美育发展的空白。

大约是1988年吧,犹记得写作课上,先生共给我们布置了四篇作业,上交作业后,先生总会选出一些范文在课堂上点评,每一次点评,我的作文都会名列其中。这不仅满足了我的虚荣,更直接助我敲开发表文章的大门。那时,先生表面矜持,骨子里却光风霁月;那时,先生人在汪洋,汪洋是景,而动心是情;那时,先生的眉宇间神情宽慰而生动,仿佛有那种海立云垂、汪洋恣意的气韵,朦胧、清淡,宛如一幅"极目楚天舒"的油画。毫无疑问,那是先生最志得意满的黄金时刻。那时,我见到的先生就是那样一个总是微笑的、说话很和善,也时有谐趣的人。他的课,条理清晰,引征广博,不经意间还能爆出一阵笑声,光是那一口字正腔圆的京腔,我就十分喜欢,也为我日后进入媒体乃至成为职业记者奠定了基础。

刚刚工作时,我的一些作品多在省内报刊发表,先生每每看后总不忘谈谈感受。更可敬的是,先生时不时电话邀我到他家,拿着我发表的文章谈经验,谈体会,让我受益匪浅。

季羡林先生自称:"我对文章结构匀称的追求,特别是对文章节奏感的追求,在我自己还没有完全清楚之前,一语点破的是董秋芳老师。在一篇比较长的作文中,董老师在作文簿每一页上端的空白处批上了'一处节奏''又一处节奏'等批语,这使我惊喜若狂。这一件事影响了我一生的写作。"先生对我写作的具体影响,我无法一一列举,但我喜欢杂文、酷爱散文,与先生的教诲息息相关。

二

先生不光是学者,更是个正直的性情中人。记得 20 世纪

90年代,我在一家期刊社任总编期间,一天,我收到一封很厚的挂号信,是先生一百多字的钢笔短笺,展开来看:

天真弟子:

元凯教授现为访美学者,他的《华尔街的疯狂》看似纪实通讯,准确地说应归于报告文学。其文尚需请赐予评判,现推荐与你,文稿以质为准,不必勉为其难……

第二天,我给先生打了电话。他声音浑厚,听起来很亲切,他对稿件的态度仍坚持最简单最有力量的字:以质为准。

还有一事让我难忘,也是先生在课堂上亲口对我们讲的。1986年,合肥有关部门决定为环城公园立碑,先生加入碑文撰写大潮中,他实地考察环城公园过往的"抱旧城于怀"与今天的"熔生态、审美、游憩诸效益于一炉,故邑人誉之为翡翠项链。昔日环城,郭也。今日环城,公园也"。他的足迹遍布城市的大街小巷,查阅了诸多的报章史料,凭借过硬的古文功力和翔实的史料,在强手云集的比拼中一举夺冠。但在碑文镌刻中工匠竟将"赢"笔误成"羸",经过几次交涉,施工方终于重新更改了材料。我既为先生的治学精神,也为他学者的良知所感动,心中敬意滔滔不绝。此后,先生陆续撰写了《重建思惠楼》《吴王墓表》《清风阁碑记》等二十余篇碑文,被誉为"庐州碑文第一人"。先生只是转过头来,寿眉上挑,目光似有警惕:"其实,我顶多算是一个'古典散文的作者'。"日月升降,不过是文章的标点符号;人潮聚散,不过是文气的回环流转。先生用一生的精力执着坚守的,不正是这心中的崇高使命吗?

三

一切的新生,如笋之破土,如涧之出谷,首先在于它毫不含糊的优质。先生一生对儒家文化矢志不渝的坚守和传播,留给我们的又是怎样的思考?

我每每在想,先生自幼攻读"四书五经",通晓儒学精髓,长期从事教书育人、社会文化工作,致力于历史文化研究与传承,是学界、文化界的长者和师者。他做学问或教书育人,追求内心的安定执着、反躬自省。他言谈举止间的温文尔雅,以及那份大气和静气是我辈不可企及的。

一个春光明媚的日子,我整理好笔记本上的几个问题,去先生家请教。我最早对文学的关注,即来自先生的辞赋。我困惑地问先生,为什么很多文学艺术家创作时都是以"惨淡经营"的方式?先生神情黯然,冷场,双方都没有说话。

过了一会儿,先生忽然字正腔圆,高声朗诵杜甫《丹青引》里面的两句诗:"诏谓将军拂绢素,意匠惨淡经营中。"他解释道,这两句原本指绘画,后来意思扩大,泛指所有匠心独运、认真思考的意思。国学大师季羡林将其借用来指文学创作,并杜撰了一个名词"经营业派"。当然啦,中国古代文学创作讲究炼字炼句。王国维在《人间词话》中就有"境非独谓景物也,喜怒哀乐亦人心中之一境界,故能写真景物真感情者,谓之有境界。否则谓之无境界。——'红杏枝头春意闹',着一'闹'字境界全出。'云破月来花弄影',着一'弄'字境界全出矣"。境界论是王国维美学思想的支柱和基础,前无古人。而他将境界与炼字相融合,足以说明他对炼字的推崇。杜甫有诗云"语不惊人死不休",可见他作诗时惨淡经营之艰苦。唐宋八大家,虽说风格迥异,但共同的地方都是惨淡经营。先生欲说还休,粲然一笑。

次日一早,我还在睡梦中,先生即打来电话,就上述问题,跟我探讨了将近一个小时。其实,先生腹笥充盈,对中国诗文阅读极广,又兼浩气盈胸、见识卓荦,但在写作中也是惨淡经营。这是一位现代知识者的文化态度和人生选择,这,也是生活。

在我眼里,先生的那些字,一个一个,似乎都是独立存在的。

四

光阴荏苒,我一直惦记着先生。先生是位纯粹的儒者,素来尚质抑淫,不事张扬,不居浮华。我想,一个人使人畏惧、害怕并不难,可是让人敬重却并非易事。无论是为人还是为文,先生都是我的标杆,虽不能至,心向往之。"云山苍苍,江水泱泱,先生之风,山高水长!"在我心中,先生的风范足以配得上这十六个字。

缅怀先生,也是缅怀一个时代。幸好有《中国美育简史》,可以让我通过重读来寄托哀思!

雪中情

　　雪是人世间最美好的事物之一,它从容、慈悲、圣洁。它飘落的那一刻,该有多少激动的目光投向那弥漫四散的耀眼的银白。雪,带着无惧无畏,带着绵绵情意,从天穹而来,抚慰万物,让人生发出瑞雪兆丰年的感慨。

　　天蒙蒙亮我就起寝,这是几周前就计划好的——回乡探望谱叔。谱叔是我父亲的弟弟,排行老二,是个地地道道与土地交结一辈子的庄稼人,他对土地的熟悉远胜于对自身的了解。二婶四十出头就撒手人寰,谱叔不惜力气,在土地中含辛茹苦地劳作,勉强养活一家老小。孩子们逐渐大了,日子也慢慢好起来。儿子一家三口外出打工,赚钱在镇上买了住房并搬了过去,在县城买了门面房出租。两闺女早已出嫁。谱叔却守着老宅死活不肯离开。他说习惯了老屋的味道,习惯乡下大声讲话,习惯捧着饭碗从东家串到西家,习惯了邻里们做事能相互帮衬着,习惯了闲时喝上烧酒在自家地里发呆……他常说,家门口的每条沟渠、每道田埂、每块田地,他闭着眼都能找到,不像城里隔壁邻居七八年也没来往。

　　大自然造就了雪这季节的精灵。

　　雪是上苍投寄给大地的亲密邮件,似乎也有一种灵性。在我走出小区时,那些漫卷的雪花便飘然而至。这雪情雪景伴随我走出喧嚣的城区,也给我增添了无限情致。

楼前的孩子们跳跃着,"一片两片三四片,五七八九十来片。千片万片无数片,飞入芦花总不见",一阵嬉笑,一阵蹦跳。雪无声地飘着,落在孩子们柔美的小手,掠过清纯的眼眸,滑入如水的心境。在雪中,生命本可以如此单纯,心情本可以如此宁静,但此情此景并未引起我对童年戏雪的记忆,却牵动我与雪一段不同寻常的经历。

下了几天的雪骤停,西河在阳光的照耀下波光粼粼,犹如一条银光锃亮的项链。我和谱叔踏着厚厚的积雪,来到河埠。谱叔解开停在河边木船的缆绳,说一定要教会我划船打鱼。我既惊喜又有些害怕,从小没下过水的我,别说划船了,就是站在船上也是晃晃悠悠的。谱叔见我胆怯了,一脸严肃地说:"没吃过猪肉,难道没见过猪走路?你还年轻,悟性高,我教你,没什么可以难倒你的。"

谱叔摇上船在河中缓行,船切开水面无限向前。这一天,阳光灿烂,照耀着两岸的村庄、行人,照耀着冬季塑造出来的一切细节。远望,苍鹰扶摇在天,枫树和古栎在寒风中抖动着,唯有香樟、松柏顶着一席靛青,在冰天雪地中粲然傲放。

此时,船划了一个圈停在一片芦苇丛边。谱叔拿起竹竿用劲插入河中,让我握紧竹竿起泊锚之用。我颤抖地接过竹竿,却无法站立,只好趴在船头,像是风中摇摆的树叶,怕一不留神就会葬身河底。

我害怕这寒风中的行为,又觉得此时的行为实在是勇敢者的壮举。只见谱叔撸起袖子,捋顺渔网的边口,身体先躬后仰,网在空中划出一抹青黑的弧光,在偌大的河面溅起一丝水花,稳稳地落入冰冷的河底。谱叔的身体随船左右摆动,两脚一如桅杆牢固地立在船头。在撒网的那一刻,他显得威风凛凛,紫铜色的脸上连皱纹都绷得紧紧的,目光锐利,看谁都透着几分凌厉,舒展的额头透出坚定的意志。

此时,尽管大地白雪皑皑,但春的脚步已经踩上厚土。谱叔慢慢扯起渔网出水的那一刻,鲫鱼、鲤鱼、白丝鱼在网中活蹦乱跳。我兴奋地大叫:"叔叔,这么多哟!"谱叔收好网,划船进入另一片水域不断重复同一套动作。一个晌午,谱叔手把手地教我站船、划桨、撒网、收网。"划桨要靠手腕和小臂的力量,桨与水面呈25度角,吃水要缓,吃水深了划不动,船会在水中打转。下网前务必把网口依序捋齐,撒网时身子先躬后仰,动作要一气呵成⋯⋯"谱叔告诉我。

我诧异于这个浑身散发烟草和酒精味的男人,目光中多了几分敬畏。在谱叔的不断鼓励下,我无处安放的力量终于找到了一条倾泻通道——练习站船、划桨、撒网、收网的操作技能,虽然动作笨拙、滑稽甚至踉跄。

第二天继续练习,桨在水中深一下浅一下,船在河里打转。谱叔接过桨,只两三下,船如听话的木偶任意把玩,真的让我心悦诚服。

下午,我约了三个伙伴,悄悄溜出门,练习划桨网鱼。原野苍茫、静寂,雪在阳光下显得格外刺眼。远处的河滩芦苇萋萋,风吹过,尖锐刺耳的啸叫惊起野雉或野鸭翘趄地长啸起落。我双手握桨划动船的那刻,胸腔漫过的悸动,总有一种憋闷已久的荷尔蒙盘旋着急需寻找出口,不为别的,只为捕些鱼虾给谱叔一个惊喜。船缓缓行进在西河之上,河面泛起层层波纹,我们放纵身体,欢歌笑语,虽上下划水的动作有些生硬,但依然随水流向远方追逐。河水分岔的地方是拱起脊背的浅滩,河道狭窄,水流湍急,岸边是浓密的灌木。我看着急速流动的河水有些眩晕,是避开岔河还是顺流而下？犹豫之中船被翻滚的浪花囚禁,每个人都紧张得大喊大叫,眼神里闪现出即将赴死的惊恐,寒冷的空气压抑着每个人的胸口。眼看着船要侧翻,我吃力地划桨并保持镇定。"伙伴们,要镇定啊！"我为船能否渡险捏了把汗。

"不要划桨了,用竹竿撑住左边掉头,用劲,快快快！"这是对岸谱叔在大声喊叫,声音有些嘶哑。刹那间船头斜贴着岔口蓦地转头,船身被急流冲得摇晃着擦着岔口急速而过,终于化险为夷,我们额头上已是大汗淋漓,我觉得自己那一刻几乎要窒息。

"几个毛躁鬼,欠周全,出事咋办哟？"

"水流太急,也没想到这条岔河……"我嗫嚅着,头深深地埋在胸前,显得拘谨而慌张。我蒙了,我根本没有考虑过岔河,根本不敢考虑风险的问题。我们是偷偷驾船,最重要的是从来没有做过岔河遇险的准备。

每次见到谱叔,岔河遇险成为我们回顾往事的一个笑谈。我们约定重走岔河口,只是这个约定至今没有兑现。

眼前就是铺满雪花的西河村了。如今新农村建设也让城里人妒忌,我转了好几圈才找到谱叔的家,不凑巧,大门紧闭,谱叔去自家田里干活了。我沿着窄仄的田埂,深一脚浅一脚地踏雪寻觅,老远就见谱叔在挥锹捋沟。我有些激动："谱叔,是我,你在忙啥？"他放下铁锹,抬头朝我笑笑,双手不停地在衣袖上来回擦。他牵着我的手,一口气把我拽到家。两人见面自然是划船开题,然后才谈些家长里短。

"要不是农活缠身,早就去城里找你了。"他边说边给我沏茶。

院角摆着几支金黄光亮的木桨,看样子刚刷过桐油不久,两坨网摆放规整。与他闲聊时,不时提起下河打鱼,聊起船、桨和渔网……

其实,今天的西河已失去昨日的繁华,还显出老态龙钟的模样,虽然涛声依旧,可帆船和小划子稀稀拉拉的,河面上满是柴油机的轰鸣声。

家乡的河、船与渔网是令人难以忘却的故人。当我听卓依婷的《我的眼泪不为你说谎》时,耳边分明还能听见邻家小妹曾经清脆欢快的《农家小女孩》:"竹篱笆呀牵牛花,浅浅的池塘有野鸭,弯弯的小河绕山下,山腰有座小家家,戴斗笠光脚丫,小河旁尽情来玩耍,搓泥巴呀捉鱼虾,农家的生活乐无涯。"转念一想,我已是五十开外的人了。

望着谱叔的背影,那一刻,我仿佛明白:在这个世界上,哪怕是一桩微不足道的事情,如果你没有见识过,你就不能说它是简单的。简单不是没有内容。一个人才高八斗,他常常也会被极其简单的小事所困惑,原因也很简单——他不是全才,虽然划桨很简单。

其实,仔细想一想,一个熟视无睹的事物,在失去了许久之后突然想起,反而由此鲜活起来。更奇怪的是,河、船与渔网依然是我的眷念。

凝视着堪称和自由最近的谱叔,我伸开双臂,感知绵绵雪情带来的清新,桨声唤来春的讯息。

尴尬如烟

常常为一些生活中的琐事激动不已。但现实中,却常面对一摊子剪不断、理还乱的事。有好友曾悄悄地贴在我耳旁说:"你是个善于发现细节却无法创造细节的人。"

应该承认。我的性格让我只会有一种单纯的跃跃欲试,而一旦进入其中,便笨手笨脚,甚至会闹出许多尴尬的笑话来。

这样的尴尬从中学到大学经历了很多次。那次过十六岁生日,亲友们都来祝贺,喜庆的烛光中,我突然感到十六岁的青葱岁月已悄然离去,我还来不及发出悲壮的歇斯底里般的呐喊,就被囚禁在黑色象牙塔里。为了曾经对父母的承诺,我将自己逼到了悬崖,又小心翼翼地积聚一丝一毫的能量,日夜坚守青灯黄卷,在那一瞬间我爆发了,不管不顾地一个人扔下众多亲朋独自扬长而去。几周以后,一个哥们对我说:"那天大家好尴尬。"他的一句话,说得我脸一阵红一阵白,好几天回不过神来。

如果说大学是起点,那么社会才是真正的舞台。那些清晰如昨的点点滴滴,成了我久远的回忆。每天接触形形色色的人和事,不断地变换着主配角,不由自主地担当起一个令人突兀的角色,终日穿梭在家与单位两点一线,看着日升日沉,花开花谢,看着黑色的云镶着如水的银边。仔细审视过去的自己,我回想起许多温馨的真情曾让我处在尴尬的境地。我似乎一直踏着前行者的足迹去开拓向往的未来,或许太多的不确定构成生活中各式各样的因果,越发让我瞻前顾后。这种犹豫在我心中盘旋良久,一点点磨去我的棱角,啃咬着我的韧性,坚定仿佛就此荡然无存,难道一开始就错在一塌糊涂的困难处境和难以应付的尴尬中?

还记得那个贪睡的早晨,你匆匆将我摇醒,我蒙眬的双眼看到的是老师严肃的面容和那埋藏在镜框后面灼灼的眼神;还记得那个午后,我们一起在球场边大声加油呐喊,也不知道哪一次,我们也当了回主角,在球场上挥洒着汗水,燃烧着激情;不记得哪一天,我们一起偷偷溜出教室,躺在一大片绿油油的草地上,仰望着那些穿行而过的云朵和来不及飘散的风;不记得哪晚自修,沉醉在某篇小说中不能自拔而全然忘了身处何境……太多太多的尴尬故事,就像一个个熟悉的陌生人,来去匆匆,却刻骨铭心地烙在心上。

有时候,尴尬会让我发现从前不曾关注的东西,这些或许会让我终身受益。就像是一幕幕闹剧,所不同的是每天都在变换着不同的演员和观众。明白了这些,往日的尴尬就像透明的风轻抚着所有永恒的岁月。尴尬又好像给自己编织了一张精致的渔网,把自己罩住,任物转星移、光华流转、铺天盖地的野花野草疯狂地滋长,而我依然能闻到空气中夹杂着青草的淡淡甜香,一点,一点,化作沉甸甸的回忆。

如今,一些日子永远地远去。任凭时光如河流般冲刷,还来不及消逝,就又衍生出无数的同系物,笼罩着我们这些未知的拓荒者,埋葬了一个又一个单调的季节。

我静静地坐在江南爬满青藤的小屋,细细回味,那些似水年华的尴尬不曾远去,一直安静地躺在记忆的河床里,不论是哪年、哪月、哪日,只要有空了、闲了,倒腾出来,仍可以细细回味。

友人说,这的确是一份不再浮躁的好心境。

夜已深,键盘的节奏轻划寂静,淡影消盈……

永远的诺言

　　向往成为班台莱耶夫先生《诺言》中的那个小男孩是很久以前的事了。这篇散文以瓦西里耶夫岛上一座白色教堂旁的小公园为背景，讲述了主人公与一个小男孩相遇后产生的对话，深刻地说明了"诺言"。这样的故事对于很多人来说是一种馨香典雅的享受。这种东西，以我早年的心境和趣味，是很难领会其妙意的，自然也很难对之产生敬意。而此刻，我和班台莱耶夫先生相约在故乡的稻浪中，满怀希望地等待一个守信和尊重诺言的践约者的到来。

　　从播种到吐出油嫩的绿芽，到翠绿的禾苗灌浆抽穗，再到金灿灿的稻穗饱满幸福地弯下腰，我都在想《红楼梦》中宝黛共读《西厢记》的风景，谦恭有礼，含蓄清淡，诗词唱和，满口馨香；还有那个如山口百惠一样清纯的女孩，宁静、清秀、纤弱，她突然笑了，眼中闪着泪光，让人顿感温暖和心生欢喜。她说："记住我们的诺言！"就这样，在我即将走入命运设置的困境时，她对我许下爱的诺言为我送行。她使我鼓起了生活的勇气，因为我的一切奋斗，都为那颗等待的心。

　　我和她是在大学里相识的，生活在象牙塔中天真无邪的她，在读过无数古今中外的爱情故事后，又深深陷入琼瑶编织的纯情梦幻中。她侃侃而谈,仿佛深得爱情的精髓:"纯正的爱情是雅致和本分,有一种对传统的彻底遵循,甚至是膜拜。没有反叛,没有另类,没有纠缠,发乎情,止于礼。"我故作深沉状,告诉她,随着社会发展,社会因素对人的感情干扰越来越多,因而爱情不免带上了浓重的世俗气。她立刻搬来一大堆论据助战,终于逼我心悦诚服:在无数纷呈的爱情事件中,有极少数人和爱情冲破一切世俗的樊篱而成为人类感情的珍品。"那么我们一定是珍品啰!"她歪着头,眼睛明亮得像夏夜的星星,她深入人心的叙述有着阳光的温暖,那一刻,幸福有张善于许诺的嘴,我对她,乃至整个世界,充满了感激与温情。

那个春天,我们的青春,简单又充满生机,朦胧中发着芽,疲惫中也有几分青春的美。

老天像是故意考验我们是否坚贞,毕业分配时,由于种种原因,我被分配到一个偏僻、贫困的县郊。我们在惊愕浪费人才的同时又不得不面对残酷的现实。分别那天,当我最后紧握住她的手时,泪水奔涌而出,我明白,这次的失去,恐怕不只是我的前途,更重要的是她的爱情。"别难过,别难过,"她一迭声地说,"即使世界抛弃了你,我也是你最忠诚的朋友。"她哽咽着黯然垂泪。但立刻,她敛了泪水,一笑,眼中还闪着泪光,轻拍我的手说:"记住我们的诺言!"

置身庆典般的毕业欢聚中,我在火把的映照中泪流满面。这个秋天是经过文身的,华丽又反叛。它已成为记忆里的化石,像贝壳一样,坚硬地嵌满花纹,包裹内心里的柔软,从中体会到苦涩的滋味。似乎有一种入骨的专情错觉,我食不甘味,而她竟能笑得出来!也许这是她在无数离别的场景中择取的最为洒脱的一种。是啊,倘若铮铮诺言也无法留住旧日的情怀,那依依惜别的泪水如何能挽住行人的脚步?不如用笑脸去面对,那笑是鼓励,是安慰,不论走到那里,回首时,总会看到那一片笑容在等待。那个古代的钟子期,千山万水,只为听伯牙一曲。在我看来,我的这位同学恋人,此刻就如高山流水听知音的钟子期。

在离别很长的日子里,我不知道明天会发生什么,我无法把握自己的命运,也无法去计划明天,甚至怀疑自己是否还有未来。人在变化,很难说是好还是不好,变是自然而然的事,自己无法控制,纵有怨言,也奈何不得。我的平淡生活,其实没有任何戏剧性故事,快乐和不快乐都微不足道,现在想来,都很幼稚。

班台莱耶夫说:"既然发了誓,不管怎么样都要照着做,哪怕玩也是一样。"于是,像那个小男孩一样,我在故乡的田园满怀希望地等待小姑娘的到来。

我大概是想用这种方式聊慰相思吧。

人生若只如初见

一声真切的呼唤,恍若地平线上的一棵孤树乍现在面前,于是北上车厢的故事叠印南下车厢的神韵,忆起三十年前我和她的故事。她从过道挤过来,边走边扫视行李架。她身着米黄色套衫、浅蓝色牛仔裤,拖着沉重的皮箱,开口说话,标准的京腔。她向过道旁的男人微微一笑,男人会意地站起身。她脱下一只高跟鞋,踩在座椅上,招呼别人帮她把箱子费力地塞入行李架的缝隙。她靠在椅上,把胸前的长发甩向身后,顺手擦拭额边的汗水。

她坐在中间,不经意间,几粒汗珠溅落到我那本萧红的《生死场》册页上。我微笑地瞟她一眼。我默默的,她也默默的,心头似乎都有一句话,她道歉的话,我安慰的话,可是终究谁也没说。午饭时间到了,列车员推着餐车缓缓而来,我要了一份快餐。她见状,也要了一份。我俩相视一笑,便各自伏在桌上默默地用餐。她边吃边闲适地翻起书。"哐当",她的杯盖滚到我脚下,我随手捡起递过去,她急忙伸手,急速而轻柔地吐出"谢谢,谢谢"。她说话的声音犹如百灵般婉转清脆。

"你去哪?"

"庐市。"我答。

"我也是。你是上学吗?"

"你是怎么晓得的?"我又瞟她一眼。

"看你就是个学生。"她斜视我,用肯定的口吻。

"你呢?"我问。

"我和你一样呗!"她慢吞吞地回答并冷冷地看着我,一副公主范儿。

"你是去庐大?"她突然问我。

"嗯!你是……?"

还未等我说完,她用高冷的口吻眨眨眼说:"你猜猜!"

我一脸茫然,转过身来问:"莫非咱俩同校?"她也转过头,用手捂住脸,发出银铃般的笑声,引得旅客投来好奇的眼神。顷刻间,那张青春的脸庞写满羞赧。

就这样,我和她一路欢声笑语,脸上有着演话剧般从容生动的表情。那一霎,生命为之绚烂,灵魂为之震撼。我们仿佛神交已久,犹如采药人,历尽千山万壑后,在险峻的崖边看到兰花,阵阵清香随风飘进鼻腔。

她像一种让人窒息的烟缕,袅袅升起,亦如某种娇嫩的花瓣,无风也自落。

镜像与景象在文字中穿越时空,极古典,极洗练,像杨柳依依。如今再忆起那不知该铭记还是该遗忘的曾经,不知是清欢还是爱。

自从进入同一所学校同一个系,我们开始频繁交往。我喜欢她细腻委婉、幽清空灵的文字,喜欢她文字里潜藏的深切情意。关于人生,关于爱情,关于将来,我们都有共同的价值取向,时时引起共鸣。这个绰约自然的北方女子,像一条清澈湍急的河流,一直向前寻找她要寻找的心灵归宿……

四年,每逢周日,我们或泛舟逍遥,或月下谈心,长亭水榭,鸡鸣山麓,荒城故道,幽静小路。我们蹚过如水的月色,探讨人生的奥义。她真挚的释放和敞开,包含信任,也包含依恋。

"盈盈一水间,脉脉不得语。"我们坐在一起对饮,只一个举杯的动作,只一个淡淡的神情,就已心意了然。这气息流淌在情感里,不着一字,尽显风流,留白之处见情韵。

交流真美,聆听真美。语言之外,内心真诚地感知彼此心灵的每一丝悸动。来与去、远与近、欢与痛、孤独与狂欢、复杂与简单,不可名状。于是,她不再坚持自己的主张和矜持。于是,我牵着她,成为扣紧彼此的恋人。

相处日久,她便获得了温暖的慰藉,像花儿需要阳光的抚慰。对爱的渴望不过是一个经年的话题。这爱,让彼此热血沸腾,像早春的树,挡不住嫩芽的迸发。

爱情照亮了她,她陶醉在爱情里,焕发活力和妩媚。我常常痴迷于她纯情娟秀的美文,并与之做过关于写作的交流。

命运给予人相逢和爱的权利,同时也赋予人分离和折磨的命运轨迹。

有一回记得是学校组织我们去农村进行安全防火宣传,我和她分在一组。寒冬的雪融化缓慢,除了车轮碾过的两道深痕之外,周围全是厚厚的雪。道两旁的银杏树像钢铁战士,没有表情。一路上我们都很沉默,似乎对这样的天气充满敌意,甚至为自己没有抽到留在城里而心怀怨气。路上不时有狗从身旁经过。"能不能打一只狗?"我认真地说。她停下车回过头,语气十分坚定地说:"除了人肉,还有啥你不能吃的?"

我直接撑过去:"人肉能吃我割给你吃,你先尝尝鲜。我活不成你也是我永远的邻居。哼!"

她扑哧一下差点笑出眼泪来。她说:"你就一张嘴,等下到村里好好宣传吧。"终于到了我们提前联系好的村子,一些群众早早地在村部等着。我说一段,她接着话题再说,相互间配合默契,群众都说我俩说得好,现场演练到位。两个多小时的活动让我有些疲惫,她说话也有些有气无力,言不及义。

天色慢慢暗下来,我们原路返回,感觉路变得更加窄了,眼睛也有些模糊。此刻风来自四野,尖锐而刺骨。密匝匝的森林覆盖着积雪,明晃晃地悬在头顶上,飒飒有声,我禁不住打着哆嗦。

她笑了起来,把车停到我旁边,说:"受不了吧?"我不想让她笑话我,说:"不是冻的,是尿憋的。"她说:"你看,那里有人在洗衣裳呢。"顺着她所指的方向看去,一条小溪一边流淌,一边结冰,在宽阔的地方汇聚成一汪清潭,洗衣女子荡起一圈圈涟漪。我望着,忍不住又打了几个哆嗦。

自行车在泥泞的山道上发出笨重而单调的声息,雪夹杂在风中,飘荡着。

如果不是因为写作课的需要,谁会在野风四起的环境中感受一棵树的遒劲横亘或和美欢腾之姿,并给出某种关联与暗示?

一天,我站在那株遗世独立的楝树面前。一树楝花,一丛丛、一簇簇,如同紫色的云霞一样盛开,远看亦如紫凤青鸾。正当我沉浸在东汉崔骃的"鸾鸟高翔时来仪。应治归德合望规。啄食楝实饮华池"的意境中时,几声干咳把我拉回现实。我扭转回头——她站在不远的地方,学着我的样子仰望楝树。她的脸无比惆怅,恍若一张被揉得不堪入目的纸。

"越好看的物件,越不要靠得太近,太近了就失去看的味了。"她喃喃自语,分贝压得很低,像是害怕我再次听见似的。我没在意她的絮叨,随手摘下一枝紫色的楝花,她在身后惊恐地吼叫:"苦楝花有毒!"

我僵在原地。"你刚才叫它苦楝花?"

"是呀。楝树就是苦楝树,寓意淡淡的愁与相思。它谐音'苦恋',给人一种惆怅的感觉。"

"你懂得挺多的。"我向她投出羡慕的目光。

"那当然了。我可不像有些人,倚门回首,却把楝花嗅。"

她朝我瞪眼,狡黠地做了个鬼脸,掠发微笑,露出莲花般的绝世容颜。

这分明是在嘲讽我,不过,就是一个"嗅"字,便有两情相悦的挑逗在里面。

苦楝与苦恋,我还是头一次听说。

"你这么懂花,是不是早就想当花魁呀?"

她并未呛我,只是嘿嘿地笑个不停,脸上洋溢着一抹甜和涩的羞愧。

对白有助于解渴与释怀,楝花有助于消炎与遗忘。

一晚,我正在写作,有人敲门。打开门,见她微醉地站在树冠下朝我傻笑,似乎酒成了打开自我的钥匙。她说她喜欢我的文字,谈到了对分配工作的不满和即将离别的不舍。此刻的我特别喜欢她身上醉美人一样的气息,喜欢她英姿飒爽时的豪迈和在舞台上朗诵诗歌时的表现。"喜欢心太大太深,便变为伟大纯洁的爱了。"这爱,让正是荷尔蒙疯狂年龄的我热血沸腾。

我坦然地面对一切,平静的表情看不出任何悲喜。我的幸运在于读懂了她的沉思,甚至那些罗曼蒂克的梦想,我都装在心里。

此刻,你把自己贴上邮票寄到哪儿去?你把汹涌而来的潮水带给我,我的胸脯总是伴随起伏的波涛连连发颤,而内心的泪花却永远不被人知。

多年前去南方参加学习班,竟然在一个嘉年华晚会上梦幻般地看到了这一场景。我一直以为历史就是离我很遥远的过往。然而那位近在咫尺、娇小亲切如邻家女子的歌声与舞蹈,使那辽远与深邃的历史碎片瞬间被拉回,一下子触手可及。所有的掌声都为这美丽端庄、技艺精湛的女子响起。那一刻,我忽然觉得这女子是化茧成蝶的她。那天是我们第一次相见,她的语速很慢,满脸的温和与平静。这个城市的很多人都知道她的经历,最初在机关工作,仕途顺利的时候却辞职下海,走过常人没有走过的路,也吃过常人没有吃过的苦,她最终取得了常人望尘莫及的成功。她大海般的沉静,给了我太多的震撼,不刻意,不夸张,不迎合,甚至也不拒绝。我从她身上看到了我所向往的境界,我多么希望自己也能活成那个样子。

毕加索说,没有所谓抽象画,人必须从某些东西开始,后来可以把现实的一切痕迹去掉,然后就不再存在危险,因事物的观念在其间留下了不可磨灭的记号。

绘画如此,人生的一切何尝有别?

我以沉默作答。

当我想起她时,欢乐总是跟哀愁并肩。欢乐平息后,淡淡的哀愁就乍现眼前。大凡内心可知的都会有所感觉,意识所感的都会有所显现。唯有那沉重的叹息编织在千万根头发里,岁月把黑发染白,我们在两个不同的地点分别挤进两扇门,你做你的大王,我做我的小丑,在你的日子里也在我的日子里,痛和幸福都被我们留在彼此的远方。

人生有许多假如,假如不乘上这趟车,不走进这节车厢,三十年前的那张娇好的面容,现在哪怕丝毫不变地出现在你的面前,给你欣赏的机会,不但不能增加其美感,反而可能使原来那个美好的印象变味。因为时代在变,人也在变。确切地说,是那一刻你的审美情趣,决定了你的那个美好的印象。

人生若只如初见。相见的惊鸿一瞥,是相距最远,也是最近的距离。

阿兰·莱特曼说,当"两种时间狭路相逢时,是'绝境';而两种时间分道扬镳时,是'满足'"。我们经历的是相逢还是分道扬镳? 相逢与分离,是怎样纠缠和折磨着彼此呢?

俗话说,云有云的时间,水有水的时间,各自流动着。

可见,一个人成熟的过程并不仅仅是获得,更是慢慢地丢失。

我愿意时不时回到曾经的意象里,再约一约那些又旧又久的风物,把千种悲欢和一切无用的美好再温习一遍。

优美还在,时间让我懂得春秋暗转的风霜。

第五辑　行走边缘

行走边缘

一

我对故乡有一种言说不清的感情。

沿秀澈的西河南行,五里之内,乡野铺陈了古典的遗韵,残荷枯草之隅,有成熟晚稻的清香。原野之上,三两村落升起几缕炊烟,宁静、疏阔,黄昏的失曹河适合与父老乡亲邀约。

房舍陈年的外表下,不失晚清建筑范式的肌理。檐下是清幽的天井,地面用光滑的鹅卵石铺就。绕过门廊,打眼看见年轻的女子,身材高挑,长辫垂肩,站在天井里剥菱角。她瞥几眼我等,轻轻地微笑致意,白皙脸庞羞涩洇染。槛外童声琅琅,一群黄发垂髫的孩子沿街追逐。几只夜归的家禽顾盼有情,廊下相谈,片刻欢愉。风从河岸吹来,像一场沐浴。

此刻,我热衷在写作里寄养岁月,脸上停泊着人情世故的青涩。

如今,乡村中的后生越来越多地拥向城市,形成巨大的"候鸟"群落——春天,成群地迁向城市;到年关,又结对地飞回出生地。渐渐地,乡村有了更多的不同。山水如昨,人事日非。这给有挥之不去的乡村情结的人们平添几分落寞,发现原先那些熟悉的身影消失了,越来越多曾让你沉醉的事物、场景已不再,只好让笔尖游走在过往的时光里,来补偿心中不会再来的期待。

微风拂过这旷野的草尖,风也轻轻,草也青青,那摇曳的姿态,经年如是。偶尔回去一趟,顺着老屋坼裂的水泥台阶上去,打开锈迹斑斑的门锁,环视那熟悉而陌生的家什,一股混浊的气味飘进鼻腔,恍然如梦。那一刻,我站在堂屋中央极力回忆过往,却未能捕捉到一丝少年生活的片段。我似乎成了来历不明、身份可疑的外乡人。

卧室,陈旧的书桌抽屉里摆放几本中学教材和发黄的杂志,边角已被蛀虫咬噬得面目全非,用手轻轻展开卷曲的册页,那红蓝钢笔的痕迹依旧清晰,稚嫩注脚的文字跳跃在布满灰暗和蛛网的空间,指尖上留下点点冰凉与异样的柔软。此刻心头一热,胸腔涌起一股迫切规整这儿时记忆的冲动,心痛、不忍、后悔在脑中闪现。为什么这些触及灵魂的物品没能随着我的呼吸与心跳一道放飞?走出大门,村庄满眼都是小楼,偶有弯腰驼背的老人或牵扯娃娃行走于阡陌的田埂,或蜷缩在空荡的屋内咳嗽,或守着一片田地看日落日出。

我在田头驻足远眺,这儿时的房舍、村庄、池塘、田野、沙河、竹林、茶园、湖泊、芦苇收藏的那些狂野、嬉戏、汗珠、梦想真的与我无关?田野间深埋的玻璃瓦片上真有我受伤的血痕?

山风从耳畔飕飕而过,远处河埂翠竹簌簌作响。村旁的几口水塘几近淤塞。门外敞开的田野尽力向四周铺展,几只雀儿叽叽喳喳戏耍蹦跳。更远处的拖拉机嘭嘭嘭在疲惫前行,那声调在寂静的旷野尽情地扩散。唯有眼前的田园、庄稼、溪流和灌木仍像一幅凝固的山居图，空旷、岑寂，令人落寞之下心生倦怠。此情此景，在这寂寥的老屋盘点寥寥无几的回忆，而无边无际的空寂与虚无正悄然围困着一颗失魂落魄的心。

我发现自己就是一名城市与乡村的弃儿。从蛛网般的高架桥到百米之外的地铁口，再到几步之遥的万达广场眼花缭乱的广告牌，这座城市以它冷峻的容姿与我对峙。本以为融入它三十余年，从此能摇身一变，成为行走在市井繁华中的市民，可惜我始终未能获得成为市民的快感。我成了乡村与城市的流浪者，夹缝中异常尴尬的一粒沙。

其实，我的血液也曾滚烫，也曾燃着周围的神经。如今，一天中的大部分时间交给了办公室、公交车、书房以及那张床，生活如同两条平行的、锃亮的铁轨，格式化地伸向远方的终点，每天平常、清淡。

二

年少的我又瘦又小，加上天生胆小懦弱，受欺负是家常便饭。六年级刚开学，每天要穿行于沙埂旁一个与竹林相伴的村庄，有个同学戏称"曹半仙"，常在路上拦截他看不顺眼的学伴，拳脚相加。一次，他拦住我，索要饭票。那个年代生活拮据，自个儿吃饭都是数着吃，哪有多余的？我不肯给，他便卡住我的脖颈，蛮横抢夺我的书包，掠去仅有的六两饭票，这是母亲每天早上给的午餐，他的占有意味着我将挨饿。被逼的我终于爆发，趁他扬扬得意享受成果之际，冷不防一个鲤鱼翻身，蹿到他对面，以迅雷不及掩耳之势，照准他的豆豉眼嘭嘭两拳。那家伙号啕着捂脸而逃，围观的学伴欢呼雀跃，像庆祝一场久违的胜利。我前脚刚进家门，那家伙的母亲双手叉腰，早早地站在屋里向我母亲控诉我的"罪状"。还没容我放下书包，母亲抄起扫帚朝我劈头盖脸地抽来，吓得我夺门而逃。母亲一边骂一边绕圈子追赶，尽管我跑得快，脊背还是被扫帚刨上几下。那婆娘觉得无趣，便悻悻而去。晚上，豆瓣似的油灯照亮堂屋逼仄的空间，母亲动作麻利且机械地纳鞋底，惨白清瘦的面容忽明忽暗。我眼噙泪花向母亲道明事情的原委，母亲停下手中的活，怕丢失一个音符般竖起耳朵，耐着性子听完我的解释，长叹一声说："这种人以后你少来往，惹不起还躲不起？我们在这是单门小姓，只要不过分咱就委曲求全。给娘瞧瞧后背伤得咋样了。"母亲说着，泪在眼里打转。这一刻，那温暖的感觉仍像空气一样围绕着我。

贫困交加的20世纪80年代，计划经济下能吃的食物极度匮乏，记忆中有一件至今挥之不去的事，是一次打棉籽油，半路摔碎油罐。那天已是深秋，天刚麻亮，母亲把我从睡梦中扯起。"今个儿是你叔当班，起早点，排上队才有指望打上油。家里一滴油都没了，你爸天天下地干活，别说吃顿肉了，连油都见不着，这身体哪承受得了？"母亲边唠叨边塞给我油票钱，另一只手递上尼龙网兜油罐。我懒洋洋地打起哈欠，蒙眬地踏着碎步逐渐在母亲的视线中消失。

得不到的东西总是珍贵的。我开心地拎起沉甸甸的油罐，沿枯草杂陈的羊肠小道匆促而行。空旷的田野显得很寂静，风偶尔卷起几片叶子，唯有远方乌鸦在叫唤。沉浸于快乐的我只顾一门心思朝前，没在意脚下的坑，一个趔趄，油罐重重落地，四分五裂。我呆呆地死盯着油罐，半天没回过神，缓缓捡起网兜，顿感天塌了。我猛地号啕起来,泪水打湿了衣衫。

我清楚自己闯了祸,将如何面对母亲?脑子里一片空白且束手无策,只得慢腾腾地回家,见母亲过来,像偷了别人东西被主人发现一样,一动不动地立在一边,眼睛怯怯地看着母亲,似等候主人发怒。母亲摸摸我的头说:"别自责了,妈妈不怪你,吃一堑长一智,以后做事用点心。"可我的心像针扎似的,直到母亲闪身忙别的活,我才逐渐缓过神来。

八棱角的玻璃油罐,雕刻着青釉色的水鸟,回忆起来,仍是那么清新好看,宛如一件艺术品。可惜的是再也没有那么精美的器物了。如今,身居都市,我一直怀念童年的棉籽油的味道。

早年走过的那些崎岖的路,至今仍然一条条蜿蜒在我的血脉里。广阔空茫的田野、有着灰脊线的山冈、枯索的荒坡,连同那独特而缓慢的农耕文明正在慢慢消失。当所有声息自耳畔退却,光影从眼前消失时,脑中只有彻头彻尾的空旷。书本、手机、电脑、茶叶,甚至那些过时的陈旧家具,连同那上面残留的我的指印和体温,都在时光之中刹那坍塌。我发现自己成为生活的旁观者,是一名孤独的异乡人,被城市追赶又无处遁身。

人除了跟随命运的移动而动之外,常常还有自己选择的移动,有属于自立而自由的移动。人生有一个原点,因此不管走到哪里都是他乡,即使把身体的部分遗弃,还是有一个方向引领我们的灵魂。

三

为天地立心,不一定非要登高而呼,有时只需一份心,像浇花一样，前人种下树，惠泽后人余荫，开枝散叶罢了。苏氏祖谱辈序"家国绍先业，继启世永承"维系着宗族的根，它象征着一种精神的存在，哪怕家道没落，它依然延续着香火。哪怕游子迁徙远方，有了家，家谱还在，那是一个宗族灵魂之所在，它始终在后人心中点燃。人世虽然无不在变化中，但家族中的诗礼传家始终是没有变化的。它把传统和精神的火种播撒，难道这不是一种文化的余脉吗？

我害怕万里无云的晴空，那种一望无际的碧洗的蓝，只要一抬头，就能被天吞噬心神，以至于我站在天空下，只有把自己缩在阴影里才能找到安全感。而此刻，我看到缓缓流动的失曹河，很多儿时的游戏恍若昨日，那些永恒不变的都在悄悄地改变。我知道那只苍鹰必定栖息在河埂最高的那棵树上，我无数次梦到年少时的人与事。而我会继续前行，因为我看到那朵托梦于我的云飘向远方。

如果说当年从戏文里获得的是抽象的巢湖，那么，得识具象的巢湖却费了一番周折。孩提时常去的是黄陂湖，乡下孩子只见过家门口塘坝水堰，那水是圈在坝箍里的。而黄陂湖是野性的，带着向远方敞开的浩浩荡荡的神秘。我所居住的小村，由南朝北，走过四五公里，远远就能看见一片无际的葱绿的芦苇，再向前便是黄陂湖。小叔与邻家小哥相约去湖畔放牛、打草，我哭求才被当成小尾巴捎上的。一见着大湖，我的心便与嗓子、手脚一起疯了。牛在广袤的芦荡间自由啃食，我们把青草箍成一垛垛，只等返家的牛驮上。其实，草打不打不大要紧，要紧的是那场野，它是力度无比的，紧闭的心扉刚打开一道缝隙，便被掰了开来，即便门页变形也在所不惜。多年之后才明白，黄陂湖就是通往巢湖的支流。

眼前的这段黄陂湖,便是当年放牛小童向往与眺望诗和远方的地方了。

可是,今天我又眺望何方?

如今身处都市,在写字楼与喧闹繁华中穿梭,在热情与冷漠的面庞里迂回。我们这代,大都是从课本里学到的中国历史。它看起来整饬、条理分明,宛若一条奔腾的河流,历经岔口之后,重新汇聚。写到这里,我忽然想到这与黄陂湖汇入巢湖的原理莫非同出一辙,是历史与地理、时间与空间,是万物所必须遵循的?拜谒友人,参加社会活动,浓重的方言就判定了你的祖籍,即便此去多年,讲标准普通话,也无法摆脱方言的语调夹带着母语思维习惯。我对方言怀有深厚的温情,方言中存在诸多的古汉语化石,那是奔赴祖宗地最有力的证据。一个人,如果把祖宗地看得很淡或者是根本不知其祖宗地,他本身就是有罪的。

在儿时的村庄,我遇到祖孙两代人。

乡亲们都已搬到镇农场统一建的标准商住楼,只有两位老人,也就是我的堂叔堂叔母,习惯了竹林掩映下的砖瓦房,便一直住了下来,尽管房屋陈旧,厢房裂开一道长长的缝隙。老人在外墙打上树衬,内墙用白灰粉刷,三面围墙环绕。院内几株硕大的香樟枝繁叶茂,院外几丛金桂香气扑鼻,屋内尽管十分简陋,但收拾得干净规整。车在曲折的山间小路上兜兜转转,忽然间驶进这片宽敞的院落,很有突然闯入世外桃源的豁然开朗。尽管小院独立于村野,但有鸡有狗,有两头哼哧哼哧、膘肥体壮的猪,还有跳跃在院墙的鸟儿,以及一个十五六岁的少年和一对六十开外的老夫妇。

于是,我们走进门。精干的堂叔母掀帘走出,见到久未回乡的我,愣了一下,随即笑着将我们迎进屋内,烧水沏茶,拿出刚摘的葡萄。"孩子们,乡下不同于你们城里,净是些土货,你们随便吃。我去做饭喽。老头子,你去堰口捞几条鱼,顺路在林子里抓只大公鸡噢。"

在这,在亲人们的眼里,我等俨然是远到而来的客人,和养育我的胞衣之地有了无法回头的遥远。

其实,生活中遭遇的尴尬远不止此。

二十多年前的某日,我去拜访一位报社总编。当得知我想来工作时,他说了一堆进人的难处,临别时,他指了一条路——你是大学生,本乡本土的,去找你们县长陈某某,保不准会帮你的,只要他给咱局长打个招呼,准能搞定。我当时愣在那儿,一脸的茫然。奇怪的是,我的回答是什么,现在已没有丝毫印象。回来的路上,我的脑海空空如也。我想,与这位总编的会晤是不是我行走边缘的起点?

过往边缘,难道不是另一种充实?

四

然而谁能帮助我呢?每个人的一生,总有一些事、一段路需要自己独立经历过、走过才能觉醒。

一天,在无意间说到写作,女儿以讽喻的口吻脱口而出,她妈也在一旁附和:"老爸写的作品散发着浓烈的乡土味,你的骨髓里全是乡土气息的原料,看来,你只配做乡土作家。"我明白,女儿的一针见血并非有意中伤,而是"看山就是山,看水就是水"的最真挚的评点,唯有质朴简单,才能让自己回到清晰的境地。

过往之事如此奇妙,原本以为它早已烟消云散,其实它一直沉积在某处,并没有走远。

我在想,总有一些人,终其一生都是精神的孤儿,无论他有多少名分上的亲眷。

或许,很多人真正的死因是"死于孤独"。

很多年前,我的一位朋友对我说,还是回家乡做几间房子,那里空气好,种几畦菜,养数尾鱼虾,节假日,乡下城里来回走动,比困在一个地方强。我梳理自己的成长历程,逐渐认识到,一个人的成长是需要引导的。无论我们是不是乡下人,无论我们到了什么年龄段,很多时候我们都行走于城乡边缘,很难说清自己的真正身份。我意识到,在奇妙的生命、丰饶的大自然和广袤的世界面前,在茫茫尘世中,我们时时需要找到自己的路标。

值得安慰的是,我还懂得何为耻辱、尊严和诚实,我从来没有因为某些打击而否认过自身的价值,我始终相信农村会越来越美好,可以超越虚无。

我是谁?其实我早就明确了身份。当所有的脸庞都在努力翻新自己的物质的面孔之时,那种空旷和恬静给人带来的内心安宁,也唤起我们灵魂深处某种隐秘的联想和对往昔岁月的怀念。

此刻,我毅然决然选择了回乡,倘若能够按照自己的愿望自由地选择,便是在行走边缘之中竖起一块坚实可感的路标,道路会因此而蓄满生动的未知。

你从湖里来

我们记起某些往事，未必就能搜索到具体的场景和情节。事件已云淡风轻，但隐藏在事件背后的迷雾，亦真亦假，已深扎在时光的记忆里。

为什么我们遥想徽商当年的荣光，身心会有一种温暖和滚烫的感觉？那肯定是我们的体内积蓄的温暖或滚烫的情绪没能释放。

在徽州，满眼不尽的葱郁山峦、沟壑、溪流，三五间粉墙黛瓦的民居散落其间，偶见炊烟袅袅，那瓦楞一如深蓝色的海底打捞起一缕缕目光，醒目的、温柔的、潮湿的或热烈的。

徽商历经百年，大部分人和事都是昙花一现，但命运同有大喜大悲的相似结局。那些镶嵌在记忆中的，不过是一段段不规整、发黄的档案而已。在这千千万万商贾中，留在后人记忆里最深的，还是那些与我们交换目光的先贤。

如此，百年之前伟大的智者便与我们没有距离，我们仅仅觉得，那个晚清"第一巨富"不过是累了，需要一次长眠，需要一次休息，抑或需要一次长达数百年的关乎国之命运的思考。

转而又想，他又何曾睡去？

一

徽州湖里,一本智者阅读过的线装书:登源河码头店铺林立,街面铺设着清一色的花岗岩,跨街有皇帝恩赐胡延政的"江左名帅""明经世家""文武齐美"三座牌楼,前街护村坝上满是杨树、朴树郁郁的影子。来去匆匆的风,了无痕迹。青山翠竹,吴语楚歌,祠堂社庙,贞节牌坊,赫然伫立在村口的"线装书""书脊"上印着两个大字:湖里。原始的封面,渐渐显现登源河上的中王桥。它可以通往村庄内任何一扇大门。如果竖起耳朵,那些寂静的原野中翠鸟的啁啾声、野猪打斗的嗡嗡声、山果熟透落地的啪啪声、风在山林中穿行的飕飕声、山溪湍急奔腾的哗哗声,甚至是碗盏的碰撞声、喝酒的行令声、男女压床的喘息声,会在地底或天空弥漫。

登源河只消一日,便可从河源抵达河尾临溪出口,就是一条波澜壮阔的大河,浩浩汤汤,跌宕起伏,奔赴钱塘。

再向前,便是浩瀚的大海。

江河湖海行于大地,其流程之长短,源于天地人神赋予的不同的生命力,你很难想象一条潺潺山溪会成为江河湖海。沿登源河溯流而上,莽莽山林,荆榛遍地,道阻且长,足以考验个体的脚力和毅力。那么多流水一样的日子,进山的工匠风餐露宿,斧凿叮当作响,与山泉清涧一同发出环佩相叩的天籁,为徽州人引出一条从陆路向外发展的徽杭商道,自逍遥峡谷延伸,抵达蓝天凹,目送徽杭商道消失在远方。而后的千百年,冰冷坚硬的石壁、闪闪发亮的清溪幽谷开出如花般生动的故事。故事或源于登源河,或源于徽州境内的天子山,或源于清凉峰南,或源于荆州岭东南,所有巧合,汇聚成登源河神奇的力量。

时光退回到一百八十五年前,一位十五六岁的少年,似一只落单的孤鸿,收敛九皋的鸣叫,步履蹒跚,柔肠寸断,向着澄碧如秋的登源河寂然走去,秋风吹落的黄叶铺满河岸的石板小道,在他的脚下咔嚓作响。依稀听见父母不舍的嘱托,耳畔古雅的绩溪方言,如戏曲般百转的歌谣,"前世不修,生在徽州。十三四岁,往外一丢"。你深深呼吸着河源吹来的泥土和山野的气息。

临近河流时,你将一捋被吹乱的长发,毅然撑起长竿,晃晃悠悠进入龙须山峡谷。朝阳初升,古刹钟声,那是多么庄严而曼妙的画卷。

当然,我们也都会远远看到你健壮高大的身体、宽阔的前额,看到你那飘飞的头发和深邃的目光。

此时的你,以少年的激情,以湿润的、恬静的心魂,还有深刻的、苍茫的思想,在徽州山水的光影里,在古老的戏台前,乃至在湖里村忧郁的蓝天上深情地徜徉。

此人,便是胡雪岩。

二

临溪,一个如诗的古镇。

我们身处临溪关隘,仿佛回到了久远的车马时代。沿登源河向东,这河畔曾流传过许多动人的故事。当年中原士族依次定居高车、周坑、中王、湖里、忠周、仁里、大庙汪村、瀛洲等。瀛洲,李白《梦游天姥吟留别》中有"海客谈瀛洲",他是不是也曾在这里追风逐月？于是，便有了词，便有了佳话，便有了盈盈泪水，便有了长相思和无限恨。若是，当年登源河的胜景该是何等令人动容！紧邻瀛洲村上游的龙川村（大坑口），是否因为浩荡的河流而得名？

这里的每一处山水都散发出先人穿行其间的芬芳气息。友人告诉我，自龙川古村再往上游，依次有百鸟村、湖村、北村、下新桥、伏岭、渔川等。登源河水抵达江南第一关的出口处，与大河扬之水汇合，并入练江，涌往歙县渔梁坝，汇入新安江，浩浩荡荡，直奔钱塘。

我站在临溪古镇关隘处，向东南眺望，是望不到边际的葱绿。我摸着关口旁的锚链，思考着徽杭古道的现实意义。

此刻，我想象一条安然无虞的河流，河里有一位新叶一样的少年，一支抒情的笛曲像晴朗夜空的游云。少年越走越远，在水流深处渐次退变，带着世间的愁绪，桨声、涛声、风雨雷声、纤夫的号子声，在耳旁发出巨大的回声。少年闲庭信步，神情肃穆。大山虽挡住了他的视线，却挡不住他对外面世界的憧憬，所有的期盼都隐藏在横于唇边的一管竹笛中，悠扬凄美的乐曲在炊烟鸟语中，在溪谷中飘荡，那是一缕萦绕在眸子里的乡愁。少年凭其眼光和胆识、计谋和手段，在这海阔凭鱼跃的商海中，创建起庞大的"商业帝国"。

转而，我便生出小小的惶惑，发现这位纵横商场江湖、出入朝廷庙堂之上、富可敌国的"大清财神"，却鲜有人为他写下赞美的文字和诗篇，倒是让我们读到他的阐述：

"用兵之妙，存乎一心！"做生意跟带兵打仗的道理差不多，只有看人行事，看事说话，随机应变，并从变化中找出机会来，那才是一等一的本事。

能够顺乎大势,腾挪应对的一招一式都能乘势而上,不仅能使机会真正变成财富之源,还能助人摆脱困境,绝处逢生。

三

人的命运,永远被某种更大的情势所裹挟。从一介布衣平步青云为富可敌国的智者也不例外。

一个人该怎样抵达未知的路?滚滚红尘里谁都不想放弃每一个彼岸,有谁像神明一样来度智者呢?

有,当然有。

王有龄、左宗棠来了,他们选择了从相识、相知、相助,到后来患难与共的路。

智者背负行囊,带上挞馃,驾舟出湖,登临蓝天凹,向东南眺望便是皖浙交会处的最高山峰清凉峰。云海佛光、峰峦叠翠,无际的青山绵绵、流水潺潺。山体上被那些墨绿色苔藓遮挡的斧凿痕迹依然鲜明。商道的艰辛,无法想象。崖边的道路仅能一人勉强通过,上上下下的石板被上千年地踩踏,要不断地低头小心脚下的路。而路边的野草、山涧的溪流,在寂静的微风中,更显得茂盛活跃,不可一世。

那一天,那一月,那一年,那一世……魔法般的旋律随即控制了我,我的手指在键盘上跳起梦幻般的舞蹈。

你有大智慧,但也是凡人。即便你"虽古之猗顿、陶朱未能与媲",但你的传奇早已还原为大地上的基本颗粒。可你的名字总被灼热的嘴唇传诵,如同你手中的水烟枪,发出青铜般的幽光。

湖里,智者故居,一幢简陋的二层楼房,它如同一只元宝,与杭州"胡庆余堂"的富丽堂皇相比,显得寒酸。然而,你却像一颗流星划过徽州与杭州,划过大清辽阔疆域,留下深深的叹息。湖里这个被程朱理学濡染的古村落,在寒风中格外沧桑、更加寂寞。只有登源河水静静地流淌,流不走历史对这位红顶商人的评说。我坐在这儿,期待与你相会。我的目光穿越时光的崇山峻岭,搜寻你淹没在岁月深处的背影。

然而,时光改变了一切。智者善于利用利益机制笼络人心,周旋于官场、商场、洋场和江湖各方势力间。你开钱庄、办典当、设药局、建丝行、贩粮食、售军火;你捐输赈灾,参与洋务,筹集机械,襄助左宗棠西征,热心公益,融商业活动于国之大业,获当朝二品顶戴,显赫一时。但大清的皇皇史册没有我需要的答案,一些看似随意却能透露出某种信息的涂鸦,如今被一层层烟尘覆盖,看不出丝毫端倪。

不是所有的鱼儿都在网中,也不是所有的鸟儿都在笼中。一些真相也会在漫长岁月里渐渐褪色。在杭州珠宝巷阜康钱庄,此时此刻,那个头脑聪慧、深谋远虑、诚信义德的年轻人,鼎盛时期,其粮店、茶庄、丝庄遍及江浙沪,"胡庆余堂"在各省开办银号,累积资金两千万两。就是这位富可敌国的财神,穿越时空地坐在我面前。你是一个平凡之人,一个真实的商界奇才,也是一个挑战洋人、名震中外的英雄。恍惚之间,我嗅到了来自湖里田园的油菜花和稻米的芬芳,真实感受到激荡在你内心深处的风云际会,你的独白回响在我的耳畔:"我是一双空手起来的,到头来仍旧一双空手,不输啥!不但不输,吃过、用过、阔过都是赚头。只要我不死,你看我照样一双空手再翻起来。"

然而那不是你的全部。垄断茶丝只是一个突破口,由茶丝主宰的世界对你来说更广阔、更丰富,生命也由此更茁壮丰盈。你挑战洋人买办,又在大清朝堂之上如鱼得水、左右逢源。你获得了你想要的那部分,但不是全部。徽州的天空永远是那么湛蓝,蓝得纯正、蓝得深邃。来自湖里乡村的翩翩少年,骨子里流淌的是善良和信用,为此,你不惜舍弃那些诱人的宝座。无论后来有多少人为你扼腕长叹,你最终没有辜负你自己,也没有背负你"礼义信善"指引的大道。

是的,政商自古以来就有着千丝万缕的瓜葛,无论社会秩序建立在怎样的思想道德基础之上,为官从商莫不如此,智者也不例外。二十四岁的你已是钱庄的掌盘助理,结识穷困潦倒的候补捐盐大使王有龄,打算北上"投供"①,加捐县官时,正好有一笔款子可收。这笔五百两银子,原来吃的是"倒账",如果能收回来,完全是意外收入。这笔钱别人要不到,欠款人有朝廷官员撑腰,但此人跟你情投意合,表示唯有你前往可另当别论。你一时怜才,将款转借给王有龄,因此而失业。

正当你生计艰难时,王有龄得官归来,随着步步升迁,延智者为幕僚,委以办理浙粮重任,挪用库银,协作你创办阜康钱庄……

射进窗棂的一缕阳光里尘埃在翻飞,是的,微尘。无论你多么伟大,多么不可一世,都将化为一粒尘埃,但它也一定会带着

---

① 清代候选官按期至吏部投呈本人履历以待铨选。《清会典事例·吏部·汉员铨选》:"康熙二年定,人文到部,每月初一投供。"

永不泯灭的传奇。我试图撷取一鳞半爪,拼凑我所认识的你,或者只是我所希望的你。

对智者而言,也许故乡是永远的心痛。当年资助王有龄、左宗棠余杭大战太平军,战败的太平军兵困徽州,以致故乡遭受"洪杨劫难"。因此,你自离开湖里后再也没有回过这片深情的土地。在你心里,故土是那么遥远,老家是那么陌生。

不是有意把话题扯得这么沉重。绝对聪慧的智者面对这样那样的人生岔口,没有回头,也没有偃旗息鼓。你自嘲道:"其实胡雪岩的手腕也很简单,凡是忠厚老实的人,都喜欢别人向他请教,而他自己亦往往知无不言,言无不尽。"胡雪岩会说话,更会听话,不管那人是如何语言无味,他都能一本正经、两眼注视,仿佛听得极感兴味似的。同时,他也真的是在听,紧要关头补充一两句,使得滔滔不绝者有莫逆于心之快,自然觉得投缘而成至交。

许多的人生况味就在眼前,闭目深思,仿佛生命中的渡船就是日出日落朝飞暮卷,放下纠结才能看见对岸的无限风光。智者乃具有大胸襟、大格局之人,你曾深刻地分析了朝廷上层百态,比如,我,胡某人有今天,朝廷帮我忙的地方,我晓得,像钱庄,有利息轻的官款存进来,就是我比人家有利的地方。不过,这是我帮朝廷的忙换来的,朝廷是照应出了力、戴红顶子的胡某人,不是照应做大生意的胡某人,这中间是有分别的。

你深知世态炎凉,你的许多名言都是把自己的内心拿出来给人看。这样的一位"红顶商人"知道自己在做什么,你忠于自己的选择。你本可以见好就收,效仿魏晋时代的竹林七贤远离世俗,归隐山林,正所谓"穷则独善其身,达则兼济天下"。而你最终成了大清政府落井下石的殉葬品。"大清财神"劳其筋骨建立的"商业帝国",顷刻间灰飞烟灭。钱塘江畔的元宝街没能留住你,一江春水在送走你的同时永远记住了你。

钱塘之源的登源河不知道智者在1885年12月6日发生了什么。后来,陈云笙《慎节斋文存》中有这样的句子:"观其所为,虽古之猗顿、陶朱未能与媲。"我们知道陈云笙引用《韩非子·解老》"虽上有天子诸侯之势尊,而下有猗顿、陶朱、卜祝之富"送给智者,足见陈云笙对智者的仰慕与尊重。

站在登源河口看河水东去,我忽然想,智者其实就在我们眼前,追随你的智慧、毅力、胆识、谋略所锤炼出来的经验,自己的内心世界就无所谓成功与失败,就像这登源河的水终究奔向大海一样。

四

在写下这段文字之时,那一幕景象在我眼前定格,让我心灵震颤。你是一个头脑灵活、能言善辩、眼光独到、勇于抗争的智者,而我不是。对于经商从政,我只肯安于现状,只肯听从命运的安排,只肯忍受内心的挣扎和煎熬,而你付诸了行动。你的经商绝学、用人心法、处世之道、眼光胆识、谋略手段,也许不是第一个,也不是最后一个,但你光华四射,照亮了历史深处最隐秘的一页。

是的,商政谋略,可那是你的大业——无论是眼光和计谋、韬略和手段都是一流的。其实,你只是个来自徽州湖里村的男孩,带着祖先的原始信仰,起先并未奢望大富大贵,只求拥有属于自己的那片天空。

如今,我注目智者曾无数次走过的蓝天凹,被苍老的风吹着,真切地感受着时光的诡秘。一切都将烟消云散,只有地球上的这个地址还没有改变,因为山谷的生命要长过无数代人的寿命。

宋人崔鹏写过《绩溪道中》,有这样的句子:"山口含糊半吐云,林头时见绿纷纷。何人解作孤鸾啸,呼取凉风入帽裙。"在我看来,徽杭商道就是徽州人可以托付梦想、托付思念、托付爱的地方,更深层的意义是追求未来的金色大道。

智者的"商业帝国"划破了徽州的天空,一如流星耀眼而短暂,然而,那不是你的全部。由你总结、提炼、升华的"商经"主宰的世界更宽广、更丰富、更茁壮。徽州的天空永远湛蓝,如同混沌初开。天地若有神明,一定不会吝啬他的赞美,为回归本真、获得"商甲奇男"的你献上他的祝福——无论你所赢得的辉煌的人生是多么短暂。

是的,不少人皓首穷经,终其一生也未能抵达希望中的彼岸,而你开拓的是一种使生命更有现实价值的道路。不论后来有多少人为你扼腕叹息,你终究没有辜负自己,也没有背离良知指引的大道。

大地苍古、辽阔,登源河像一支幽鸣的洞箫,无数飞扬的苇絮擦脸而过。湖里周边深沉的山涧绵延、黝黑,山风打起响哨在耳旁狂虐,这时我才发现天空也在奔流,一直在奔流。

如今,徽州无疑已成为世界的旅游中心和森林公园,徽杭古道上的沟壑被科技的发展轻松越过。我再一次站在徽杭古道的隘口,那是一片茂密的森林,我像疯子一样狂奔,任灵魂随风出窍。我看见智者一步一佝偻艰难前行的身影,我想,在无意的行走中,我的脚步早已在冥冥之中沾染了你百年的足迹,它暗示着我,可以像你十五岁那样志存高远,为爱着的一切,无怨无悔。

可不是吗?一个无数商人望尘莫及的名字,一个把商人的机敏与胆魄和至情结合起来,官至候补道,衔至布政使,阶至一品顶戴,服至黄马褂,大红大紫,大富大贵的人,天下几人可比?

中王桥畔,蓦然回望,你看那个人,还无声地站在那里,一脸的睿智、平静和祥和。

此人,便是胡雪岩。

走过阡陌

静坐时光巷陌,走过长夜和长街,看岁月枯荣,花开花落。三十年前的那些夜晚,能在这里看到校园柔和的灯光,听见空中飘荡的小提琴声。如今替代它的是音乐与舞蹈、网球场上的光影变换和操场上舞动着的青春的身姿。不过,它们正一点点消失,毕竟夜很沉、很静了。

我无心睡眠,一杯香茗,盛满的是散落窗前的月光。回溯过往,一些故事沿着时光隧道飘然而至,请允许我追随它们的痕迹去重温沿途的风景,哪怕只是一瞬。

涛是我的大学同学,自从认识他的第一天开始,涛总是拿别人开玩笑,甚至拿自己开玩笑,嬉皮笑脸、疯疯癫癫,没个正形。正是因为这,我都有些厌烦淮南(涛是淮南人)。后来我发现了他的可贵之处:涛乐观,这可能代表了淮南;涛包容,这可能也代表了淮南。涛相貌清癯,高颧骨,长发数寸乱披额上,着休闲西装,配红领带,衣服口袋上露出半朵折成花的手帕,白帮黑底锃亮的皮鞋,显得一表人才、风流倜傥,一副绅士派头。这是我第一次见他的印象,特别深刻。

那是一个夏天,涛、我和"湘西文胆""宣城眼镜""广西狼""上海瘦精"躺在金黄的油菜花盛开的花海里,仰望天空,几朵白云飘动,我们仿佛变成飞向蓝天的白鸽。

我们扯着嗓子纵情高歌,憧憬着未来,但话题最多的还是文学。从范仲淹的《岳阳楼记》到王勃的《滕王阁序》,从苏轼的豪放到李清照的婉约,从鲁迅杂文像匕首投枪般的锋利到茅盾小说"巨大的思想深度"与"广阔的历史内容",从洪昇的《长生殿》到汤显祖的《牡丹亭》吹胡子瞪眼般的激烈争论,从徐志摩诗歌意境的空灵美到北岛诗的冷峻、思辨,让笔在绝望中开花等。舌战中,涛不时打断别人的话,慷慨陈述自己的观点,激动时脸憋得紫红,星目圆睁。我们的眼光此刻第一次透明、清澈地交织在一起。

一个身影与我重重撞个满怀,"哐啷",我的饭盒掉落,滚烫的粥溅满衣履,我定睛一看是涛。他慌忙中捡起饭盒,脸刹那间一阵绯红。"我给你重打一份,好吧?"一切发生得突然,但又很自然。涛没有说话,只是低头清除我身上的粥。我装作没有发生过似的,接过饭盒。他突然拉起我的手,仔仔细细地查看。"可烫伤了?"他的手在颤抖,脸突然苍白得像雪。我抽出手,拍拍他的肩膀,安慰他别再自责了。此刻,他的眼睛潮红,拉起我向食堂跑去。

池田大作说,真正的友谊中不存在丝毫的猜疑或利己之心。它与物质或肉体都毫无关系,而仅仅存在着心灵与心灵间的联系。从此,我和涛成了莫逆之交。那个为女生写诗,把自己惹哭又给逗笑的涛,多年来,每每绽放在往事里。

一次上完晚自习,涛拉着我去校外的水渠钓大龙虾。半个时辰后,一脸盆大龙虾摆在302寝室门口。三下五除二,两大海碗冒着热气、红扑扑、香喷喷的美味上桌,"湘西文胆"搬来啤酒,拿出舍不得吃的椒盐花生,侃着大山。一阵胡吃海喝后,醉意蒙眬的涛大声唱起来,引得整个楼层围观。第二天,整个寝室一个不落地被"请"去接受训诫。

自那以后,涛的眼神黯淡下来,整个寝室在相互安慰和鼓励中度过了一段风口浪尖的日子。但寝室内憋着一股劲,接连在省内外报刊发表诗歌、散文和报告文学,这下又引起全校的关注,羡慕、赞誉铺天盖地。我们一起把兴奋控制在内心深处,那种感觉陶醉而深沉。

毕业后的第七年,涛因车祸殒于淮南农村,在一个盛夏的午后。在很长的时间里,我始终无法接受这样的残酷事实。

轻柔扑面的微风,唱着流年不老的歌谣,人生的春期,无论曾经带给我们多少欢喜和忧伤,都沉淀于心底,成为水走云留的记忆。

记得离校前的一天,涛和戈一同去郊外买回一个西瓜,足有十斤以上。那是个"风高秋月白,雨霁晚霞红"的黄昏,涛给在场的每人分一块西瓜,吃着、逗着、闹着,大学隆重的相逢,恰逢鲜花怒放。分别了,所有悲与喜的情绪,都在此刻激起每个人心中的波澜,我终于听到涛说,别把我们的个性和风采裹进那虚伪的庄严里,仰起自信的笑脸,给灰色的四周以绮丽,给庸俗的日子以诗意。明天,无论你长成参天大树,抑或是一株小草,都将是一帧独好的风景,只要我们认真地欣赏自己。现在我们要做的是在聚首的时间里,让每一分钟都温暖、快乐。校园里终于又一次听到了我们的欢声笑语,这一切多么像屠格涅夫散文中的意境。涛和戈在打闹着,"哎哟!"一声低沉的哀求,让乱哄哄的寝室顷刻间寂静得连彼此的呼吸都能听得清清楚楚。"涛,你屁股流血了。"所有人的目光投过去,涛伸手一摸,血从指缝中溢出。再回头,"哐当",戈脸色煞白,手上的水果刀掉在地上,人像一具雕塑直愣愣地伫立着,好久回不过神。那天,戈像一片随风而去的叶子掠过所有人的视野,他茶饭不思,欲哭无泪,他歇斯底里,躲进宿舍,而后点亮蜡烛,一任烛泪流进空空落落的心底。而后,戈把他的忏悔信和两百元钱塞进涛的手里,没有了沮丧的形象,像一阵风似的消失得无影无踪。

那个时候莘莘学子所有的骄傲与幻想,就是闯过独木桥开启新的人生旅程,待毕业了,才知一切的一切,远非梦中挥洒的那般轻松自如。那天,我们几个在辅导员的带领下,租了一辆手扶拖拉机送涛回家。我们围坐在涛周边,任风卷走满地的黄叶和一路的尘土,任凌乱的长发横空掠过青涩的眼神。看河岸老者垂钓一泓碧水,静静聆听林中鸟秋日私语。这时,涛的家渐渐出现。离别时,涛明眸中闪着离别的没落,眉宇间透着不舍的情愫。我们挥手,彼此的眼中泛起少许的晶莹,空气中凝固几丝忧伤。——这些往事犹如过眼烟云,又像是一场旧梦,被花叶蓬勃的深春唤醒。也许是我习惯在写作中触及一些被尘世掩盖的人和事,好用文字化作内心的轻语,打回时光的原点。正是如此,这些值得珍惜的人和事便成就了我丰富多彩的人生,成为迎战生活磨难的力量源泉。

第六辑　历史之间的对话

历史之间的对话
——评刘统《火种》的主题思想和语言特色

读刘统的作品,我是郑重而严肃的。我拿到《火种》,一下子为书籍装帧之精美所吸引。书名采用毛泽东手写体,就如同透过蓝天红日,你会感受到燎原之势革命"火种"的力量。乳白色的封底上,淡红色的人民英雄纪念碑庄严典雅。这部作品给我最初的感觉,就如同站在历史现场,感同身受地还原当年的场景。该作品以古田会议为背景,深刻揭示了在中国革命斗争的实践中,以毛泽东为代表的中国共产党人,自觉地把马克思列宁主义基本原理同中国革命战争的具体实践相结合,探索出了一条真正适合中国实际情况的、引领中国革命走向成功的光辉道路。

这部洋洋四十万字的新著,作者倾其全力抓住了溯源党史、新中国史、社会主义发展史,再现波澜壮阔的革命画卷。它以1921年7月中国共产党成立为核心,交织了张之洞的君主立宪、五大臣出洋考察立宪、废科举办新学、小站练兵等新政。刺客与暗杀、连续的战败、割地赔款,国家和民族危机日益深重,这一切使爱国人士极为焦虑和悲愤。革命党人纷纷奋起,他们深刻认识到:只有彻底推翻清王朝,才能救中国。然而,由于中国知识分子和民族资产阶级的软弱,内部纷争不断,龃龉和内斗消耗了革命斗志,加之主张立宪保皇等立场严重误导了人们的思想,终使共和梦碎,革命成果旁落。中国究竟向何处去?爱国的志士仁人又开始了新的道路探索和寻找,这给新思想、新文化的产生提供了一个难得的宽松环境,于是一批新报刊如雨后春笋般产生。其中,陈独秀主编的《新青年》的出版,预示一个新文化时代的来临。陈独秀以文会友,结识了包括党的奠基人之一李大钊在内的一大批新文化运动的先驱者。陈独秀认为,中国革命必须"从思想革命开始",首先"要革中国人思想的命"。《新青年》展开的反封建斗争,引起广大青年的共鸣,引导他们成为反封建的斗士。人们的爱国热情空前高涨,越来越多的人开始思考国家与民族的命运,他们认为,要改变中国黑暗、落后的面貌,必须有一条正确的道路、正确的思想,就是"主义"。于是,就有了李大钊《我的马克思主义观》全面系统地介绍了马克思主义。这篇专著在《新青年》上发表,是马克思主义在中国传播的一个标志,并产生了广泛的社会影响。受李大钊、陈独秀等影响,毛泽东在《湘江评论》发表最著名的《民众的大联合》,充分表达了他的政治理念和改革思想,提出了马克思主义和无政府主义,鼓励广大穷苦大众也行动起来,掀起一场人民的革命。这篇文章显示了他"指点江山,激扬文字的魄力"。受到革命先驱者李大钊、陈独秀、蔡和森的影响,毛泽东终于表达了他对马克思主义、共产主义的信仰。毛泽东作为中国共产党的创建者之一,带领工农大众发动武装斗争,彻底改变了中国的命运。事实证明,以北大为中心,在全国范围内逐渐展开的新文化运动,为五四运动奠定了坚实的基础。十月革命一声炮响,为中国送来了马克思主义……书中所列的材料不可谓不翔实,人物事件不可谓不生动,言之凿凿,中肯有力。但对于重大题材来说,它仍显粗疏简略,因为它的每个分支都可延伸出一个又一个四十万字的专著,好在这些分支虽然点到即止,却也神采奕奕,十分典型,故而主干因此而扎实,并活力四射。

千淘万漉虽辛苦,吹尽狂沙始到金。中国共产党自诞生之日起,就一直经受着炼狱般的严酷考验。外部的一次次围追堵截,内部的一次次争斗分裂,受制于人,妥协迁就,教条盲动,烧杀暴动,还有无尽的跋涉、惊人的牺牲、大量的背叛……历经无数次生死抉择,我党终于从幼稚、盲动、冲杀、失败、彷徨中跌跌撞撞走出来,在毛泽东、朱德、周恩来等无产阶级革命家的带领下,探索出一条适合中国国情的农村包围城市、武装夺取政权的正确道路,走向成熟,走向一个个胜利。至此,新民主主义革命的火种即将照耀中国。

"寻路"是著作的亮点。《火种》作为一部具有创新性、富于时代感的历史专著,突破了传统党史、革命史著述的分期节点,而是服从于"寻路"这个创新主题,与"寻找中国复兴之路"主题相映衬。

初读《火种》,觉得文字很清淡,直至细细品读,蓦然发现,依旧平实的文字,此时却散发着一丝丝灵气,缠绕在字里行间的一幅幅历史册页以点带面地展现出20世纪前三十年的风云际会。作者用有温度、沾泥土、带露珠的故事,讲活党的创业之艰辛与革命新征程的来之不易及其取得的辉煌成就。恍然间,读者成了文字的主角,每一个字节都在轻抚你的神经。而令我折服的倒不是其立论与观点有多么新鲜、多么深刻,而是作者对原始史料的爬梳剔抉。

《火种》是一部文笔流畅、叙事风格独树一帜的著作。综观全文,作者文字饱含深情,甚是精练。如《写在前面的话》第八段第一句话:中国共产党不是凭空产生的,这是一个"寻路"的过程。寥寥数语,却引出后文关键线索。写作者都知道,越是耳熟能详的题材就越不好写,而作者独特的视角,以事件和人物为线索,"注重第一手资料,追求原始版本""不但要读档案和原始资料,还要实地考察",将过往与现实联结,融入历史、文化、人文、人性。作者善于叙事,他历史的语境、殷殷的人性关怀,将反思隐藏在文字背后,使得作品雅致高远、思想深邃。

历史如同一列奔腾向前的火车,途中不断有人上车有人下车。作者以史为主、评述次之的创作手法,令读者在阅读丰富的史实后自我感同,具有直指人心的作用。

"寻路"或许就是《火种》留给我的深刻的印象。跨越时空,那些近代史上中国共产党的先驱的思想和心路历程,那些红色的故事、生命的赞歌回荡在大江南北、长城内外,余音绕梁。

一心向党写华章

一名以笔立身的新闻工作者,脚下的泥土有多厚,写作的积累就有多厚。只有胸怀崇敬之情,才会有汩汩不断的对党对人民对国家的赤子之情并凝聚笔端,去点亮理想信念的明灯,把对党绝对忠诚铸入灵魂,用心用情专注于走田埂、坐床头、接地气、访民情的采访调研,书写无愧于时代的沾泥土、带露珠、冒热气的精品佳作。十年里,我几乎访遍了中国共产党各个重大历史节点事件发生地,以散文、诗歌和影像等形式,与先辈们对话。每当与这些特殊景物同频共振时,我的精神世界就会产生新的升华,就会萌生写作热情,强化赓续红色血脉的信念。

从石库门到天安门,从兴业路到复兴路,以李大钊、陈独秀为代表的一代又一代共产党人前仆后继、浴血奋战,带领国人筚路蓝缕、披荆斩棘,实现了民族独立、人民解放、国家富强,迎来了如今来之不易的幸福生活。百年恰似风华正茂,1921年7月,在上海藤蔓青青的石库门内,十三名平均年龄二十八岁的中共一大代表正酝酿"开天辟地的大事"。会议被迫中断,继而转移到嘉兴南湖一叶小船上,继续发出铿锵有力的声音:"中国共产党万岁!"在距离中共一大地址七公里处,陈延年、陈乔年两位年轻的革命者长眠于此,他们赤诚初心穿越时空;在山西王家峪八路军总部,一个土炕、一张桌子、两三把椅子,这是朱德等无产阶级革命家旧居内的主要陈设,每件物品都刻满沧桑,并赋予灵魂。战火硝烟早已消散在历史的长河中,但在国家和民族处于生死存亡之时,党领导太行山军民不畏艰险,浴血奋战凝聚的伟大民族精神,在这里薪火相传。在安徽六安独山,我走进六霍起义的"心脏",在起义陈列馆,无论是投影泥塑,还是实物展览,或是文物介绍,无数革命志士为民族解放和国家富强而英勇顽强地战斗,直到流尽最后一滴血,永远长眠在这片热土上。在井冈山黄洋界上极目远眺,遥想当年,毛泽东引兵抵达井冈山茨坪,创建第一个农村革命根据地,井冈山逶迤五百里,红旗一展乾坤赤。在先辈们曾经战斗过的地方一路探访、回望,体悟那段艰苦卓绝、荡气回肠的红色岁月。一座山,辉耀历史,井冈山精神,光耀未来。站在黄土高坡上,开阔宏伟,历史扑面而来。红军到达陕北后,瓦窑堡会议、抗日军政大学成立、中央大礼堂七大会议……曾经书本上的历史在这里有了鲜活的感受。一间间窑洞、一张张照片都在诉说着革命者当年艰苦的革命生活。岁月悠长,但我们从未忘记他们的付出,杨家岭作为历史的见证,依然伫立在苍松翠柏中,延安精神永远引领着中国革命前进的方向。

　　曾有人问我,用这么长时间跋山涉水,亲近红色圣地,意义何在?我说,亲身经历穿越时空,就是为了汲取信仰的力量,进一步知史爱党、知史爱国、知史明责。我用脚步丈量大地,就是为了感受党为人民谋幸福的红色情怀,铭记那些壮怀激烈、惊天动地的革命历史。

　　让我印象特别深刻的是,2006年在纪念红军长征胜利七十周年之际,我与五位同行第一次重走长征路。当走到红军第一渡贵州皎平渡时,要翻山赶赴对面彝海,雨天路滑,车行半程抛锚,开始倒溜,眼看就要坠入悬崖,幸好一块石头阻住了。谁知车子刚脱离险境,后方出现塌方,巨大的石块挡住了退路,所幸又逃过一劫。行进中忽然前方又落下大量巨石,仅一步之遥,这些石块就砸在车上。想象当年红军长征环境与条件异常艰险,那真是九死一生。如果没有走过,很难走近他们,别说理解这段光辉的历史。当历史的轨迹与自己的足迹相遇时,才能迸发创作的火花。

笔耕当随时代。正是一次次超近距离考察每一个场景,让我血脉偾张。正所谓思想就是力量,我以我笔记录真情实感,更是用深厚而独特的情感讴歌披荆斩棘、波澜壮阔的百年征程。追寻那用血肉书写的历史,我先后创作《群雕》《雪中情》《淮河印象》《在红旗漫卷的地方》《历史之间的对话》《遥望那片山影》等几十篇不同体裁的文学作品。譬如,我曾专门实地走访毛泽东撰写《星星之火,可以燎原》的上杭古田赖坊村协成书店,在偏僻小村思考中国革命的大问题,对毛泽东的雄才大略有了更加深入的了解。这些都是书斋写作不能达到的。譬如,1929年6月,在红四军党的代表大会上,毛泽东失去总前委书记职务,他离开红四军,去闽西根据地,其间患疟疾病倒,到一个叫苏家坡的村庄休养,他化名"杨先生",房间阴暗低矮,一床一灯一砚,不但没有警卫员,连一支枪都没有。敌人来了怎么办?毛泽东在后山发现一个岩洞,白天在洞中读书思考,黄昏时确信村中无事,才返回阁楼休息。其实,这个地方离古田只有十公里,古田后来修得很隆重,而苏家坡遗址只有一块牌子,只有到过那里,才能感受档案里没有的滋味。再譬如,在采访李大钊之孙李宏塔时,他阁楼上悬挂着李大钊和夫人赵纫兰的画像,两边是李大钊先生唯一留存的对联"铁肩担道义,妙手著文章"。李宏塔说,这副对联是他祖父一生的真实写照。没有光环,只有责任。这个传家宝,可以理解为我们的家训——敢担当、善作为,啥都做得好。如果不是实地走访,一些语言是档案中无法寻觅的。

十年一行一笔,过往今朝。从党史中重温永不忘却的初心,感悟历久弥新的精神。今日中国,已处于民族复兴的关键时期,国人信心坚定。而在向此目标迈进的征程中,闪耀的是中国共产党播下的火种,回荡的是中国共产党人的铿锵足音。我们更应该心无旁骛地创作红色中国的精品力作,全身心投入讴歌时代巨变、人民幸福生活中去,一心向党写华章。

在红旗漫卷的地方

在中国共产党成立九十七周年之际,我们一行十三人,开展了一次红色瞻仰暨主题党日活动,重温党史,坚定理想信念。我们坐二十六分钟高铁到六安,再驱车四十公里进入久负盛名的红色小镇——六安市独山镇。耳边响起《八月桂花遍地开》这首耳熟能详的名曲,"八月桂花遍地开,鲜红的旗帜竖啊竖起来,张灯又结彩呀,张灯又结彩呀,光辉灿烂闪出新世界"。随着这歌声,车窗外盈满眼帘的是绵延青翠的山峦、广袤开阔的丘陵。

沿着历史的脚步,我们行走在六安这座历史悠久的红色小镇境内。这里是1929年六霍起义的"心脏"。六霍起义是继黄麻起义、商南起义后规模更大的一次农民起义,它为创建鄂豫皖革命根据地立下鼎足之功。

在敬畏这片红色土地之时,我的脑海中时时浮现出许继慎、周狷之等英烈的光辉形象,他们的英雄壮举仿佛就在眼前。

独山,一个风景如画的地方。九十多年前,这里是红色革命的策源地。1930年9月至12月,国民党反动派对苏区进行疯狂反扑,大肆屠杀中共党员、革命干部六千多人,六安三区纵横几十里成为"无人区"。革命者的鲜血让青山垂泪,河流哽咽。

先烈们的骨肉消失了,仅剩下名字,被深深地刻在石碑上。然而,在他们名字的背后,却承载着中华民族前行的责任和担当。

在六霍起义陈列馆,无论是投影泥塑,还是实物展览,或是文字介绍,都呈现着无数革命志士为了民族解放和国家富强而英勇顽强地战斗着,直到流尽最后一滴血,永远长眠在这片热土上。一幅幅图画,一件件实物,深深地震撼着我们的心扉。

关于他们的身世,我们无法知道更多。他们用年轻的生命诠释他们的英勇。

1930年,独山暴动胜利引起国民党和地方敌对势力的极大恐惧,国民党六安驻军纠集地方武装,以十倍于我的兵力进行疯狂反扑,新生的革命政权和工农武装誓死捍卫革命成果,一大批革命干部和无辜群众遭遇惨绝人寰的折磨和屠杀。9月21日,六安中心县委常委、宣传部长兼前方办事处主任、独山暴动主要领导者周狷之因叛徒出卖被捕,临刑前告慰老母:"共产党人像巴根草,节节生根,斩不尽,杀不绝。国民党斩了我这一节,其他节照样生根!将来的胜利一定属于我们的!"

周狷之拖着沉重的脚镣蹒跚地走向刑场,走向他生命的尽头。面对刽子手的屠刀,他神态从容,大义凛然,大声朗诵"头颅抛千斛,风雨撼孤舟;宁为革命死,不做阶下囚"。

赤卫队员李厚祥和两个儿子随红军西撤后,民团把其妻窦氏和另两个儿子抓走,先用冻、饿折磨母子,后挖坑要将他们推下,窦氏大声吼道:"不要碰我,我自己跳下去……"毅然挽起孩子跳下。当不满三岁的孩子哭喊着:"妈妈,沙子眯我眼睛了……"母亲强忍悲痛安慰道:"眼睛闭一会儿就好了。"一家三口大年三十晚被活埋。革命烈士惊天地泣鬼神、视死如归的英雄气概一一浮现在眼前,他们的鲜血染红了独山上的苍松翠柏。当我们在纪念碑前摆放鲜花,有力地举起右手,重温入党誓词时,希望英烈们那些被太阳晒得黧黑的面孔在那一刻重新浮现,与我们促膝而谈。此刻,我的心灵再一次受到洗礼、净化,我的信念将坚如磐石。

　　初伏的独山,阳光妩媚。六霍起义纪念园,显得格外庄严肃穆。拾阶而上,抬头仰望高耸的纪念碑,我仿佛穿越时空,回到艰苦卓绝的岁月,回到硝烟弥漫的战场。

　　站在碑前,我感觉他们的生命与我们的生命存在着一种通道,一如树下的根系,在大地的深处隐秘地相连。我知道,纵然相隔遥远,我一定还会来瞻仰,因为我们生命的一部分在这里,有他们,我们的生命才称得上完整。

　　六霍起义纪念园证实了六霍起义打响了安徽武装革命第一枪,证实了组建工农红军第十一军三十三师,证实了组建第一个工农民主政权——三区工农革命委员会,证实了独山为中国革命和民族解放事业做出了巨大牺牲。土地革命战争时期,这块弹丸之地,六千多人参加红军。新中国成立后,被追认为革命烈士的有五百三十多人,授予少将军衔的有十六人,少校、大校军衔有三十多人。

　　那直指苍穹的二十一米纪念碑,接通了九十年前腥风血雨的根脉,思接英烈千载回家的梦。我终于和先烈们对上了话。他们的骨肉,他们的呼吸,他们的芳香,就在这阔绰的空间氤氲不散,后人慎终追远,找到先辈的丝丝缕缕,缅怀他们在这片土地上生生不息的壮烈故事。

　　山川自古雄图在,千年故土血染成。不懂历史的人没有根,淡忘历史的民族没有魂。

纪念碑的铭文上,印满了天南地北瞻仰者的手印,谁能阻止、谁能阻拦离散多年的亲人泪眼相看、执手抚摸呢?镇里一些上了年纪的人,更是终日不回家,时不时给后生们讲一讲先烈们的英勇事迹。

英雄情怀令人感动,红军精神永放光芒。在独山,我感受到红土地的脉搏还在激烈地跳跃,看到新农村建设正如火如荼、有声有色地展开着。

近年来,独山结合自身优势,大力发展生态观光休闲农业,每年夏季都是茶果飘香的日子。独山是六安瓜片的原产地,原生态无污染的农产品,吸引了苏浙沪游客前来采摘。一年一度的茶叶旅游文化节已经成为独山的一块金字招牌。

是的,独山踏着革命先辈的足迹,正以跨越式的建设步伐前进,它们正像革命遗址一样,见证着这块土地鲜红的颜色。

旧的与新的

在售楼部微缩模型前,想象着城市在极具膨胀,即便是百米冲刺者,也无法跟上时代前行的步伐。

附近一带的别墅区簇新而奢华,一栋栋如春笋拔节,从新区悄然冒出。我驾车漫无目的地游荡在城市一隅,一条小河,把城市发达的触角耒然斩断。

路边隆起的山坡给了我舒展视线的方向,下面是一抹由芭蕉、香樟和竹子构成的林带,疏密错落,让人感到一种寂静的喧哗。站在高处,看万顷绿叶,深浅高低,一浪一浪地缓缓地向远处翻卷。楼群在百米之外继续向前,奔跑成一座没有边际的城市。

童年留给我的印象,永远是屋檐上滴漏一样的水珠。自打我记事起,我家生活都是困难的。没米下锅的时候,母亲从早饭中好不容易捞几勺粥盛入瓦罐,再塞进锅洞里烘焙,揭开盖,米饭的醇香是如此汹涌,在我的五脏六腑里冲撞,搅缠出从未有过的饿与馋,可"干货"是为下地干活的父亲特别准备的。

多少年过去了,我经常回忆童年,一下笔就是童年的那个依山傍水的小村落。我家的房子由茅草铺就,短檐、低矮、泥土夯实、小窗、板门。父母言,那三间茅屋还是他们下放回乡,靠政府安家费盖起的。每到夏天,一旦狂风暴雨,屋内筛子般滴滴答答,满眼都是锅碗瓢盆,满耳都是丁零当啷的滴水声。一豆灯光,流动的阴影,一颗恍惚的心。我望着窗外,天空深处闪烁着绿星的微芒。到处是流水和瑟瑟作响的禾苗,内心便觉孤独袭来,蜷缩在被子里,如瑟瑟发抖的小动物。此刻,家的气氛格外凝重,父母间相互埋怨,以致演变成一场没有硝烟的冷战。最小的妹妹悄悄拽母亲的衣角:"妈,我饿,我饿……"望着可怜兮兮的三兄妹,母亲抹一抹泪,点燃灶火,熊熊的火焰通透了灶间,通透了三张稚嫩白皙得没有血丝的脸。一会儿工夫,香喷喷的饭菜让我们顿时忘了刚才的不快,堂屋里又响起我们伫的打闹声。

冬季的皖中,雪花无涯,我的房间俨然成了家庭仓库,房顶密匝的芦苇,屋角是筒形竹编粮仓,一张木床紧倚其边,若不是蚊帐隔出一块天地,我的脚就可以够得着了。晚上只要灯一灭,老鼠开始登堂入室,沿房梁上蹿下跳,开始大肆掠夺粮食。有时候还会咬我的脚趾,吓得我点亮油灯,一宿坐在床上,一刻不停地盯着房梁。母亲在唠叨着,她惋惜那一盏灯油的价值。那一刻,我多么希望卖火柴的小女孩划亮手中的火焰,一瞬间,整个世界天光大亮,温暖我的茅屋。这些感觉后来被我还原在散文中。我甚至幼稚地认为,那些淳朴的事物一旦被记录,就会永远地存在。如果用心去嗅,还有深刻的冷、苦、苍茫渗入我的血液,不可更改地与生命一同生长。

只是这些破败的低矮的老屋,是我童年的胞衣之地。紧跟着村前村后的树下、房舍四周,白色的野杏花也开了,开得格外惆怅、黯然。那儿有我的竹林、池塘、河流、田园、飞鸟和七星瓢虫,带给我来自岁月深处的温情。

工作像个自由的鸟窠,而我一度钟情的老屋已经像一丛荆棘。二十年后的某个仲夏,带着一纸调函的我,来到离家两公里的区委上班,手头宽裕时,想到家里的房子该翻新了,便与父母商量。"难得你有这份孝心,盖房子要花大价钱的,眼下你还没那么大的经济实力。"父亲言语虽轻,却重重地砸在我心口。茫然不知所措、无语,这些名词构成我与父母的对白。我夺路而跑,被一种莫名的伤感和羞愧笼罩了整整两年。

当老房宅基上立起一幢红砖青瓦的新房,终于告别了"茅屋被秋风所破"的窘境、焦虑和无奈时,父母终于露出久违的笑容。二弟也开始入职,全家的日子逐渐好了起来。

彻底离开故乡,已经是很多年之前的事了。

那是一个炎热的七月,太阳还是那么灼热,水田冒着蒸腾的白雾。父母掐着立秋前忙抢收抢种,我却捏着一张车票,我是不是不该此刻离开?因为,"双抢"多么需要我帮衬。

我站在打谷场,午后的晴空阳光毒辣,老槐树上的知了在倾诉衷肠,田野里的蚂蚱不停地振羽,麻雀在金黄滚烫的稻穗间叽叽喳喳地跳跃啄食。我汗流浃背,听着鸟语,感到从未有过的孤单,遥望阳光下的家,我知道,这一切并不是为了安慰我而实际存在的。更确切地说,它作为告别贫困的一个标记,永远提醒我人生所有的明媚都是为了明天那一刻而燃烧。

令我后悔莫及的是,老房子二十年前卖给了一位远房亲戚,我和父母偶尔回去瞅瞅。过道里堆放着各种杂物和残损的家具。从窗外和门洞照射进来一缕紫褐的阳光,绕着母亲翕动的唇舌。门上的红色对联开始发白。白乎乎的炊烟罩住一个隐匿不见、矮小的老妇人,诚惶诚恐,步履零碎,脸上却有时光倾泻残存的皱褶,她说话嗡嗡的声息就是生活和劳作的最后纪念。而房子多像温柔可人的"姑娘"某一天被这妇人不打招呼抱走了似的。

那房子是我们家留在村子里的唯一脐带,如今却构成我的暗影或悲伤。

我记得梭罗在《瓦尔登湖》中写道:"很久以前我丢失了一头猎犬、一匹栗马和一只斑鸠,至今我还在追踪它们。我对许多旅客描述它们的情况、追踪以及它们会响应怎样的叫唤……每个人都会在自己遗失的猎犬、栗色马和斑鸠。有的人一辈子都在找,有的人无动于衷。"

有人曾就此问过梭罗,"失去的"到底是指什么。梭罗反问道:那么你没有失去过吗?

落日挂在山坡和邈远的树梢上,我喜欢记忆存留在想象中,老屋的房梁、青瓦、灶房、油灯、石磨、猪圈、草垛。就这样,在不知不觉中,老房子的时光像流水一次次无声漫过我的脚背,漫过我的心灵,润泽了我遥远而逼近的渴望。

瞧我,只要说起小时候的事,总是那样兴致勃勃。米兰·昆德拉曾说:"人的一生注定扎根于童年和少年中。"因此,少年的故事总是生动而无限美好,乃至贫穷、饥饿、懵懂无知,都成为后天不断自我回忆向人诉说的情怀。

在如今省城我的二百平米洁净宽敞的空间,新铺了桧木地板,裁切下来的混凝土水泥板被插入玄关墙上,成为错落有致的景观墙。我常为自己的"安全岛"添置物件,每件器物都将成为生命的一部分,门外的一切都可视为"世界以外"。

对大多数人而言,房子是生命栖息之所,它证明我们在这个世界上安身立命,证明一切存在、一种尊严。人赤条条地来到世上,要天天向上,活着太不容易,所以需要庇护,需要支撑,需要包裹。房子,对抗着一切外来因素,是自己的地盘,是遮羞布,是母体。

对我而言,贵贱无从选择它的出生之路。人入中年,"新"却不再成为最高美学,"旧"倒焕发出亲切的吸引。而房子,便是可以推倒与重建的载体,除了安身,还是重生,是希望,是所有人的诗与远方。

空闲时,我经常徒步去大蜀山、植物园,甚至到郊区农家小住。看看山场植被、土路塘堰、红墙青瓦,不管别人怎么看,我觉得乡村风情是城市无法生长的最后诗意。

去久居的老宅,有了与人处处相通的气场,在时光的作用下,与人产生了交融,像植物的根深扎泥土。它和这个家庭成员的灰尘、汗渍乃至眼泪等都发生化合反应,有了包浆,这温存的旧气,使"房"成为"家"。

怅然之余,我终于有悟:时光如白驹过隙,老屋依然是旧模样。都市人在追求现代舒适的生活中,蓦然回首,都努力把乡村的印象停留在脑海中,久久不能忘却。其实,你儿时生活的地方,已经融入你的血液,心中不带一丝杂糅,你怀念的并不是老屋,只是在这儿逝去的时光,包括以往的背景、人物和空气。

与此同时,无论我们走得多远,我们的身上都有着老房子的印记,此后,我们又把新的事物或新的文化带回到乡土来。

旧与新,既存在于当代的叙者之中,更存在于失曹河两岸及它的倒影之中。正因为有永在的旧,才会历久弥新。这有着无数往事的老屋,于我的感觉却是如此之新。相对于满眼的高楼大厦,相对于嘈杂的现代文明,旧的、松散的、缓慢的,虽久而不生厌,久思而每有所得。

是的,时代在变,生活在变,这世界没有什么是永恒的、不变的。但是为什么很多人与我一样,挥之不去的记忆中总有那么多对过往的不舍呢?

在我的追怀中,很多老东西几近消失,至于故乡始终陪伴着的黄陂湖、旱涝相依的失曹河,还有晨曦铺洒在它上面的波光,我想该不会也消失了吧!

合肥之郢

"郢"是一个有着青灯黄卷气息的名字,带着浓郁的古典味。城市不断扩张,清冷的郊野已成喧嚣的市景,但在流光溢彩的楼宇间,唐郢、李郢、张小郢、王大郢、舒大郢、贾大郢、横郢等众多的公交地铁站名,照旧把一拨又一拨旅人带到向往的目的地。

楚人于"郢",始终怀有一份独特的情感。郢,楚都。公元前223年,秦亡楚。楚人留恋风物,凡立身之处,均用国都取名为郢,以祭故国,沿袭至今。

"郢"历经两千多年而未消弭,恰恰印证了楚国强大的开放性和凝聚力,在横跨长江南北、大别山东西的广袤区域,一个具有强烈本土意识和民族意识的标志性符号顽强地存在着。我觉得,"郢"过于书卷,一如民国淑女,秀外慧中,本不宜与"村""圩""营"联袂。只是"郢"具有极大的包容性,不分南北,不问东西,只有里与外,只有同和不同的磨合。

其实,"郢"最早见于《史记·楚世家》:"楚考烈王二十二年,与诸侯共伐秦,不利而去,楚东徙都寿春,命曰郢。"寿春即寿县。屈原在《九章·哀郢》中有"发郢都而去闾兮,荒忽其焉极"。秦将白起一举攻破楚国都郢,悲愤交加的三闾大夫,面对国破家亡,怀石自沉于汨罗江,以身殉国。伟大的爱国诗人铁骨铮铮,视死如归。

"郢"犹如播撒在秋后的种子,开放在东去的乡野,开放在我的生命中……

我思忖,合肥两千多"郢",难不成都是楚先人背井离乡逃难所为? 即使回到八十年前的那个县城般大小的合肥,村与街泾渭分明,我总是错过郢在我心中至高的地位。我多么希望凌厉的风和街面的灯光在头涔涔、泪潸潸的幕布上铺开。

说是某某郢,其实,如今只是我诗意的想象而已,在这个被称为"中国霸都"的城市,郢星罗棋布盘织于其间,时光的印记宽阔而绵长,岁月的影子温软而亲密。城中村已不能生长,郢仅仅成为简单的地名罢了。但在我的眼里,苍穹下,那分明就是楚国子民人影绰绰,此时,我分明能够嗅到"郢"的子民们在开疆辟土与恢宏气势间的气味。儿时,这里广袤又荒凉,残缺的瓦片无人理会,黄土夯实的城墙千疮百孔,风蚀之痕随处可见。他们一如凝固了生命之于生命的片段,露宿街头无处藏身,一切都悄然无声。我的身体开始膨胀,我在偌大的楚地找到了"郢"的子民们最终落脚的地方,他们依然保持对"郢"的肃穆和庄严。他们决绝地将一份爱国之心横陈在我的脚下,它一定是在守着一份秘密盟约——此情此景,怎不令人伤心和怜惜?

在蚌埠市博物馆内,收藏着作为陪葬品的郢爯(chēng),楚国金币—— 爯金,一种扁平钤印的黄金小方块,钤印有"郢爯"等字样。爯金在铸造时都是整版浇铸,金版浇铸成型尚未冷却之际,由铸工手持铜铸的"郢爯"印戳,用小锤子打印在顶端,一个印一个印地钤打在郢爯金版的正面,将金版正面打满印记,这块金币就合乎法定标准可以公开使用了。金币的流通使用,透露出楚的货币体系更为成熟,形制更为丰富,文化特色更为鲜明,社会阶层更为凸显,也透露出楚人对市场流通的重视,即使离开人世,也希望能够将它们带到另一个世界去,继续使用它,拥有它。他们难以割舍的,不仅仅是弄金带来的欢愉,还有一种信仰和梦想。至今,本地人在死者出殡时,礼俗上还保持一份对先人的无上尊重,撒一路纸钱,敲敲打打,送亡灵西去。下葬时,棺四角垫上一叠硬币,昭示着后人官运亨通,财源流长。

这是缅怀,是追忆,还是思考?站在任意角度去解读昨日的楚郢,以情怀之遇俯视苍生,优美的"郢"在城市的任何一角。

五年前,我曾陪学兄沿徽州大道由北向南,寻访母校诞生地。说来多亏路旁石碑上刚劲飘逸的贾小郢熠熠生辉。想必这个标志经历了风雨经年的扑打和人为的呵护吧,碑角有面盆大的凹坑,显然遭遇外力摧残过。基座四周茅草齐腰,只剩一副孤零零的骨骼,突兀在城市的喧嚣中。

世界之大,物种之多,谁能预料今生今世还能与那被摧残的石碑邂逅呢?然而,就是这块指示牌才使我怦然心动。

其实,这儿已变成另一所高校的领地,就是在这里,我与城南旅社相遇的。它立在一片杂草丛生的废墟之上,几台挖掘机正在坍塌的瓦砾中忙碌着,可以想见,不用多久这儿将是另一番天地。

当初这块石碑是怎么来到这里的,又是谁亲手竖起的,现在没人能说清楚。我寻思,当时它也仅仅是个村庄的招牌,没什么特别的寓意。这是再简单不过的常识,立牌的人们是懂的。但是,他不知道的是,他竖起的不仅是一块碑,更是一方地域文化。

"鄀"的古老地名,传承、沿袭了楚文化的脉络,足见那些立碑人对历史文化的热爱和尊重。是的,除了热爱与尊重,我找不出更有说服力的理由。

伫立在具有强烈标志性的符号下,面对古人留下的文化遗产,我想,即使我们无法把握历史的脉络,但就如那些竖碑的人们,尊重历史总该是可取的。

迎生

母亲在厢房里缝被子，我在读帕斯捷尔纳克的小说《日瓦戈医生》。当读到书中那位沉默寡言的妇科专家时，我联想起母亲三十年前新法接生的事儿，恍如昨天。

那时，母亲从城里下放回乡，跟着程先生学当赤脚医生，后来又术业有专攻，做了新法接生的助产士。记忆中，母亲穿起白大褂在区医院培训，不到十天，就在妇科产房形成一个专属于自己的小"气场"，处理问题来得心应手。当时我正在镇中读初一，让我记忆最深的是饥饿，时不时去蹭饭，母亲总是把碗中的肉丁、油渣都给我，每次我都是狼吞虎咽的，母亲带着一股难以言喻的忧伤躲在屋角。

回到村里，母亲背起红十字保健箱，走村串户，施以新法。接生是喜事，母亲和要生的女人都带着兴奋苦熬着。她接生的小孩，许多现已是不惑之年。

母亲助产护幼、有求必应、乐善好施的敬业精神打动了我，这种精神的教化暗合了我的童年记忆。

在家中，我总是有意无意找些父母感兴趣的话题，比如庐铜铁路经过家乡征收土地、种粮大户租赁耕地、村两委换届、某人有意侵占别人几分耕地、父亲优抚款今年加了六百元等，话匣子打开,老人会滔滔不绝。而我听到和想到的,令我迫切地想要记录母亲安胎救产、送子保生、深得百姓爱戴的那份真实的欣喜。

那些年,母亲总是沉默着,几乎把所有的光阴都交付给了新法接生。现在,我的眼前常会浮现母亲接生的图景。她穿行于凝结露珠的羊肠小道,两只裤脚被打湿了,勒在皮肤上发出摩擦声,藏于树林和草丛里的鹧鸪、山雀、斑鸠、青丝鸟在这时亮起歌喉,以颇有仪式感的阵势欢迎母亲。

印象最深的是那年冬天,寒风裹挟着雪花,覆盖着冰冻的大地。隔壁村的二大爷半夜三更来敲门,"谁哟?""刘湾的卢胖子。我老婆叫着肚子疼,估计要生了,请您去瞧瞧!"母亲二话没说,背起保健箱就走。

这女人一连两天没生,母亲困极了,就倚在桌边打了一会儿盹。

母亲的眼神很专注,她看孕妇,就像在注视一个个可爱的宝宝。她用听诊器耐心地检查胎儿的心肺功能,辅导孕妇产前注意事项,生产时要克服恐惧心理,配合接生,给胎儿打开通道,让他在母体里充分释放,像花朵、像果实,瓜熟蒂落。她会轻轻地对产妇说:"不要怕,不要紧张,宝宝就要和你见面了,放松些,深呼吸,欢迎宝宝的到来。"

母亲就是这样穿梭在家与产妇之间。早晨的第一缕阳光穿越树梢斜射过来,把母亲笼罩在光照里。母亲,便成了阡陌田埂和山谷里的主角,产妇是她的舞台,产妇痛苦的呻吟和家人焦虑的询问是她的伴奏,保健箱是她的粉丝。母亲从来不懂得表演,她就那样真诚地和新生儿对话。

母亲的双手让多少母子平安相见,三十多年从未发生一例事故。接生,使他们相识相知,周边的人不由得对她多了几分尊敬。

在三十年前的曹河村,母亲的影响力毋庸置疑。母亲秉持着"广施福泽,方有大德"的大道,这源于母亲慈悲为怀、乐善好施的个体行为,不具有公共性,也无可分享。但母亲真正做到了为繁衍生息而坚守,为众生操劳而快乐。母亲曾当选两届县人大代表,见过高天旷世的大世面,历任三十年的妇联主任,但母亲从不攀高弃低,从不喜大忘小,相反,她总是牵挂弱小,在那儿汇聚她最多最深刻的情感。

那些年,我家从未有过清静的日子。母亲接生的名气越来越大,甚至周边几个村都慕名而来。到底迎生了多少新生儿,怕是母亲自己都数不清了。

如今,母亲老了,头发几乎全白,背也有些驼了,那专注的眼睛也常借助老花镜,不同的是,她手里拿的是锅碗菜蔬、针头线脑、手机报纸……

几十年里,母亲的眼睛关注着产妇的产期和痛点,她用双手重复着一些固定的程序和动作,交流、听诊、扩张、宫缩、引导等。她就是一个接生"匠",她就是这样,她总是这样,接生了一个又一个胎儿,确保一对又一对母子平安。

就这样,她的腰渐渐越来越僵硬,以至于弯下去半天不能复原。一种职业就这样为一个人的身体和她的一辈子确定了弧度。蓦然间,我心头涌上一股莫名的滋味。

忽然想起李商隐的"如何四纪为天下"这句诗,随即联想自己,已是过了"五纪"之人,还有母亲可侍奉,很感恩。

至今仍记得母亲当年为了让我们兄妹三人补充营养,用山芋粉搅和成糊，摊成铜钱厚的薄饼，再切成条状，下入滚开的水中，加上盐和小葱，那股淡淡的香味怎能不使味蕾大开？在那个食物匮乏的年代，我家的饭桌上因为有了山芋粉条而显得格外优渥，而这，全依仗母亲的创造力。

我久久地凝视着母亲，心陡然难过起来，一种职业，可以让一个人在层出不穷、络绎不绝的生命的降生中度过一生，这世界纵有万般美景，但日复一日，她的眼睛只能审视那些即将临产的身体。就是因为有母亲这样的手和眼睛，我们的手和眼睛才能获得更多的自由和美感，去登高望远，享受幸福生活。熟视无睹的过往，业已远逝，突然被想起，反而由此而鲜活起来。

母亲迎生的那段经历，那挥之不去的、标签一样的记号，像一道灵光，照亮我封存已久的仓储。这远去的记忆，让我怀念少年的青春岁月，它因苦涩而甘美，因忧伤而怀念。

禹物志

一

儿时，我读《晏子使楚》"橘生淮南则为橘，生于淮北则为枳"。我一直期盼有朝一日亲临其境。动车由合肥向北，过淮水途中，苍茫云海间的荆涂两山，大片青绿染印斑驳的明黄，像极了黄宾虹的山水画卷，更似流动的微风疏雨。路旁的淮水雄浑静寂，透露着一种浑厚壮美，直指心底的苍凉。

站在涂山双墩村北南眺，我看见禹王导淮、涂山会盟、划定九州，为夏王朝开阔的宇宙意识所打动。

天地有大美而不言。假若没有大禹导淮、会诸侯于涂山，娶涂山氏生启，无论如何淮水的先天禀赋都要弱于强悍的黄河吧！"铜瓦厢""花园口"这两方给淮水带来旷世灾难的痛点，也成就了你导淮伟业，功垂不朽。如若不然，何来淮水之畔的老庄和《淮南子》闪烁着先贤圣哲的光芒？又何谈"走千走万，不如淮河两岸"的永久之美？

最先吸引我的是天地分界线下，荆涂逶迤起伏，似两群奔马，荆峰向右，涂峰在左，中间让出一条林河横流而过。视野之下,两岸纵横交错的,都是五千年被自然做旧包浆的地名,它们很不起眼,很容易被时尚忽视。桐柏淮源,你三上导淮。顺淮流而下,淮夷归楚,黄国、息县、蒋国、"大业陂"、"芍陂"(安丰塘)、寿春等,一路走过,像是散落在大地上的古董,大巧若拙,玉在觉醒,金在葆光。如若置身远古,涡淮老子开道学之源,庄周亦薪火相传。道家以水喻理,学派纷呈。秦汉时楚汉相争,风云际会,而淮水岸边依旧熠熠生辉,仿佛这一缕缕簇新的灵气与山川旷野之气把现实升格为不朽的线条和色彩。那一刻,我多么希望穿越时空,坐在"涂山氏国"高脚屋的小马扎上,慢慢与先哲们做一次深入采访。

印象中,即使偶尔提到禹,也没有想象力作为参照物,似乎禹于我生活的这片土地,一直过于虚幻。我不清楚是我没有看到禹足迹,还是禹的足迹就在我的脚下,只是我眼拙没发现,于是让淮水涂山做大禹导淮遥远的背景。当然,禹治淮前先是驯服了黄河水患。他随身不离河图、开山斧、避水剑三宝,可惜我没有机会与之相逢。

我在大脑中搜索自己与这片土地过往的交集。四千年前大禹沿桐柏山东行,被一条扯不断的命运之绳牵引着,来到淮夷部落的涂山氏国。淮水迢递,抬首张望,涡水与淮水交汇的涂山下,浩荡的水头受困于涂山之前,淮水两岸一片泽国。禹临危受命,总结前辈治水失败的原因,决定改革治水方略,变堵截为疏导。禹翻山越岭,蹚河过川,拿着工具,从西向东,测算地形高低,树立标杆,规划水道。为打通荆涂间的峡谷,禹采用火攻,把相连的两山劈开,淮涡之水顺峡而出。《水经注·淮水》:"《郡国志》曰:平阿县有当涂山,淮出于荆山之左、当涂之右,奔流二山之间而扬涛北注也。"禹到淮水崖壁,已是衣着破烂、宿住席篷,每日手持耒锸,带头干最苦最脏的活,几年下来,腿和胳膊上的汗毛掉光,手脚掌结起厚厚的茧,躯体干枯,脸庞黧黑。看到穷人把孩子卖了,禹就把孩子赎了回来。见百姓没吃的,禹让后稷把仅有的粮食分给黎民百姓。按《史记》描述,禹治水告成之时,帝舜在祭祀仪式上,将一块黑色的玉圭赐给他,以表彰他的功绩,并向天地万民宣告天下大治。而后,又封禹为伯。万民称颂:"如果没有禹,我们早就变成鱼和鳖了。"舜称:"禹啊禹!你是我的胳膊、大腿、耳朵和眼睛。我想为民造福,你辅佐我。我想观天象,知日月星辰、作文绣服饰,你谏明我。我想听六律五声八音来治乱,宣扬五德,你帮助我。你从来不当面阿谀背后诽谤我。你以自己的真诚、德行和榜样,使朝中清正无邪。你发扬了我的圣德,功劳太大了!"我想,吃苦耐劳、身先士卒、不畏艰险、锲而不舍的忘我精神与道德和宗教的力量功不可没。这些是禹东行的舟楫,是长夜的明灯。

可以确定的是,在久远的岁月深处,禹和他的先贤圣哲们为治愈水患煞费苦心。比如《圣经》中方舟避水,他们一定从苍茫宇宙的灿烂星河参透因果、顺应天时,我坚信禹开启的不仅仅是以涂山氏国为代表的淮夷部落与夏族的融合,也是一个伟大王朝的开始。

如今,禹突兀地耸立在荆山之畔,脚踏"淮渎大神"[①],左手执掌开山斧,衣裙飘带随风舒展,飞天发髻高挑,那是他拓疆扩域的梦想。禹目光炯炯,穿云破雾,劈山裂水,"东会于泗、沂,

---

① "淮渎大神"就是被大禹降服的涡淮水神巫支祁。

东入于海"①,金光万道地俯视尘世。从此,淮水东流入海,未闻有灾。此刻,我悟出什么叫砥柱中流,什么叫擎天拔地。我去的那天,朝圣者络绎不绝,基座前的大理石台阶上摆满了圣果和姹紫嫣红的鲜花。四顾,但见荆峰郁郁,淮水汤汤,祥瑞隐隐,好一幅"长淮第二峡"瑰丽山水。

二

去涂山南坡,古道两侧怪石林立。当见到禹王宫旁"夏之兴也以涂山"苍劲洒脱的字迹,肃然起敬,紧随其后的,则是四千年的浩浩荡荡。岁月在文学面前变得庄严肃穆——思维,是时代波涛上高扬的风帆,若隐若现地引导着我陷入长久的缄默。

"台桑"是禹娶涂山氏之地。据传,当初禹已三十,联姻强大的涂山氏国,整个东夷,包括皋陶,都会成为治水的支持力量。于是就有了禹娶涂山氏女的爱情传说,让幽静的涂山弥漫着漫无边际的仙气。

确切地说,禹娶涂山氏女是一场艳遇。在这个充满了许多可能的时代,我们总会臆想出许多超出事实的暧昧和传说,以及委婉曲折的情节。忽然,野花的飘香扑面而来,一只九尾狐飘然而来,着一身雪白,清水芙蓉,绰约多姿,从这一刻开始,禹叫她"女娇"②。

---

① 泗、沂是淮水以北的两条水系,是淮水最后形成时,在黄河冲积扇平原出现的。沂会于泗水,才有今洪泽湖北的原泗口(古泗州)入淮,这是距海最近的地方。
② "涂山氏女"名叫女娇。

多么惊人,又多么美妙!于是,你相信,禹盛装玉女是专为他而妆饰的。这让我想起曹植的《禹妻赞》:

> 禹娶涂山,土功是急。
> 闻启是生,过门不入。
> 女娇达义,明熏是执。
> 成长圣嗣,天禄以袭。

第一次过家门,禹从窗口看妻正在亲吻他的旧衣衫,哼着思夫之曲,想着治水重任,没有推门而入;第二次正逢涂山氏女分娩,虽然听到她痛苦呻吟,乃至孩子的啼哭,禹想到还有很多百姓受水患困扰,还是忍痛,没能跨进门槛;第三次巧遇涂山氏女抱子在门口玩耍,听启会喊爸爸了,禹此刻多么渴望家庭的温暖和快乐,但想到治水成功在即,不能有丝毫闪失,终于只跟妻儿打个招呼,便匆匆而别。

就这样,我又一次感受到,一个成功男人的背后,必定有一位伟大的女性。

此刻,我立于"台桑"之上,真实地看到先贤们的伟大不是个人的发达荣耀,而是国家的强盛和子民的幸福,是人与万物无可名状的悦纳与契合。淮水之畔的人是通过每一次与水患博弈、每一次慷慨赴死的气概来讨生计、求安澜的。因为四千年前,在这里,禹的胸腔发出一个男人浓重的呼吸,于是淮水变得温润而又坚韧,禹王宫的晨钟暮鼓,把一种神秘的力量融入淮水人的血液里,至天涯,至海角。此时,淮水已是我们心跳和血液的速度,纵使相距千载万年也会默默相望,寂然相候。

"绥绥白狐,九尾庞庞",是说涂山氏女婚后生子,随你遍走九州万国,用那九条大尾拖地而行,助你划地开河,放水归海。尽管是神话或传说,无须求证真伪,但是"新婚别"和"三过家门而不入"是《史记·夏本纪》真实记录的,禹在尘世散发的精神光芒,照亮着千古神圣的形象。

撇开所有的因素不说,真正打动我的,还是这对夫妻患难与共的大爱之情。

自禹娶涂山氏女,婚后四天离家治水,这浓郁似酒的爱情充满着家国情怀的苍茫之气。久而久之,精诚所至,竟"漫云化石坐崖巅"。涂山女太了不起!你听吧,那《侯人兮猗》,最大限度地展示涂山氏女"南音"以及淮夷擅歌舞的超凡才华。北宋黄庭坚的诗中提到"启母石迎新月白",一个人与一个地方能发生如此深刻的关系,总是叫人感动的。

古道弯弯,山门窄陋,山中日月悠长。启母石的身影沐浴在涂山的晨曦中,映在淮水的晚霞里。涂山氏女红尘望不断的是那天边的爱人,是无边的诗。我一直把她的故事当作童话来欣赏。我以为,那是四千年的凄美守望,因为岁月的长久,有了那么多稠密的皱纹。特别是延续至今的投石入怀送子的习俗,带有浓厚的宗教意味,似乎一直能传达到天际。

此时此刻,唯有诗与童话才是充满神性的。

而此刻,又有多少代人走了。

三

是的,之前,我看秋色正好,去了桐柏,去了正阳关,去了八公山,去了珠城,去了泗县。十多天的探访,我收获了什么?记住了什么?寻找到什么?仅仅是淮水悠悠东逝水,浪花淘尽英雄?话题绕不开淮水,同样绕不开你会诸侯于涂山。

涂山之南,淮畔之东禹会村的禹墟,这座封存的土堆与四千年前的禹会诸侯联系起来,隐隐约约间,总有一种气场,穿越时空,给我们留下了曾经在这片土地上灿烂开放的文明花朵——即使是零碎的花瓣。历史一页页翻过,上万平方米的棚屋区散布着大量的陶器和火坑;呈"甲"形布局,近两千平方米的祭祀台基,采用自上而下灰、黄、白槽式堆筑法,在白色堆筑面中夹带"燎祭"①火烧面,并伴有木炭、兽骨、造型奇特的酒具,堪称极品。而那些粗糙的夹砂陶器,极似盛大祭祀使用的"一次性餐具"。

处在人类文明史开篇的禹会从幽暗的历史深处一步步走来。你似乎得到暗夜星辰的加冕和祝福,明媚的阳光又在轻柔地抚慰你,使你从坚实和重量挤压的梦魇中觉醒,重新拥有了心跳和呼吸。站在你身边,顺着你回首眺望的视线,我似乎看见当年"禹会诸侯于涂山"的盛会。

其实,全国拥有涂山的地方很多,拥有禹迹的地方也比比皆是,但能与地下禹迹相关联的地点唯有淮水侧畔的涂山。禹会遗址木炭标本,正是龙山文化与禹会诸侯于涂山天然的吻合。从年代上看,这也可以算是一种文化认同吧!

你瞧,《竹书纪年》有"禹五年巡狩,会诸侯于涂山;八年春,

---

① 所谓"燎祭"就是将薪柴堆在一起,将动物、玉、帛等置于其中,以火烧之,味可达于天,天神可享。

会诸侯会稽,杀防风氏"。遥想当年,禹会诸侯那是政教大业,那是怎样的壮丽景象。那一年,禹三十有八,迎来生命之花灿然绽放的节点。侧耳倾听歌舞鼓乐,王者志存高远的热血在禹体内奔腾。那巍峨宫殿标志的权威和那不容置疑的神圣秩序。在豪华仪仗的簇拥下,艳阳高照的夏日,来的大大小小的国君和酋长,身着盛装礼服,脸涂纹饰,头插鲜艳的羽毛,带着珍宝玉器,一路浩浩荡荡,前来朝贡。按照既定的仪轨,禹在这年要筑定九州方圆,一统天下,然后登上夏王朝宝座。

高大的宫殿垂下一道又一道帷幔,虚位以待的宝座被国君和酋长们瓜分殆尽。禹纵有万般智慧和包容的胸襟,也不能让所有国君酋长俯首听命。于是血气方刚的禹面对江南霸主居功自傲的防风氏,禹心意已决,当即斩首示众。

那一刻,所有的人屏气凝神,喧嚣的圣殿陷入寂静,回到了创世之初。而阳光的瀑布倾泻着,在禹的头上、背上溅起金色的浪花。来自九州的人们仰视着人神之身的禹,聆听禹音乐般的语言。

涂山脚下,此刻,欢声雷动,载歌载舞。牧人的胡笳,猎人的号角,高地的芦笙,船夫的号子,江南委婉的民歌,西域高亢的花儿……功德与王权交融,凝聚成为禹赋予人性与自由的神圣加冕。

太阳渐渐沉到禹会的后面,最后一缕光线从车窗前消失,紧随而来的无边的黑暗,犹如一种巨大的关怀。

我清楚,穿越时空是生命的延伸,大穿越需要大空旷的历史和现实背景。

一代又一代,历史加长了,也就有了筛选,有了丢失。

文学真是神奇啊！我们在有限的红尘之外，是无边的天地人神，是极具深度的未知时空。

这一路，我看见了淮水、涂山、旷野、村舍、花草、青苗……红尘一世，存于脑际，仿佛今天的每一方土地、每一条河流都与禹不无关联吧！

后记

我以为切入散文写作的方式,既要入乎其内,又要出乎其外。一个优秀的作家在确定写作目标时,务必把自己的思考呈现在文字中。诚然,读者是写作者的知音,评论家的评述是对作家创作的另一种生活状态和思想感情的呈现,但不能因此忽略了作者的创造性和自由精神。我总觉得散文创作可以小桥流水,可以大漠孤烟,可以暗香浮动,可以荡气回肠,可以从倾向文字的质感到注重认知的深度,可长可短,可袖珍且日常,可巨大而灵异。我自己并不在意散文的长短,而长短对我来说也不再构成难度。我只把散文写作当作基础训练,只有保持写作的灵活与自由,才能心手相应,驾轻就熟,才能让文字闪耀着思想的光芒,方可活色生香,方可灵逸俊秀,方可高渺如云,方可平凡如水……我以为,如果散文的文字如繁华落尽的枯枝,或如表情和内心木讷僵硬的人,本身无生动可言,那就很难出彩了。

其实在散文创作上我还是个初入者,对文字的把握还欠火候,场景、结构、节奏显得四平八稳,构思和描写缺乏悬念埋伏,只是潦草而剧烈的概括,形同标本,缺失新鲜的水分和味道。我深知,要腹笥充盈,且浩气盈胸,须对中国诗文阅读极广,此外,还必须具有超前敏锐的灵感,作品方能或如大气游虹,或如清风出袖、明月入怀,熔神奇、瑰丽、嶙峋于一炉,对事物的理解也更多元、多义和多彩。散文的魅力也正在于此。

　　本书收入的散文作品,都曾在报刊发表过,我的目的只是把这些作品汇集起来,也算是一段时间的总结。囿于涉猎面较广和时间跨度较长,难免给读者一种泥沙俱下的感觉。有几篇在这里做扼要介绍。

　　《忆恩师许有为》:他虽然已离世,并不意味着对所有场景和生命绽放灿烂的弃绝。他是位学识广博、见解独到,为推动中国美学发展付出努力的学者。他慈祥、和蔼、睿智、包容,对待学子、对待晚辈,像父亲一样无微不至。从过往的片断中,可以看到他意志的坚定和对事业的细腻。

　　《禹物志》:既要一只脚站在往事如烟的尘埃上,又要另一只脚牢牢地立足于现实;既要将历史收于笔下,又要走出历史、观照现实,以情动人。

　　《失落的王大》:我若有所悟地触碰到地名蕴含的深意,从卑下始到超越止,我曾无数次走进王家花园,经过一片辉煌之后,最后让我们看到的是一片废墟的博大深沉。

　　写故乡离不开在乡写乡、离乡写乡或还乡写乡。什么是故乡?一棵小草,一声乡音,一句问候,在那片眷恋的星空下,令游子感恩至今。故乡对我来说,就是催生这本书发芽、成长的雨露和清风。生命的密码将故乡的生命文学化,又使得我的文学生命深植于那片厚重的土地。故乡的色彩、人文情结,定格了我的文字《河更新》《老街》《那片山水是我家》《村庄往事》《遥望那片山影》《乡湖之恋》《草木记》《看湖》等。写故乡的终极目标,主要是直指人心,这是写作的核心,这便是《失曹河下》的魂。

读山水,春是绕不开的一卷。那水村山郭梨白桃红,面旋落花春风荡漾。当然,要阅读更为生动的春季,必定与大地一起呈现生命的过程,让自己跟随节气伴着万物一次次生长,复活自己生命中的春天。而此刻,那些躬耕的农人就成为最鲜亮、最忠诚的《阅读春天》的朗读者。

《曹先生》是永远不变的温柔敦厚,慈祥恺悌,心有良知的璞玉。一介布衣,言有物,行有格,贫贱不移,宠辱不惊……不管如何变换角度去用心揣摩,极少看见先生开笑脸,或目光含忧,或含某种期待,淡淡的,犹如英雄凭栏。事实上,先生有着一颗包容大悲大苦的心,化苦为乐,用身示范,为人师表,这,对于每个走出故乡的学子,都是一种无比深邃的精神护佑。他虽然只是本乡本土的一位教书先生,但他的品德和才学为乡人所推崇、敬重。

《只有秋天》中父亲瘦长的体内也是一片海,年轻时容下那么多苦难,晚年又能容下病痛的折磨。人世间,很多事我看不明白。我常想,是谁掌握着生命的继续和终点?只有掌握者的意志是唯一的坚如磐石般的存在。父亲熬过抗美援朝战争、饥荒、运动和贫穷,却没能熬过这场疾病的打击。十月,天高云淡,枫叶红遍,层林尽染,这是你最喜爱的时候吧?既然不得不走,你选择走在金秋风景如画里。你永远住在金秋里。

平心而论,这些作品都是我的真情流淌,凝聚着我的心血,也算是我一个时期生活内容的折射。就我而言,写作纯粹是一种习惯,一种自觉行为,一种情感在指尖上的释放或宣泄,也是一种生活的态度,仅此而已。

感谢安徽文艺出版社在选题申报和出版时间上的支持。

我还要特别感谢鲁迅文学院常务副院长徐可先生、安徽省文联胡竹峰先生拨冗作序,给予作品肯定。

　　感谢为《阅读春天》的出版给予热情帮助的所有朋友,感谢你们!

苏天真谨白
2022 年 12 月 8 日